最愛の

上田岳弘

集英社

最愛の

思っていたより遅くなった帰りがけ、急な打ち合わせを打診され、僕は慌てて今来た道を引き返し、駅近くのカフェに入った。WEB会議を嫌がるカフェは少なくないけれど、その店は以前にも一度使わせてもらったことがあった。カウンターを挟み、手前と奥に座席が割り振られていて、出入り口に近い一番手前の席は天井が高く声も籠らない。

僕はノートPCを取り出して、近頃はずっと耳に入れっぱなしにしているワイヤレスイヤフォンがそれにつながったことを確認した。さっきまでもう帰るつもりだったのに、瞬時に仕事モードに切り替わる。

手短な会議が済んで、僕は特に何の感情も伴わないため息を吐いた。義理で頼んだコーヒーをすすりながら、店内を眺める。ひと頃は街から人が消えてしまっていたが、少しは戻ってきているようだ。テーブルに置かれた本日のコーヒーの説明——タンザニア産のヘビーローステッド——を眺めながらそれを飲み干し、夜の雑踏に混ざって帰路に就いた。

部屋に着き、鍵を回した振動を手で感じる。

スマートフォンの通知をすべてオフにし、イヤフォンを外す。

外部向けの僕もオフになり、静寂が訪れる。

その静寂を冷たく感じるのはきっと、血も涙もない的確な現代人として振る舞うことに僕が疲れているからだ。ならば眠ってしまえばいいのだけれど、まだしばらくの間眠りは訪れない。残念だけど、そんなことだけははっきりとわかる。

僕はソファに座ってテレビに動画サービスを表示してみる。世界中で人気のドラマシリーズの続編、半年前に封切られたばかりの映画、巨費を投じられたオリジナル作品。何万、何千万、ひょっとしたら何億もの人が同じ動画を見ている。けれど僕は、夥しい数の人が熱中する物語にうまく興味を持つことができず、結局YouTubeで焚火の動画を映した。

ぱちぱちと薪の爆《は》ぜる音が部屋に響く。その音と、それが想起させる熱に、僕は何かを思い出しそうになる。でもそんなありきたりな予感なんて、いつもどこにも繫がらないままで、ふっと消えてなくなってしまうものだ。

しかしなぜか今日は、弱々しく兆した予感がいつまでも去らずに留まっている。それこそ目の前で燃える焚火のように、一定の燃え方で、頭の中のどこかを刺激するようにいつまでも在り続ける。

僕はスマートフォンを手に取って、通知がオフのままであることを再び確認した。そして目を瞑《つむ》って、ソファにもたれかかり、深く息をした。

1

――何か重要なものが描けそうな気がするんだ。

これは、彼《ヽ》が僕によこした最後のメールの冒頭部分だ。

――自分にとってだけそう《ヽヽ》というわけではない、もっと根源的な、誰にとっても重要なもの。それは僕の心を震わせて、僕は思わず何かを言って、空気を震わせて、きちんとした言葉としていつか誰かに届く。

いや、そう思うのはただの願望なんだろうか？　そうかもしれない。けれどそう思っていないと、とてもこれ以上何も描くことができそうにない。そして僕にとって描くことと生きることはほとんどイコールで結ばれているんだ。

そのメールには僕への贈り物として、添付ファイルが一つ付いていた。誰にも見せることのない彼の絵、それに付随した文章。誰にも見せない絵について語るとき、彼は「モナ・リザ」を引き合いに出した。

「本当に大事なものは手元に置いておくべきなんだ。できることなら誰にも見せずに」

そう彼が言ったのは、渋谷の高い塔でのことだったか、路地裏のバーでのことだったか。

「モナ・リザだよ」

「モナ・リザ？」

「血も涙もない的確な現代人の君だって、そのくらい知ってるだろ？　いや、だからこそ知っているはずだと言うべきか。見たことはない？」

もちろん名前くらい知ってはいた。ルネサンス期の画家であり科学者、レオナルド・ダ・ヴィンチの有名な絵画。何世紀も前の絵だが、いまだに広告なんかでその絵が使われているのを目にする。けれど僕が知っているのはその程度で、それ以上詳しいことは知らなかった。どこに所蔵されているのかもよく知らなかった。

「今はパリのルーブル美術館に展示されている。曜日やタイミングにもよるけど、多くの場合その小さな絵の周りはいつもひとだかりだ。確かに素晴らしい絵だが、人々がモナ・リザの前で足を止めるのは芸術性に感銘を受けたからじゃない。誰もが知る有名な絵であるという事実そのものが、人を引き付ける最も強い要素となる。多くの人が覗き込む、その先に何があるのか。世の中にはね、大衆の視線の先に何もない、なんてことだってもちろんあるんだけど。例えば、衆目の先にあるものがただの花を飾った便器だなんてことも」

彼は少し照れるように笑った。とてもありきたりなことを言ってしまったと自嘲したのだろう。彼はその種のことに恥ずかしさを覚えるタイプだった。

表情から笑みが消えると、彼はグラスを摑んで回した。その時鳴った氷の音が蘇ると、周辺の記憶が鮮明になる。ウイスキーのロックということはあのビルの高層階ではないはずだ、あそこにあるアルコールはビールだけだったから。

グラスを回すのをやめて、彼は少しだけウイスキーを口に含む。それからゆっくりとグラスから口を離し、続ける。

「幸いなことに、モナ・リザを眺める大衆の目の前にあるのは虚無ではない。しっかりとした傑作だ。レオナルド・ダ・ヴィンチが最後まで手元に置いて、晩年まで手を入れ続けたその絵は、実は彼自身の肖像だったという説もある。あの絵にはたくさんのギミックが取り入れられているから、小説や映画の題材になることだって多い。君も、いくつかは知ってるはずだよね？　でもね、絵の価値自体には僕は興味がない。僕にとって重要なのは、彼が最後までその絵を手放さなかったという事実の方だ。モナ・リザ。私の貴婦人、エリザベート。そうとカムフラージュした自画像？　わからないが、彼が愛していたのはあくまでその作品であって、描いた女ではない、ということはわかる。彼はその作品自体を愛していた。だから手放さなかったんだ。彼は世界からその傑作を切り取って自分の手元に置き続けた。出来が良ければ良いほど、誰にも見せないことが惜しいような傑作であればあるほどに、ダ・ヴィンチは世界そのものを盗みとった気がしたに違いない。誰にも見せない自分だけの絵、自分だけの旋律、自分だけの文章、最愛のなにかを造り出して、独り占めすることこそが最高の贅沢なんだ。反抗ともいえる」

君がやるとすれば文章がいいだろうな、と彼は続けた。誰にも見せない、自分だけの文章。誰しも一篇ぐらいはそんな長い文章を書けるものだ。そしてその行為が君には必要だ。なぜかはわからんが、そんな気がする。

「君は君だけの何かを作らなきゃならない。絵を描くことはできなくても、文章くらいは書けるだろう？　別に立派なものを書けと言っているんではないさ。誰に見せる必要もない。ただある種の人間は自分のための作品を作らないと、うまく前に進んでいけない。君もそうだ。僕にはわかるんだ。モナ・リザだよ。誰にも見せない、自分のためだけの、最愛のそれ」

＊

文章を書く。そして終わることなく推敲し続ける。それはとても不思議な行為だ。もちろんわざわざ書こうとしなくても、毎日僕は文章を書いている。例えばメールを書いて送信する。メールを受け取って返信する。でもそれは、なんらかの用件を的確に、無駄なく伝えるためのツールとしての文章であって、自分のためだけの文章ではない。

結局、僕は彼が示唆したとおり、自分のためだけの文章を書き始めた。あるきっかけから、遠くにある熱を手繰り寄せるように、僕のこれまでを振り返っていると、一人の女性のことが思い出された。彼女といた当時のことを思い起こそうとすると、心は震えざるを得なかった。普段ならスルーしたに違いない、その震えに僕はとどまる。彼女と過ごしたあの頃、僕は少なくとも血も涙もない的確な現代人ではなかった。

すっかり忘れ去っていたことが信じられないほどに、今僕は彼女との日々をありありと思い出すことができる。彼女が僕に送った手紙が紡ぎ出す風景も。行ったことのなかった街、慣れない生活をする彼女のことも、僕は今鮮明に想像することができる。

手紙のやり取りを始めた当時、彼女は長い間学校に通うことができなかったから、年下の人たちとともに学校に通っていた。青春の邪魔をするわけにはいかないと言って、年下の同級生とは距離を取り、多くの場合一人でいた。

「そっちにいる時は、まじまじと見ることなんてなかったけれど、何気なく校庭に植えられた木々は、一つ一つとてもユニークな形をしています。葉の生《は》え方ひとつとっても、同じ種類の木でも、ずっしり重々しく生えているのもあれば、まばらなものもあります。まばらな木は自分の葉叢《はむら》が薄いことを気にしています。秋から冬にかけてのこの時期、落葉樹は日に日に葉を落とし、枝だけになっていきます。すっかり冬になったら全部同じ枝だけの木です。

多少の違いはあるけれど、行き着く場所は同じです。だから多少の時間のずれなんて、何も気にすることはないと、私は自分に言い聞かせることができます」

少年だった僕は、その手紙の文章から、二年遅れの学校生活を送る彼女を想像した。

手紙は続く。


「――なんて書きながら、私はそれほど二年遅れであることを気にしているわけでもないのです。そんなことより、久島《くどう》君、お勉強頑張ってね。きっと久島君は何でもできる人だと思います。とても頭が良いから、何にだってなれます。きっと将来は誰もがうらやむような仕事に就いて、可愛い奥さんと子供ができて、その人たちをちゃんと幸せにできるんだと思います。

この間のお手紙で、私に会いたいと言ってくれたのはとてもうれしかったけれど、正直言って、私みたいな人間とはかかわらない方が良いと思います。だから、私たちはやっぱり、会わずにこうやって文通を続けましょう。そしてね、久島君、あなたの要望を受け入れない代わりに、一つだけ約束をしようと思います。


それは、私からこの文通をやめることはしない、ということです。

きっと、あなたはこれから私たちの出会った街から出て行きます。そしてあなたはあなたになるための旅を始めます。私たちはまだほんの子供だから、今は自分のあるべき姿になれていない。だから、誰もが旅に出る必要があるの。

その旅路の果てに、なにも持ち帰れない人も、妙な場所に行き着いてしまって、戻ってこれなくなってしまう人もいる。けれどあなたはその旅の最中で、多くのことを成し遂げて、たくさんのものを得るでしょう。さっきも書いたようにね。そしてね、そうする内に、いろいろなものがごちゃごちゃなまま私に向けてくれている感情は、だんだん小さくなっていきます。いずれ私のことなんて、きっと忘れてしまうでしょう。

でも勘違いしないでね、私はそのことを残念に思っているわけではありません。むしろそうなって欲しいと思ってる。

ねえ、久島君。私はきっと約束を守ります。だから、あなたにも一つ約束を守って欲しいな。

守って欲しい約束はね、いたって簡単です。ちゃんと私のことを忘れること。このやり取りがどんな形で終わるにせよ、終わったならちゃんと、私のことをすっかり忘れてしまって、あなたの人生を歩むこと。

どうしてかって？

その答えは簡単で明確。なぜなら二つの人生をきちんと生きられるほど、人間は器用ではないし、人生は長くないのだから」

当時は、長文を送るのには、手紙を書くくらいしか術がなかった。今ではどんな長文でもスマートフォンで簡単に送れるのに比べると隔世の感がある。三十八歳になった今読み返してみて感じるのは手紙の中の望未《のぞみ》の言葉の達者さだ。

望未との文通は中学生の時分から大学卒業間際まで続いた。やり取りをしなくなって、しばらくして僕は『ブロークバック・マウンテン』という映画を観た。ヘテロセクシャルのふりをして、妻と子供を持ったゲイの男性同士が、ある山の頂上で逢瀬を重ねる話だ。その映画を映画館で観ながら、望未のその言葉を思いだした。

「二つの人生をきちんと生きられるほど、人間は器用ではないし、人生は長くないのだから」

二十歳にも満たない少女の言葉にしてはどこか達観が過ぎるように思う。

いつか、自分に向けた感情の熱が冷めていくだろうという彼女の予言はある意味ではあたっていたかもしれない。想いの質は確かに手紙のやり取りの最中にも変わっていった。けれどそれは同時に僕の人生の本流ではない別の流れの中で、おとぎ話のように、独自の世界が構築されていくことでもあった。

二つの人生、二つの世界。

僕の中で望未を中心にして構築されていったその世界はあの当時確かに強固に熱を帯び、特別な位置を占め続けた。

「私のことをすっかり忘れて」、その手紙だけではなく、そう彼女は繰り返し書いてよこした。

「子供の頃に見る白昼夢のように、いつかそれがあったことすらもすっかり忘却して欲しいのです。でも安心してね、久島君、あなたが私を求め続ける限り、私たちが取り決めたルールで私はあなたを支えるから」

「忘れて欲しい」と繰り返すその筆跡から、僕は別の意味を読み取ろうとした。おそらくは真逆の意味を。自分のことをすっかり忘れて欲しいだなんて本当に願う人間が果たしているだろうか？　この世に生まれ、どうにか毎日をやり過ごし、どこかに自分の生きた証を刻み込みたいと望む。少なくとも愛しているか、あるいは愛する可能性がある者の心に自分のことを特別な刻み方をしたいと思うものではないか？

望未は手紙の始まりに必ず「最愛の」と書いていた。最愛の、なんであるかは書かれていなかった。なぜ、そんな風に尻切れの宛名を彼女が選んだのか、当時の僕にはわからなかった。

一連の手紙は僕にあてたものであると同時に、他の誰かに宛てたものだったのかもしれない。具体的な誰かではない、そのフレーズから始まる吐露に相応《ふさわ》しい相手を、おそらく彼女は思い描いていた。

追憶の最中、ふっと僕はたまらなく悲しい気持ちになる。それはきっと、僕は、あまりにも多くのものを忘れてしまっているからだ。これを書き始めるまで、望未にまつわる様々な事柄も、最愛のという言葉に込められた想いを読み取ろうとした僕の渇望も、僕はすべてを忘れてしまっていた。

2

「忘れられない誰か、あるいは物事について語るのは、自分自身について語るのに等しい。だから、もっと望未ちゃんの話を聞かせてくれよ。それが一番手っ取り早い。つまり君をよく知るためのね」

彼は執拗に望未について聞きたがった。僕はどこか素直にできているから、そう言われると、毎度思い出をトレースし、じわじわと望未とのことを思い出してきた。望未が忘れて欲しいと繰り返し書いてきたことにも、僕はこんな風に素直に従ってしまったのかもしれない。

とはいえ、当時のことを振り返って、まず蘇ってくるのは自分のことだ。彼女からの手紙を読む自分、その自分が含まれている風景。コンビニの脇に自転車を止めた高校時代、あるいは大学の8号館の前のベンチで寝転ぶ大学生だった頃。そんな風景が浮かんだ後に、彼女が去る前のうっすらとした記憶を元に作り出した、年相応の望未の顔が蘇ってくる。それだって、僕の想像上の彼女に過ぎないのだけど。

「もっと、望未ちゃんの話をしてくれよ」

僕の追憶が詰まるとお決まりのように彼はそう言って、ビールをぐびりとあおる。ビール？

ということはこの記憶は、渋谷の高層ビルでのことだ。アルコールで幾分淡くなった意識の中で、追憶が躍る。それと戯れる間も与えずに、彼はその中に乱暴に手を突っ込んでくる。

そうだ、この文章を続けるのであれば僕はまず、僕の頭の中の小さな箱を強引にノックし続ける、あの男について紹介しなければならない。

＊

「全部見えますよ」

渋谷のそのオフィスに最初に案内された時、スタッフの女性はそう説明した。端折《はしょ》った物言いだったけれど、すぐに合点がいった。確かに、つべこべお題目を並べるより風景を説明するのにはよほど端的でいいかもしれない。

嵌め殺しのガラス、そしてその先に見える東京の風景。左手には東京スカイツリーが見えて、右手には東京タワーが見える。そのビルからは東京タワーの方が随分近いから、遠近感の関係でだいたい同じ大きさに見えた。二つの塔の間には、五十六年ぶりの東京オリンピックのために拵えられた、新しい国立競技場の楕円形が見える。ビルの合間にはレインボーブリッジと東京湾。その他にもおよそ〝東京〟と言われて思い浮かぶランドマークがあらかた視界におさまった。

僕が所属する会社の本社機能が恵比寿から八王子に移されることが決まって、部隊の一部を渋谷のコワーキングスペースに残すことになったのは、オリンピックが予定されていた年の前年、つまり二〇一九年のことだった。経営資源の合理化というのがその理由だ。オフィスを移転することで、年間の家賃がかなり浮くらしい。ほぼ時を同じくして、希望退職を募ったのは、ブラックジョークのようだった。

コワーキングスペースと聞かされても、今まで普通のオフィスでしか働いてこなかったから、いまいちぴんと来なかった。フリーランスの人がカフェ代わりに使っているか、オフィスを借りることのできないスタートアップが利用するイメージだったが、渋谷のそのコワーキングスペースは誰もが知る会社が結構入居していた。老舗のビール会社、印刷会社、証券会社などなど。全社員がそこに入居するのではなくて、新規事業開発部隊なんかのごく一部が入居することが多いようだった。

予約すれば会議室を使うこともできるし、専用スペースもあったし、前のオフィスは恵比寿だったから、得意先と打ち合わせをする際にも、不自由になった印象は与えない、――というかむしろ利便性は増したとも言えた。渋谷駅を見下ろす場所にできたばかりのビルの、高層階を占める一風変わったオフィスを面白がってくれたりもするだろう。僕は窮屈なのが苦手な方なので、共用スペースでノートＰＣを持ち込んで仕事することが多かった。フリードリンクも、共用スペースだとすぐに取りに行けた。

渋谷駅のほぼ真上から見る東京の夜景は美しかった。日が暮れると、東京スカイツリーと東京タワーに灯りが点り、とりどりの姿形をしたオフィスビルの窓が輝く。このビルは他と比べて背が高い方だから、密集しているはずなのに、他のビルに遠さを感じもする。透明な嵌め殺しのガラスの先、おもちゃ箱の中みたいな東京。飛行機で空港に着くときに見るのとはまた違った風情があって、ＰＣのキーボードを叩く手を止め、ふとその夜景に見とれることもあった。例えば、上海で、あるいは、ニューヨークで、僕と同じようにガラス箱みたいな最新のビルからこんな風に仕事の手を止めて、街に見とれる人が幾人もいるのだろう。

「でも、風景なんて三日で飽きますよ」

共用スペースでメール作業をしていると、その常套句を言っている一人の男が視界に入る。チノパンと黒いジャケット、ぎりぎりオフィスカジュアルで通る服装だった。一方彼の隣に座る訪問客はグレーのスーツ姿。たぶん、チノパンの入居者の方が、立ち上げたばかりのベンチャー企業かなにかの人だろう。彼は窓際からドリンクコーナーへと移動し、共用の黒いマグカップにコーヒーを注ぎ始める。ここのフリードリンクの特徴は、15時半を過ぎるとアルコールが供されるところだ。会社で入居している面々は、僕も含め就業規則に縛られるから、ビールを飲んだりはできないことが多いが、フリーランスの人なんかは飲みながら仕事をしている人が少なくない。ほとんどはちょっとした背徳感でやっているだけで、その程度の感興はすぐに薄れてしまうようだけれど。

しかし、飽きもせずに、毎日15時半を過ぎるとまっすぐにフリードリンクのアルコールエリアからビールを酌んでくる男がいた。共用スペースの大机の隅が彼のお決まり席だった。彼が滞在しているのはだいたい昼から夜にかけて。たいていの時間はパソコンに向かってぱたぱたとキーボードを叩いているか、iPad に Apple Pencil を走らせて絵を描いている。一度電話ブースが埋まっていて、共用スペースで WEB ミーティングをしているのを見かけたことがあった。相手は海外の人のようで、おそらく使っていた言語はドイツ語だった。

彼はビールサーバーが開放されるまでは延々とコーヒーを飲み続け、15時半になりビールサーバーが開放されると、マグカップに残ったコーヒーを流しに捨てて、ビールを酌みにいく。以降はビールをちびちびと飲みながら作業を続ける。顔が少し赤らむが他はそれまでと様子が変わらない。日がな一日彼を観察しているわけにもいかなかったが、僕の見る限り男は共用の会議室で客を招いて打ち合わせすることはなかった。

一体何の仕事をしているのか？　僕は渋谷に残留したもう一人の同僚と予想した。零細ベンチャーの一人社長だろうか？　あるいはフリーのプログラマーとかだろうか？　いや、きっとライターか何かだろう。絵も描けるライターとかなら、仕事はたくさんありそうじゃないか？　いろいろと予想は出たが、どれもしっくり来なかった。

ある日、仕事終わりに一人で飲んでいる時に、もしかしたらあの男は探偵なんじゃないかとふっと思いついた。よくわからない多様な業務をこなしつつ、この中で働く誰かを監視する。元々の怪しさが探偵であることの怪しさを打ち消す。実際、「まさかあの男が」と素面《しらふ》に戻った僕も思ってしまっている。酔っていたとはいえ突飛な発想だ。だが、その突飛さが僕の好奇心と探求心を刺激した。

隣の席に移動して、それとなくディスプレイを覗き込んでみたけれど、画面にのぞき見防止フィルターを貼っていて、どういう操作をしているのかわからなかった。Microsoft Wordを開いていたことは、うっすらと確認できた。

背後を通り過ぎる僕を、その男がちらりと見る。僕はコーヒーサーバーからコーヒーを注ぐと意識的に彼から目を逸らしながら元の席に座った。それからメール作業を5分ほど行ってから、ノートPCを抱えて専用スペースへと戻った。

その男の仕事はなかなか判然としなかったが、そのゆるやかな追究自体我々にとっては業務中の気晴らしのようなものだった。


外資系の通信機器メーカーに勤めているというと、その方面に少し詳しい人には「シスコ？」と聞かれることがある。でも僕が勤めているのは、シスコみたいな大手ではなかった。大学卒業前の就活に出遅れた僕が潜り込んだその会社は主たる収益は通信機器の完成品ではなくて、通信機器の材料の一部であるチップの売上から得ている。ルーターとか、モデムとか、ハブとか、完成品のラインナップもあるにはあるが、日本でのシェアはほとんどない。国によってはうちの製品が完成品のシェアをそれなりに取っているところもあるそうだが、日本ではサポート網の構築ができていないこともあり、完成品を売るのに及び腰だった。これには日本法人の社長の考え方もあった。彼曰く、社員の待遇をある程度高く安定させるため、高利益体質を最優先し、規模の拡大は目指さないし、上場も考えていないそうだ。

僕が仕事に区切りをつけた時、辺りは既に暗くなり始めていた。ビルの合間から見える二つのタワーが点灯している。共用スペースでは例の職業不詳の男がいつものようにビールを飲みながら、ノートＰＣに向かっていた。ここに入居して数か月間は同じようなフリーランスっぽい人間をちらほらみかけたが、気が付けば減っていった。多分物珍しさで試しに使ってみた人が大半だったんだろう。定位置の彼はまるで背景みたいに溶け込んでしまっているから、日中からアルコールをとりながら仕事をしていても、もはや誰も気にかけていない。

僕はなんとなく腕時計で時間を確認した。その動作をしてから、終業時刻の17時半を越えているかどうかを確認したのだと気づいた。今は会社の人間は僕以外いないから、就業時間中にビールを飲んでも見とがめられる心配はなかった。同僚が休んだせいもあって、この時間まで二人分の対応をしていたのだし、残業も確定的だ。このコワーキングスペースは24時間利用できるが、エアコンが19時で切れるため、それ以降は余熱で過ごす必要があった。しばらくは無理なく過ごせるが、時間が経つにつれ快適さからはじわじわと遠ざかっていく。要するに少しくらい羽目を外したって罰は当たらないだろう、と僕は自分に言い聞かせている。僕はドリンクスペースでまた最後に少しだけ逡巡し、結局ジョッキを手に取りビールを注いだ。例の男と離れて座り、肩の凝りをほぐしてから、ジョッキをあおった。大きな窓から見えるビル群、二つの大きな光る塔、高い天井、バーとしては最高の環境だなと思った。

飲むのは一杯だけのつもりだった。けれど一口飲むと仕事を続ける気力が急速に萎えていった。今日返したほうがいいメールはまだ多く残っていたが、今日返さなければならないものは残っていない、――はずだ。一杯目を飲み終え、すぐに二杯目を取りに行った。

二杯目のジョッキをあおっていると、ふっと視線を感じた。

「いい飲みっぷりですね」

例の職業不詳の男だった。いや、そう認識しているのは僕が彼のことを知らないだけで、別段彼が職業を隠しているというわけでもない。そもそもそんなものを誰彼構わず開示する必要だってない。

「ここに入居している人は両極端ですね。多分会社で規定されているんでしょう。まったくアルコールに触れない人もかなり多い」

「いつも、飲んでますよね」

距離感をどうつかんでいいかわからず、人称を抜いた話し方になってしまう。なんでも you で済む英語圏の人はこういう時便利だよな、と思いつつ、自然な形で人称を抜くことができる日本語は日本語で、また別の便利さがあるのだろう。

「いつもってわけではないですよ。15時半になるまでは我慢してます」

「でも、その時間までそもそも提供されませんよね？」

「ですから、いつもってわけじゃない」男はもう一段階表情を緩めた。「提供開始されるまでは我慢してます。真正のアルコール依存症の人なら、こうはいかない。透明なチューハイかなにかを清涼飲料水に見せかけてオフィスで飲む人もいる。上にはまだ上がいる」

「それって、上なんですかね？」

思わず僕がそう言うと、彼は笑った。

「見方によりますよね。上といえば上。下といえば下。そもそもものごとに上下をつけることがこのご時世よろしくないという考え方もあります。上も下もない、みんな違ってみんないい。多様性万歳。多様性を認めないやつなど絶対に認めない」

酔いが回っているんだろうか？　彼の言い方はもはやフランクと表現すべき範囲を逸脱していた。

「それで、今日はもうあがりですか？」

重ねて彼が聞いてくる。

「まだ少しありますね」

「なのに飲んでる？」少しからかうような口調。

「今日は一人なんですよ」

「会社の人がいないんだ？　ならどんどんやっちゃえばいいじゃないですか。告げ口なんてしませんよ」

僕は彼の言葉につられる体《てい》で、二杯目をぐいと飲み干し、すぐに三杯目を注ぎに行った。それからはビールを飲みながら話し続けた。話しながら、僕はとても懐かしい気持ちになっていた。

——こいつとはきっととても仲の良い友達になるだろうな、学生時分は話したこともないのにそう感じることがよくあった。でも僕は数年後には、不惑と呼ばれる四十に達する年齢で、その感覚からはもう随分遠ざかっていた。どんな人にも子供の頃にはあるはずの、友人へと向かう恋慕のような気持ち。僕は、この男の姿を見かける度に、あの感触を確かに覚えていたのだった。

ところで、三杯目を飲み終える頃には、僕はすっかり仕事に戻る気力をなくしていた。

それから新型コロナウイルスが蔓延し始めるまでの間、僕たちは頻繁に飲むようになった。最初の三杯目くらいまでは仕事終わりに共用スペースで飲んで、それから地上に降りて彼が常連のバーに移動した。

真新しい再開発地区を少し越えると、高層ビルはなりをひそめ、高くても10階建てほどのビルが並ぶエリアになる。バーはその裏通りの地下にあった。気の弱そうな初老のバーテンが一人できりもりしている、オーヤンティックな小ぢんまりした店だった。

聞けば、彼は探偵ではなく画家だった。最新のＩＴ技術を用いてデジタル作品を流通させるスタートアップに取締役兼専属画家として所属しているらしい。専属画家というのはベンチャー企業らしい遊び心で、実務としてはプログラミングと海外アーティストとの交渉を担当しているのだと説明した。そのほかに半分趣味も兼ねて、雑誌やWEB媒体でライター活動をはじめこまごまと個人で仕事をしている。ライターの仕事ではペンネームを使っているそうだ。

「きっかけがあったなら話しかけてみたいとはずっと思っていたんだ」

飲むようになってしばらくして、彼からそんな告白があった。

「それは、どうして？」

「きっと君と同じだよ」

気が向けば話し、そうでなければ黙っている、くだらない張り合いをせず、ただずっと一緒にいて、純粋に時間を共有できる相手。一時共通の時間を過ごし、しばらくしてお互いの人生に戻っていく。昔は僕にもそんな相手がいた。

僕たちは旅先で知り合った同士が重めの打ち明け話をしあうように、他の人にはしない話をした。彼が僕にモナ・リザの話をしたのもその一環だった。彼にとってのモナ・リザは既にあって、繰り返し今も手を入れているらしかった。そして、彼が言うには血も涙もない的確な現代人の一人である僕もまた、自分だけの何かを作り出す必要がある、と彼は言った。

「別にそんな書くべき題材なんてないよ」

僕の言葉に、彼はゆっくりと首を振った。

「書くべきものがない人間なんていないさ。こないだ話していた、学生時代の文通相手。取り急ぎそれでいいじゃないか。望未ちゃんって言ったっけ？　その、望未ちゃんの話をしてくれよ」

望未の話？

＊

望未の話。

彼女と知り合ったのは、僕が中学生だった頃のことだ。彼女はクラスの隅っこにいるタイプだったけれど、孤独そうではなかった。僕とは別の小学校から上がってきていたことは確かだけど、どこの学校だったかまではもう覚えていない。大人しそうな女の子といつも一緒に過ごしていた。その友達と一緒の時、彼女はだいたい本を読んでいた。

なんでそんなことを覚えているのか？　それはもちろん、僕が彼女をいつも目で追っていたからだ。一年の時の教室は図書室の近くにあって、昼休みや少し長めの業間休みの間、外や体育館なんかで過ごした後に、教室に戻るときには必ず図書室の前を通ることになった。まだ小学生気分が抜けていないのが大半だった生徒たちは、図書室には目もくれずに教室へと駆け込む。僕はその群れの最後尾で、図書室の中をちらりと覗き込んだ。たいていそこには望末とその友達がいた。その友達は体が弱くて、彼女とその付き添いとして振る舞う望末だけは、チャイムが鳴ってまだ席についていなくても怒られなかった。

先生が教壇に立っていても、望末と友達は悠々とした歩調で、教室に入ってくる。そしてゆっくりと彼女たちの席へと進む。毎回の授業の始まりがそうではなかったけれど、日に一度は彼女たちがそんな風に遅れて席につくことがあった。僕たちは厳かに彼女たちの歩みを見守った。望末と友達が席につくと、委員長が号令をかける。そんな状況を生み出しているのは望末ではなくて、友達の方だったはずだけど、それは望末のための時間に思えた。

ある雨の日のこと、野球部だった僕は、室内練習として自分たちの学年の廊下の雑巾がけを命じられた。今にして思えば、あれは体のいい児童労働だったのではないかと思う。

たしか僕と同じ一年生は全部で十二人程度いたはずだ。野球は九人でプレーするから、最上級生になってもレギュラーになれない者が出てくることがその段階からわかっていた。下級生がレギュラーになることもあるからなおさら枠は足りない。ただ僕はそこまで野球に熱心なわけではなかった。あの頃は一般的な体型の健康な生徒は運動部に入るのが普通とされていて、その流れに特に疑問を差しはさまずに乗っかっただけのことだった。

皆がノルマの10往復を終えて、次の児童労働のメニューを顧問に聞きに行くのを尻目に、僕はのろのろと雑巾がけを続けた。最後にノルマを終えて、雑巾を絞るために流しに行こうとした時、いつもの癖で僕は図書室を覗いた。そこにはいつものように影があった。いつもと違ったのはその人影が一つだったことだ。僕はなんとなく、図書室のドアをあけて中を見た。

そこには望未が一人でいて、鉛筆片手にノートに向かっていた。僕とまともに目が合って、それからゆっくりと笑った。それまではほとんど話すことがなかった僕たちだったが数秒間目が合った後、逸らすタイミングを失って固まったように見つめ合った。

「部活動？」

そう言って望未は机に広げていたノートを静かに閉じた。

童話の話をした記憶が残っている。

3

誰とだったかはよく思い出せない。緊急事態宣言が解除されて、取引先の社長に深夜まで連れまわされた。新型コロナウイルスが流行って緊急事態宣言が出て以降、会社の仕事もリモートワークになった。しばらくして会社がコワーキングスペースも解約してしまったから、家の中でアルコールを摂りながら仕事をするようになって、ずいぶん酒量が増えていた。外では極力飲むまいと思っていたのだが、客から勧められたら全く飲まないわけにもいかない。

覚えている限りでは、有楽町のガード下の、外観の割には内装が豪華な店で軽く食事をしてから、取引先の社長と彼の行きつけのキャバクラをはしごした。接待以外ではほとんどいかない種類の店だ。

一軒目では、コロナビールが出た。こういう店に珍しくそのビールがあったのは、「打倒コロナ」とかそういう文脈だった。コロナによるゆるやかな自宅軟禁の前ならば、面白みを覚えることもできたのかもしれないが、高揚を無理にあおるような惹句にはむしろ僕は興を削がれた。

もう一人取引先の社員が同席していて、社長がトイレのために席を立つと、仏像みたいな表情になるのが面白くてそればかり見ていた。

ある種の人間は常に何かに興奮していないと日常生活を送れない。その社長はまさにそのタイプで、彼に連れ回されていた社員は違うように見えた。


僕は重い頭を抱えて、ウォーターサーバーのところまで歩く。

童話の話――どこで聞いたんだっけ？　たしか、『塔の上のラプンツェル』の話――、一軒目では三人の女性が代わる代わる僕について、二軒目も確か三人だった。合計六名ほどの見ず知らずの女性と話したのだったが、取引先の社長の手前僕は盛り上げ役に徹していて、それぞれの女性とほとんど個別の話をしていない。

それが崩れたのが二軒目の中盤以降だった。久しぶりの街遊びで社長も羽目を外し過ぎたのだろうか。深く酔ってうつらうつらし始めた。彼とは二年の付き合いになるが、そんな風になるのは初めてだった。眠りの縁《ふち》にぎりぎりふんばっているようで、時折目をしばたたかせ、革張りのソファに背中を曲げて凭れかかった。もう一人の社員、――確か遠藤《えんどう》といったか――は、社長の酔いが深まるにつれリラックスしていき、その内に脚を組み、隣の女性と気軽な様子で話しだした。僕も酔っていたはずだが、酔いつぶれるタイプではなく、顔にもほとんど出ない。

そうだ、童話の話をしたのは、二軒目の最後に僕についた女性だった。生暖かい海のような記憶の塊が頭の中にあって、氷が溶けだすようにじわじわと意識に浸潤してくる。

「原作はグリム童話ですよ。ご存じないんですか？」

顔の浮かばない彼女の声が蘇る。記憶は徐々にはっきりしてくるが、けれど見たそのものではないだろう。鮮明な記憶、という定型句があるけれど、本当にそんなものがあるのか？

まあいい。とにかく記憶によれば、最後に僕についた女性だ。彼女は髪が長くて、頭の上の方で結んでいるのにドレスの腰のあたりにかかるくらいに伸びていて、僕はそのことについて話した。

「だって、ほら、源氏名」

そう言って渡してきた名刺には「ラプンツェル」と書いてあった。けれど彼女はどう見ても純粋な日本人で、すくなくとも東アジア系の外見をしていて、なのにヨーロッパ風の名前は珍しい。

「なんか、源氏名っていいですよね」彼女はてかる唇を吊り上げて笑った。「千年以上前の、架空のプレイボーイ。それにちなんだ呼び方が、こういうお店で働くときの通り名を指す言葉として残っているとか。紫式部もまさか思ってなかったんじゃないかな」

話を聞きながら僕はXperiaを取り出し、〝源氏名〟を調べようとした。するとほっそりとした手が画面を遮った。白と赤が鋭角に、ところどころ滲むようにまざった抽象絵画のようなネイル。指輪は一つも嵌めていなかった。

「Wikipedia禁止です。あとググるのも禁止」

ラプンツェルが笑う。

「この店では？」

「いえ、私がです。なんでもすぐに調べるの良くないですよ。どうだったっけと考えたり、不思議がったりする時間をもっと大事にしないと」

抽象絵画のような指が、ぐっと僕の膝の方へXperiaを押し下げる。僕はおとなしくそれに従って、最後にはXperiaをジャケットのポケットにしまった。

「で、その源氏名はディズニー映画のキャラクターから?」

その名前を含んだタイトルのディズニー映画があったことは、僕の乏しい常識の隅っこにひっかかっていた。

あれ? と彼女はからかうように声をあげた。

「原作はグリム童話ですよ。ご存じないんですか?」

僕は反射的にXperiaに手をやりそうになる。

「Wikipedia禁止」

「ディズニーって、童話の原作が多いよね。『シンデレラ』とか」

「それも、シャルル・ペローの童話ですね。あと、『アナと雪の女王』とか」

「あれも原作があるの?」

「そう、あっちはアンデルセン童話。原作というか、インスピレーション源みたいなことらしいけど」

「妙に詳しいですね」

僕の率直な感想に、愛想笑いでも浮かべるのかと構えていたのだけれど、彼女は笑わなかった。むしろ生真面目そうに、少しだけ目を三角にして、

「研究してましたからね」

と言ってから、ようやく笑った。

「研究?」

「そう。正確に言えば研究しようとしていた、ですね。論文のテーマとして。でも結局しなかったけど」

「学生さんってこと?」

「院生です。今は博士課程。『形を変えて伝わる童話の変遷』について書こうかなと思ったのは、修士論文の時だけどね。指導教授からは、学部だったらこれでいいんだけど、と言われて、結局別のにしちゃった」

彼女との会話が芋づる式に思い出される。まるでそっくりそのままそうであったかのように鮮明に。けれど顔は浮かばない。浮かんだのは、爪や鎖骨のラインとかそういった細部だけだ。何か他にとても重要な話をした気がするのだけど、思い出せない。ただその時に感じた重力みたいなものが残っている。

10時になると僕はいつも通りショッピングモールに移動してフードコートの隅で仕事を始める。昼のショッピングモールは人が少なくていい。フードコートで他の客と距離をとって座ることができるし、天井も高い。緑の服の東京都知事が避けるべきとアナウンスした三密の状態も回避することができる。

新型コロナウイルス感染症を避けるために、三つの密を避けましょう。そんなフレーズは浮かぶが、そう言えば三密ってなんだっけ？　疑問に思ってブラウザの検索窓に「三密」と打ち込み、Enter キーを押そうとして、手が止まった。――Google 禁止、という言葉が耳元でささやかれるように蘇ったからだ。

代わりに僕は Slack を立ち上げて、同僚に向かって「三密ってなんだっけ？」とメッセージを打った。すぐにリアクションマークがついて、返事が来る。

〈自分で調べろよ｜。聞くより早い〉

〈Google 禁止なんだよ〉

〈ん？〉

すぐにそんなメッセージが返ってくる。それからしばらくして、また別のメッセージがぽこんと浮かんだ。

〈笑　ほれよ（Wikipedia より）↓

「身密・手に諸尊の印契（印相）を結ぶ」、「口密（語密）・口に真言を読誦する」、「意密・意

（こころ）に曼荼羅の諸尊を観想する」の総称。〉

〈なんか違わないか？〉

〈ごめん、これ密教の方だった〉

〈密教？〉

〈チベット密教とかのね。密教の用語でも三密ってのがあるらしいね。俺も知らなかったけど〉

結局新型コロナウイルスの感染を避けるための三密が何だったかはわからずじまいのまま、時間が来て僕はWEB会議に移った。

リモートワークがうちの会社で許可されたのは、二月末頃のことだ。二週間後には「許可」が「推奨」に変わり、さらに二週間後には「推奨」が「義務」に変わった。ばたばたと状況が変化する中、社内の人間も、取引先も、おそるおそるWEB会議を始めた。リアルに会って会議をするのに比べるといくらかの不便はあったけれど、これはこれでなんとかなるかという雰囲気にやがて落ち着いていった。そこまで来るのにだいたい一週間か二週間程度だった。

会社では緊急事態宣言が解除されても、テレワークを一部続行する決定が下された。コワーキングスペースを解約して、八王子の方も出社する人数を引き続き制限して、さらに賃料のやすいビルへの移転を社長は検討しているらしい。僕は客先アポがない限りは郊外のショッピングモールで仕事をするようになった。

WEB会議アプリの退出ボタンを押して、会議を終える。緊張がほどけ、小さなため息が出る。対面とも電話とも違う独特な疲れを覚える。ちょっと気を静めようと、周囲を見渡す。ショッピングモールの高い天井、花びらを象った子供用の低いテーブル。離れて座る人たち、フードコートのちょうど対角線上の反対側に、女性が僕と同じくテレワークをしている。二人の子供を連れた母子と、一人の子供を連れた母子が何かを食べている。一児の方はおそらく中国人だ。子供たちの声が小さく響いて来る以外、ほとんど音らしい音もない。一様に、皆がマスクをしている。正しく対処すればまず死なないという治療方法か、9割以上は感染を防げるワクチン、あるいはその両方ができないと現代人はマスクを外しはしないだろう。少なくとも日本人は。

僕はXperiaでニュースを眺め、それからLINEのアプリを開いた。新たなメッセージが来ると、アプリのアイコンに表示が出る設定のはずだけど、Xperiaの調子が悪いのかバグなのか、新規のメッセージが来ていても表示が出ないことがある。それで定期的にLINEを開くのが癖になっている。新規のメッセージは2件あった。両方とも宣伝だった。念のためトーク一覧をスクロールしていく。後ろ向きのふわふわの髪の長い女性のイラストアイコンが目についた。名前が表示されるべきところには、文字ではなくて建物のマークがあった。多分これは塔だ。ラプンツェル——、彼女と話していたときに半ば強制的に登録されたのだ。

彼女はあの店には正式にはもう所属していなくて、ヘルプで入っているだけだと言っていた。随分前にあの店は辞めていて、疫病騒ぎのせいで減った女の子の穴埋めのために、店長に頼まれ一時的に復帰しているだけで、来週にはいないかもしれない。だから、ラプンツェルなんて名前を名乗っても文句は言われない。

ラプンツェルはその名の通り、高い塔で暮らしている。

「塔?」

昨日、僕が聞くと彼女は水割りを作りながら、小さく頷いた。

「そう、とてもとても高い塔。つまりここから車で20分くらいのタワーマンションの最上階のことね。だからこの源氏名、ぴったりでしょ?」

「お金持ちなんだね」

「私のじゃないけどね」

じゃあ、誰のなの? そう聞こうとしたタイミングで、黒服が隣に来てかがみこみ、お時間ですが延長なさいますかと僕に聞いた。会計は取引先の社長がもつはずだった。泥酔している彼の方に視線を向けてそうとわかるように黒服に目配せをする。社長は薄目を開けて、ジャケットの胸ポケットから長財布を取り出し、クレジットカードを渡した。支払いを終えるとあわただしく店を出て、社員が社長をタクシーに乗せて見送った。女性たちのお見送りはエレベーターの前までだった。

LINEのアカウントアイコン、塔のマーク。僕はパソコンの方のLINEアプリで彼女のトークルームを開いて、キーボードを打ってみる。

〈三密ってなんだっけ？　Wikipedia禁止されてるからわからなくて　笑〉

Enterキーを押しそうになり、けれど寸前で留まる。先方の策略にはまるにしても、もうちょっと良い切り口があるんじゃないかと思った。

――コロナ王国にラプンツェルは住んでいる。

耳元でささやかれるように、声がした。そうだ、あの夜、彼女はそんなことを言っていた。

「コロナ王国って、縁起の悪い名前だと思った？　でもそんなことないですよ。もともとのお話では、塔の上に閉じ込められていたラプンツェルは長い髪を伝わせて、王子様を引き入れて、その廉《かど》で塔から放逐されるんだけど、映画では逆に自分の長い髪を伝って外に出るって変更されてる。それで、映画の後日譚のテレビシリーズだと、ラプンツェルはコロナ王国で生活してます。そもそもコロナってどういう意味か知ってますか？」

これは単に僕のフェティシズムなのかもしれないけれど、敬語とため口交じりの女性の口調に妙に興奮する。

〈結局、コロナってもとはどういう意味なんだろう？　WikipediaとGoogleで調べようとすると、

禁止って言葉が浮かぶ　笑〉

メッセージをそう打ちかえたものの、やはりEnterキーを押すのをためらってしまう。いくらかのやり取りの後に店に来るように誘導されるか、金づるになりそうにもないなと認識されたら返信がなくなって終わりなんだろうと思うと気分がしおれた。ああいう店に慣れていないための、うがった見方なのかもしれないけれど。

4

——Corona（コロナ）

ギリシャ語で王冠を意味する。転じて英語では、太陽や月の周りにできる視半径2～5度の小さな光冠をさす。内側が青色、外側が赤色を帯びる。空気中の水滴によって光が回折して生じる。世界的自動車メーカーであるToyotaはかつて、コロナという車種を販売していた。Toyotaの代表的車種であるカローラは「花冠」を意味し、高級セダンは「王冠」を意味するクラウンと名付けられ、これらは二〇二〇年現在も販売中であるが、コロナは二〇〇一年にラインが廃止された。

現在も流行中の新型コロナウイルス（COVID-19）の名前の由来は、顕微鏡でこのウイルスの表面を覆う球状突起が王冠、もしくは太陽の光冠に似ていることから「コロナ」と名付けられた。

＊

相変わらず僕はテレワークのために、毎日ショッピングモールに通っている。通える範囲の三つのモールをローテーションしている感じだ。その日の業務内容によっては外に出るのもおっくうに感じて、部屋で過ごすこともある。陽性者が増えるとまた自粛要請がなされる流れになるのは予測に難くなかった。寒波とか、嵐とか、そういった類のものと同じで、しばらくは波を読みながら付き合っていくしかない。今はとりあえずの凪の状態なだけで、この状態を長引かせることはできるかもしれないけれど、いつかはそれも終わるだろう。

結局ラプンツェルからは連絡がなかった。LINEのメッセージに既読はついたが、それきりなんの音沙汰もない。しばらく禁止していたWikipediaもGoogle検索も再開している。おかげで三密についても調べられたし、コロナについても詳しくなった。

WEB会議と、客先直行の日々。必要に応じて顧客に会うから曜日感覚がなくなりはしないけれど、人によっては段々とあいまいになってくるだろうな、と思った。場所を変えること、移動すること自体が精神に与える影響は大きい。自宅でやってもいいはずなのに、ショッピングモールに移動したくなるのもそのためだ。

午前中のWEB会議で、月次の売上報告を行った。営業と言っても、状況的に新規のプロジェクトが立てづらいから納品管理に近い業務になってしまっている。

外注先からの請求書を管理部に送るメールを作成していると、急に鳴った電子音が耳に障った。LINEメッセージの着信音。

〈コロナは王冠の意味〉

〈または太陽の周りの光の環〉

二つメッセージが連続で来て、つい既読にしてしまった。塔のマークのラプンツェルからの一週間ぶりのメッセージだった。既読にした以上、放置するのも気が引ける。

〈知ってるよ〉

とだけ打つと、またすぐに返信があった。

〈あー。調べたでしょ　笑。禁止って言ったのに〉

〈三日は我慢したんだけど〉

なんとはなしに、なじるようなニュアンスを出してしまった。でも実際のところ返信が来なくてちょっとがっかりしていたのは確かだ。

〈ねえ、コロナは、王冠って意味だから、別にラプンツェルが住んでいるのがコロナ王国でも問題ないでしょ？　調べたならわかると思うけど、どっちかって言うとウイルスにそんな名前を付

ける方がセンスに問題あり〉

〈たしかに〉

そのメッセージに既読がついて、それきり返事が途切れた。業務メールをやりながらちらちらと確認したのだけれど、彼女からのLINEが来ないまま、業務時間が終わった。僕は日報を書いて送信し、勤怠管理のWEBシステムでタイムカードを切って、フードコートで量り売りのステーキを食べ、家路についた。毎日都心の方に出社していた頃は、平日に車に乗ることはほとんどなく、土日に稀に乗るくらいだった。けれどこの勤務形態を始めてからほぼ毎日乗っている。

家に戻って軽くアルコールを入れてから、眠り支度を早々にしてベッドにもぐりこんだ。布団の中でXperiaを充電しながらNetflixで『タイガーキング』を見ていると、LINEメッセージの通知があった。少し迷ったが、結局動画を停止してLINEを開く。

塔のマークに新着ありのアイコンがついている。

〈あの店にはそれからも行ったの？〉

こういう書き方をしているということは、彼女がヘルプで店に入っていると言っていたのは本当だったということだろうか。そして彼女はもうあの店にいないということだろうか。

〈あの店でもう働いていないの？〉

〈そうね。もともとヘルプで入っていただけだから。っていうのは言ったっけ？〉

〈言ってた〉

〈塔の上に住んでいる話はしたっけ？〉

〈タワーマンションに住んでいるって聞いた〉

〈そんな話までしたんだ、私。酔ってたのかな。後は？　なんて言ってた？〉

〈大学院に通ってる〉

〈へえ〉

〈修士論文では童話についてやろうとして、やっぱりやめたこと〉

なぜ彼女の言動について僕が説明しているのかよくわからない。彼女は僕のことをちゃんと把握していないのかもしれない。あの店にどれだけの期間ヘルプで入っていたのか知らないけれど、きっとその間の客の一人として認識しているが、それが僕だとはわかっていない。One of them な、匿名的な誰かとして彼女は僕とメッセージのやり取りをしている。

彼女は塔の上から東京の街の夜景を眺めているだろうか？　山稜まで続く光のような家の灯り、星が敷き詰められた銀河のようでもある。

〈よく覚えてるね〉

彼女は、特定し得ない窓明かりの一つに住む男に、そんなメッセージを送る。

〈そんなところに住めるなんてお金持ちなんだね〉

〈私のお金じゃないから。その話はしてなかったっけ？〉

〈そこまではした。でも誰のお金なのかは聞いてないよ〉

〈もともとはお店のお客さんだったんだけどね〉

〈何歳くらいの人？〉

〈ちゃんと聞いたことはなかったけど、多分70は超えていたと思う〉

どうしてその人が彼女の住処の家賃を払っているのかは、聞くまでもないような気がした。

〈どうしてその人が払ってるの？〉

でも聞いた。僕は今彼女にとっては誰でもない誰かだ。その気安さが僕を大胆にさせている。僕の質問に既読がついたまま、長く返信がなかった。メッセージを送ってきたのと同様、また気まぐれに会話を終わらせたのかもしれない。僕は『タイガーキング』に戻った。虎飼いたちの珍妙でねじくれた、そしていささか剣呑な闘争を扱ったドキュメンタリー。舞台となるアメリカで、虎やライオンなんかの猛獣類を保護する女性慈善家にして実業家のキャロル・バスキンは、若くして自分の倍以上の年齢の、妻子のあった資産家男性と再婚した。ある日その資産家男性が失踪して、五年後に法的に死者として扱われ、大部分の資産を彼女が引き継ぐことになった。彼女を敵視する別の虎飼い男性は、彼女の失墜を狙って彼女が夫を殺して虎に餌として喰わせたのだと主張する。野生動物に対する17の法令違反と二つの殺人依頼の罪で逮捕され、牢から視聴者に向けてそんな疑いを訴える彼こそがTiger King、二人の夫を持ち、いつも銃を携帯している虎飼い男性。

Xperiaが揺れた。

〈ねえ、ちょっと通話で話せる？〉

〈いいよ〉

すぐに塔のマークからLINE通話が入った。受話器の形をした通話アイコンをタップする。雑音が響く。ざざざ、ざざ、ざざざざ、そんな風に耳に響くのはきっと風の音だ。繋がっているはずなのに向こうは何も話さない。なんの意図があって電話したんだろう？　風の音を聴いていると本当にあのキャバクラで会った髪の長い女性だったのかすら、だんだん自信が持てなくなってくる。そう言えばLINEでは、見覚えのない連絡先が勝手に追加されていることがよくある。サービスを提供するサーバーがアカウントに紐づいた情報を勝手にマッチングして結びつけてしまうからだ。いつの間にか勝手に登録されていた相手に勘違いしてメッセージを打ち、そして向こうも相手が誰かもわからず適当に返信している。のっぺらぼうとやり取りしているような感覚。でも今のやり取りはそれとは少し違っている。塔の上の彼女は僕を識別していないかもしれないが、僕は彼女のことを識別している。顔は覚えていないけれど。

「ねえ」と風の音が途切れた時に声がした。「こういうアプリの通話アイコンって、電話の受話器の形をしているのも多いじゃない？　でも最近の子は何でそんなアイコンなのかわからないみたい。受話器のある電話なんてないお家が多いから」

「君も、そんな歳には見えなかったけど」

ふっと笑みをこぼした雰囲気が伝わってくる。「そんな若くないよ、私は。きっと、君が思っているよりずっとずっと上」

「だけど学生なんでしょ？」

「一回社会に出てからね」小さく息を吐く音があって、沈黙が続いた。それからまた笑ったような雰囲気。「君の質問。ここの家賃をどこのおじいちゃんが払っているのか」

「別に言わなくてもいいよ」

「いいから聞いて。きっとね、君が思っているようなことではないから。いや、意図としてはとても近いんだと思うけど、現象としては逆のことが起こってる」

「逆？」

「そう。私とその人は、性的な関係ではない。まったくない。七十歳を超えているその人はその手のことはもうできない」

「じゃあ逆って？」

「彼が望んだのは、彼と性的関係を結ぶことではない。彼が望んだのは、逆に、私が誰ともそういう関係にならないこと。それを守っている限り、私はここに住んでいられるし大学院の学費だって出してもらえる。紳士協定みたいなもので、四六時中監視されているわけでもないのだけど、私はそういう約束は破らない」

「一度も？」

「一度も」

なぜ、この女はそんなことを僕に話すんだろう？

「君は僕のことを識別していないでしょう？」

きっと面と向かっては言わなかったはずのことを僕は言う。

「でも久島さんでしょ？」

「LINEに登録されているだけで、どういう顔で、どういう話をしていたかは覚えていないでしょ？」

「そういうことにした方が話しやすいの？」

「別に、どっちでもないけど。ただ事実を知りたいだけ」

「どうして？」

「なんとなくね」

なんとなく、僕の言葉をそう繰り返して、彼女はしばらく黙った。「じゃあ、いいよ、それで。私は君のことを識別していないし、顔だって覚えてない。どこかの誰かさんと話をしている。それもいいかもね。じっさい、たまにそういう気分になることがある。私の人生に直接介入してこない誰かと話したくなる時がね。その相手に、この場合君に、どう思われたって、ぜんぜん私の人生には影響を与えない。参考程度にはするかもしれないけど」

「海に向けて独り言を言うように」

「違うなぁ。君は確かにそこにいるし、私が何か言ったらちゃんと反応する。そうでしょ？」

僕はなんとなくベランダに移動した。その間も彼女は何も言わなかった。接続が続いていることを示すためみたいに小さな雑音が律儀に鼓膜を揺らす。ベランダからの景色は開けていない。僕が住むのと似たような中グレードのマンションの背中が視界に入るだけだ。真夜中だから、その灯りが夜に滲むけれど、夜景と呼ぶには近すぎる。

「何をしているの？」

「ベランダに移動しただけだよ」

「奇遇。私もバルコニー。スカイダイビングができそうなほど高い」

「何が見える？」

「東京が見える」

「そこも東京でしょ？」

「一応ね。でも湾岸の方だから、都心の方が塊になって見えて、やっぱり東京が見えるって言い方がしっくりくるな。でも私もここにいつまでいられるかはわからないけど。あの人が亡くなったからね」

「あの人？」

「ここの持ち主のおじいさん。コロナで亡くなった」

「コロナで？」

「そう。でもなんだか実感がわかないな。あの人が普段何をやっているのか詳細は知らなかったから。時々ここに来て、私の顔を見ながら自分が経営している会社について話した。それから自分の資産を何に投資して、どれくらいになったか。家族の話がおまけみたいに出てくる。子供が三人いて、全員が男性で、一番優秀な三男は実家に寄り付かない。あとの二人は思考力の弱い無能で、あの人の資産がないとまともに世を渡っていけない、生活できない。そんな愚痴なのか自慢なのかわからない話を私にする。それを聞くのが私の仕事、のようなもの。それと、あの人が好みそうな服を着て、あの人を迎えること」

「話を聞くだけなの？」

「コーヒーを淹れて、それを飲みながら話を聞く。それから、最後には彼が決まって私を抱きしめる。とても長い間。ごくたまに口の中でもごもご言っていることがあって、耳を澄まして聞いてみたら、私のことを私の恋人、って呼んでいた。私は誰かの身代わりなんだって。でもあの人は、その誰かの名前で私を呼ばない程度には紳士的だった」

彼女の言う、「あの人」は新型コロナウイルス感染症――年明けからはやり始めた疫病が原因で亡くなったという。あの疫病に関しては、二月の末ごろまでは、まあ、そのうち落ち着くんだろうとほとんどの人が楽観的に考えていたように思う。それが、三月も下旬になると世界中で感染者が増えだして、特に欧米諸国では万単位になっていた。日本でも東京を中心に感染者が増え続けていたけれど、僕についていえば、知り合いの知り合いに感染者が出たくらいで、直接の知り合いには今のところ感染者も犠牲者も出ていない。要因はよくわからないが、感染者が多い地域とこの国では死者数が二桁ほども違うから、きっと多くの人が僕と似たり寄ったりの感想を持っているんだろうと思う。

世界がいくつかの層に分かれて、どこかの層では大変なことになっている。けれど部屋から出なければ、危険な方の層にからめとられることはない。もし今が古代ならば、病気自体が呪いだとされていたはずだから、部屋に閉じこもっていても恐怖に浸されていただろう。けれど今はウイルスが原因だとわかっていて、感染を避けることはできる。移動の際には電車に乗らず、車で移動して、フードコートの隅でパソコンをいじるぐらいなら感染のリスクはほぼないはずだ。僕の日常の中で、危険なのは客先に行く時だ。僕はその時、危ない――とされている層に触れる。実感など関係なく、現実に疫病ははびこっている。現実に人の命を奪っている。彼女のスポンサーの「あの人」もそうだったんだろう。そんな風に、急に境目を飛び越えて、手が伸びて来る。

「『ペスト』っていう小説がすごく売れてるっていうのをネットで読んだ」

僕は思いついて言った。

「書いたのはアルベール・カミュ。フランスの作家。てか、カミュくらい知ってるでしょ？」

「専門家には当たり前のことでも、素人は案外知らないものだよ」

「専門家って」と彼女は笑った。「私、ただの学生だよ」

「でも少なくとも一般人よりは詳しい」

「専門外、って言った方が正確。その一般人って言い方私嫌いなんだよね。そんな言い方いつからはじまったんだろうね。なんかバカにされてる気がするし」

たしかにね、と小さく言って、少し声のトーンを変えて僕は聞いた。「今読むべきなのはやっぱり、『ペスト』？」

「カミュなら、『戒厳令』の方を読んでみれば。その方が通ぶれるかも。同じくペストを扱ってる作品。小説ではなくて、ギキョクだけど」

ギキョク？　知らない言葉だった。Xperiaで調べそうになって、寸前でやめる。いつかの「Wikipedia禁止」という言葉が、抽象絵画めいた爪と一緒に頭に浮かんだからだ。代わりに僕は、「ギキョク？」とゆっくりと疑問符付きで言った。

「お芝居の、台本ってこと。厳密に言えばちょっと違うんだけどね」

意味まで教えられると、なんとなく聞いたことがあるような気がしてくる。

「あの人が亡くなったから、私はここを出ていかなければならないんでしょうね」

彼女の口ぶりはいたって平板で、危機感のようなものは感じられなかった。

「わからないの？」

「わかんない。家賃がいくらなのかもわかんないし、そもそもここが賃貸なのか、あの人の持ち物なのかもわかんない。とても宙ぶらりんな状態。一体私はこれからどうなるんでしょう？」

最後の方は独り言のように聞こえた。少なくとも僕に向けて言っているようには聞こえない。ぼうっと辺りでも見ながら、自分自身に問いかけるような言い方だった。実際に彼女は今何を見ているのだろう？

「ちょっと描写してみてよ」と僕は思うままに言った。「文学を専門的に学んでいるんだったら、それも練習でしょ？」

「描写って、何を」

「君が今見てるもの」

不意にざらざらと音が鳴る。

「見える？」

何が、と聞こうとして、視界の隅に何か動くものが映る。ビデオ通話へと切り替えを促す通知が出ていた。反射的にそれをタップすると、画面には光り輝く街が見えた。

七色に光る橋の先のビル群、それに並んで建つ東京タワー、そのずっと先までビルが林立している、彼女が見ている風景。そこに僕も含まれているだろうか？　位置関係がすぐにはつかめない。動画の角度からかなりの高層ビルであることがわかる。

なおも彼女は動画を送り続ける。アングルが変わって、ぼんやりと東京スカイツリーが映る。僕はそのざらついた東京の風景を見ながら、まだ新型コロナウイルスがない世界で、高層階で働いていた日々のことを思い出す。たいして時間が経ったわけでもないのに、とても昔のように感じる。全く別の世界の、遠い出来事のようだった。その旧世界の塔の上で、僕は画家と酒を飲んでよく語った。リモートワークが主体になって、緊急事態宣言後しばらくしてコワーキングスペースも解約してしまっているから、もう会う機会はない。メールアドレスは知っているけど、わざわざ連絡を取り合って、この疫病騒動の最中に街で落ち合うような間柄でもなかった。同性同士であったとしても、関係の自然消滅はよくあることだ。我々を結び付けていた偶然が霧散してしまった以上、もう会うこともないのかもしれない。それは、当時からなんとなく予感していたことだ。一人の人間が取り結べる関係の数には限界があって、こんな風にぷつっと切れては、また次の関係の糸がのびてくる。

「今度会えないかな？」

僕はそう口に出した。風の音で聞こえないかと思ったが、聞こえていたようだ。

「会う？　どうして？」

「もう店にもいないんでしょ？　だったら、約束でもして会うしかないから」

我ながら不器用な誘い方だ。

しばらく風の音が続いた。ビル群の屋上の赤いランプが、呼吸のように明滅する。まるで巨大な生き物みたいだ。新型コロナウイルスが蔓延する前よりもその生き物は弱っている。

「いいよ」

「いいの？」

「この塔を降りることになったらね」

「降りる？」

「そう。降りることになったらぜひ会いましょ。テレビ版ラプンツェルと同じ。長い髪を伝って、私はコロナ王国へと降りる。それまでは、LINE でやり取りするとか、ときどきはこうやってお話ししましょう。それでいい？」

「文通みたいだね」

「文通？」

「そう、昔はそういうのがあったんだ。手紙をやり取りする約束をして、往復する。たいていの場合はどちらかが送らなくなって、立ち消えになるんだけどね」

反応がない間、風の音が間を埋める。

「知ってますよ、文通くらい」彼女は笑って言った。「だから、そんなに若くないって言ったでしょ？」

「最愛の

5

お手紙くれたのはとても久しぶりだね。変なことを言うみたいだけど、久島君はどんどん字がうまくなっているように感じます。きっととても勉強に励んでいるのでしょうね。

字ってね、なんだか不思議な感じがしませんか？　うまくなったって感じるってことはどこかが変わっているってことで、じじつとしてそうなんだろうと思うけど、それと同時にこれは確かに久島君の書いた字なんだってことが私にはわかる。何べんも手紙のやり取りをしていて、私はずっと久島君の字を眺めていたから。ひょっとしたら私は、久島君の字を一番たくさん見てきたんじゃないかな？　他に可能性があるとしたら、例えば久島君のお母さん、お父さん。でも、毎日顔を合わせるわけだから、わざわざ手紙を書くことなんてないものね。

他に可能性があるとしたら？　誰だろう？

学校の先生とか。特に担任の先生だったら、たくさん久島君の字を見るかもしれない。ＨＲなんかでたまに取られるアンケート用紙とか。あと担当教科の答案用紙とか。でもずっと同じ先生が見てくれるわけでもないし、仮にそうだったとしても限度がある。それにこんな風に手紙を送りあっているわけでもないのだし。

きっと私は久島君の姿形を忘れても、あなたの字を忘れることはないと思うな。お世辞にも達筆とは言えないし（ゴメンね）、書き順だって随分怪しいものもある（本当にゴメンなさい）。さっきも言ったように私はあなたの字をおそらくは世界で一番見ているから、そんなことだって指摘できそう。でも私は久島君の字が好きです。とっても。

ところどころ尖り過ぎてて、払いはとっても勢いがある。止めはかなり曖昧。うまくはないけれど、とても読みやすい字。

ねぇ久島君、こんな風に字についてばかり語る人ってちょっとおかしいかな？　でもね、その点については許してください。何度も何度もあなたからのお手紙を読んでいる証拠でもあるからです。たぶん、あなたが思うよりずっと、私はあなたとのやり取りを楽しんでいます。

楽しんでいる、という言葉では全然足りないかもしれませんね。

だから言い方を変えるね。

私は、あなたとのこのやり取りを必要としています。

いや、これだと、ちょっと大仰かな。それだけでなく、重たい感じもする。私からやめることはないって前に言っておきながら、こんな風なことを書くのはフェアではないようにも思う。

久島君、ここまで書いたことを消そうかどうか、破いてしまおうかどうか、実は2時間くらい悩みました。どうすべきかはわからなかったけれど、――ごめんなさい、私には本当にわからないことだらけなので――やっぱりこのまま送ることにします。

お手紙の素敵なところはね、一度送ってしまったなら、コピーでも取らない限り手元には何も残らないところです。読み返すことだってできないし、どれだけ恥ずかしいことを書いたって、都合よく忘れてしまったり、頭の中で改ざんしてしまったりもできる。つまり一度送ってしまったらこの手紙は、私のものではなくて、あなたのものになるということです。捨てるも破くも燃やすも全部久島君の自由です。書いたのは私でも、この文章はもうあなたのものです。

じゃあ、字についての話に戻るね。私があなたの字について話したのは、字がとってもうまくなっていて、それだけたくさん書いているってことは、勉強を頑張っているんだろうなって思ったから。

きっと、受験もうまくいくと思います。だから安心して頑張って。

なんて、なんだか偉そうですが　笑

気に食わなければ、ここも捨ててしまって大丈夫だから。

それじゃあ、今日はこのへんで。

二学年下の、二か月お姉さんである望未より」

＊

仕事用のＰＣでメーラーを起動し、過去の送信メールの確認を続ける。納品スケジュールについて顧客と認識の齟齬があって、顧客と僕のどちらの把握があっているのか確かめるためだった。送信メールボックスを表示し、その顧客のメールアドレスでソートをかける。それから日付にあたりをつけて一つひとつメールを確認していく。納期についてやり取りをしたのは確か三か月半くらい前だったはずだ。

5分ほど探し、納期について確認のやり取りをしたメールが発掘できた。顧客は、今月末、つまり明後日が納期のはずと主張していたが、このメールによれば納期は来月末ということで合意している。顧客から納期確認の電話があって、「明後日納品のはず」と言われ随分焦ったが、証拠《エビデンス》を見る限り先方の勘違いだった。

勘違いしていたのは顧客の側とはいえ、指摘の仕方に気を付けるに越したことはない。僕は証拠となるメールを開いて、それを視界の隅でとらえつつ電話で話をする。

「すみません、こちらの処理では、納期が来月末になっていて、」「すみません、最後にメールのやり取りしたのが三か月半前なんで先月辺りに確認入れておけばよかったんですが」「すみません、10時30分のメールなんですが確認できますか？」

実際に明後日に品物が入っていないとまずいのかどうかはわからないけれど、まずは確認だ。

たとえ相手に責任があったとして、責めてはいけない。こういう時、意識すべきは相手と同じサイドに立つこと。そして、できる限りの便宜をはかること。

話を詰めていったところ、明後日に品物が入っていないと、そこそこまずいらしいことがわかった。ただ物理的に不可能なことはできないので、諸々調整して最低でも一週間は前倒しできそうだと伝えつつ、並行してもう少し前倒しできるように調整を進めていると、仕事用と並べて開いているプライベート用のPCにLINEの新着通知が入った。

〈望未さんからの手紙って、まだ持ってるの？〉

名前のところが塔のマーク。塔の上のラプンツェル。仕事の区切りがつくまでそのメッセージを脇にやり、最後のメールを協力会社に打ってから、既読をつけた。

画家の男が唆《そそのか》した通り、結局僕は文章を書いている。そのことをラプンツェルに伝えると、書き手には読者が必要で、そしてそれはたった一人でもかまわないのだ、と彼女は言った。たった一人だけでも、ちゃんとした読者がいさえすれば書き手は書き手であり続けることができる。読んであげるという彼女に、けれど僕は文章を送らなかった。ただ内容だけは聞かれるまま伝えた。

仕事用のノートPCのキーボードから、プライベート用のそれへと手を移す。そして、既読をつけたままのラプンツェルのメッセージへ、リプライを打った。

〈残ってるよ〉

〈そっか。もし君が彼女のことについて書くんであれば、きっと見ない方がいいと思う〉

頭の中に、革靴の空箱に入れた手紙の束が浮かぶ。古い手紙や写真。学生時分に使い捨てカメラで撮った写真なんかと一緒に、望末との手紙もとってある。引っ越しの度に思い出の品は減らしていったから、最初は靴の空箱二つ分だったものが、今では一つにおさまっている。その半分以上を占めるのが望末との手紙のはずだった。

望末のことを書くことになったきっかけである画家の男とのやり取りは途絶えている。最後のメールには添付ファイルで彼にとっての「モナ・リザ」も送られてきていたが、パスワードがかかっていて開けなかった。単にパスワードを送り忘れたのかどうかはわからない。それを催促したメールには返事がなかった。

〈で、彼とはそれきり?〉

〈そう〉

〈彼が、塔を降りてしまったから？〉

〈塔？〉

〈そう。15時半になると、ビールが飲める素敵な塔〉

〈君も早く降りておいでよ〉

〈ふふ。で、望末さんとの文通も君からギブアップしたの？〉

ギブアップ？　なんだか我慢比べみたいだ。

どうだったっけ？

考えてみたけれど、ギブアップがどっちからだったのか、僕は覚えていなかった。けれど、やり取りが終わっている以上、どちらかがギブアップしたのは確かなことだ。

どう返すべきか迷っているうちに、既読をつけたまま結構時間が経った。会話はこれで終わりにしようとウィンドウを閉じたら、ラプンツェルとLINEで会話をする前に見ていたメッセージが後ろから現れた。

〈姉が昨年亡くなりました。随分遅くなってしまいましたが、久島さんにはお伝えすべきと思い、このメッセージをお送りしております〉

それは、望未サイドからのメッセージだった。彼女からFacebookの友達申請が来たのは緊急事態宣言が発出されてすぐのことで、申請を承認するとそのメッセージが送られてきた。

望未が亡くなった。望未は去年まで生きていた。そのどちらがより僕を強く揺さぶったのかわからない。とにかく僕は強く揺さぶられ、若い頃に立っていた寄る辺のない場所に連れ戻された。このことがなければ、おそらく僕は、たとえあの男にいくらはっぱをかけられていても望未について文章を書こうとは思わなかっただろう。

午後から半休を取って、久しぶりに渚《なぎさ》に会うことになっていた。

渚には彼女なりのバイオリズムがあって、付き合いが長くなるうちになんとなくそろそろ連絡があるかな、と予感がするようになった。先週くらいから、そろそろかなと感じてはいた。

僕たちにはいくつかの暗黙の了解があった。お互いうるさいことを言わない、束縛しない。二人でいる時はただ心地よい時間の構築だけを目指す。言葉にして確かめたわけではないけれど、確かにそんな合意形成を渚と僕はそう長い時間をかけずに行った。

結婚しているかとか、恋人がいるかとか、そういう質問を僕がまったくしないものだから、渚は僕のことを自分と同じように既婚者だろうと思っていたそうだ。だから、関係が深まってから、さらりと自分が結婚していることを告白した時に、それに続くはずの僕の告白がないことにむしろ彼女は驚いていた。裏返ったトランプの数字が同じだと確信していて、ぱたりぱたりとめくり合い、視線を絡ませて笑うつもりだった彼女は、予想が外れたことに意表を突かれた。けれどそのこと自体を楽しんでいるようにも見えた。

自分の生活には、いつからか恋愛がなくなってしまったのだ、と渚は言った。今の夫と自分とを結びつけた感情は、子供が生まれ、その人生に責任を感じ、小さき王の衛兵の同志として過ごすうちに、いつしか別のものに変容していった。

どちらかと言えばもともと恋愛体質だった彼女は、他の男でそれを補おうとした。そして実際、彼女はそれぞれの相手にそれぞれの魅力を感じることができた。しかし、それはもっと若い頃、何物にも代えがたいと感じられた、底のない穴に永久に落ちていくような、あの感覚ではなかった。いや、そもそもあの感情自体が錯覚だったかもしれないと彼女は思った。小さき王を産み落とし、そのれっきとした衛兵になるための。これまで人々が続けてきたように、自分たちの時間を永久に保留し続けるシステムを継続していくための。小さき王もいつか、その錯覚にからめとられ、無限ループの歯車となり、気が付けば新たな小さき王の衛兵となる。

問題なんてまったくない。今のところ閉じた円環でもない。予想される最悪の未来は、いつも人々を絶望的な気分にさせるけれど、結局のところやってこなかったし、今後もやってこない。核戦争だって起こらない。人口爆発も起こらない。逆に人々が生きるのを止めてしまうことだってない。科学者や芸術家などを含めた、広義の優秀なクリエイターは正しく警笛を鳴らし続け、外すための予言をし続ける。そして小さき王たちは、きっと絶望的な未来を排除し続けることだろう。そんな永久ループを稼働させるため、渚の愛が燃料として投下された。渚だけじゃなくて、多くの人の愛が根こそぎそこに投下された。でも資源は限りあるものだから、いつかそれも尽きてなくなる。

燃料が燃え尽きても体は残る。体はまだ快楽を造り出せるから、僕と渚は体をあわせる。渚の体は溶けるように僕の体に絡みつき、いつでも僕の体の本来の機能を呼び覚ます――

20:00

それが、今はリモートワークが主で出社した日は定時で帰ることも多い渚が、誰にも疑われない自然な残業時間のリミットだった。コロナ禍がはじまるまでは21:30だった。一般的な話ではなくて、あくまで渚の基準ではということだけど。

20:00が近づくと彼女は帰り支度を始める。鏡の前に陣取って化粧を直し、髪を束ねる。それからスーツを着る。ホテルにサービスの水があれば少し飲む。万が一誰かに見られても仕事に集中したかったからと言い訳ができるように、念のため、部屋も別々に出る。

今回は僕が後に出ることにして、彼女を見送る。出がけにキスをした時、「どっちかがコロナ感染者だったら経路不明の感染者が増えちゃうね」そう笑って彼女は背中を向けた。

チェックアウト時間までまだ少しあった。アルコールが欲しくなったが、ルームサービスを頼むのも買いにいくのも面倒で、渚が残していったペットボトルの水を飲んだ。ぼんやりと天井を見上げていると、初めて彼女と寝た後、あるはずだった告白がなくて拍子抜けしていた彼女の表情が浮かんだ。

「君は絶対結婚してると思ってたな」と、渚は言った。

そしてそれきり、長い間何も言わなかった。僕も黙っていた。部屋に流れる音楽が沈黙を埋めた。

やがて、彼女は購入を検討している調度品を子細に眺めるような目で僕を見、それから口を開いた。

「私が結婚生活で燃やし尽くしてしまったものを、もしかしたら君は他のところで燃やしてしまったのかもしれないね」

「なんだよ、それ」と僕は笑って言ったのに、彼女はそれには反応を示さず、本気とも冗談ともとれる表情で僕を見続けていた。その目にはアルコールによる熱が少しこもっていたように見えた。

6

ゴールデンウイークに合わせて出された緊急事態宣言は、５月31日まで延長されたものの、感染者数の落ち着きを見て期限を待たずに順次解除され、５月25日、全国で解除された。その間うちの会社では完全なリモートワーク体制を布《し》いていた。この方策には社長の極端な性格がよく表れている。

緊急事態が解除されるのを見越して、オフィスの在り方については別の動きが進行していた。湾岸地域のオフィスに疫病の流行のため空室が出始め、駅前のビルの一室が八か月のフリーレントで借りられることになったため、八王子のオフィスをたたみ、そちらに本社を移転することになったのだ。移転となれば、かなりの費用がかかるが、八か月ものフリーレントに加え、家賃大幅値下げという破格の条件であれば十分にペイするということだろう。

「オフィスを地方に分散する動きが出ているけどさ、コロナがおさまれば逆に超都心回帰の動きが来ると思ってるんだよな」

社長は何かのミーティングの折に、僕と同僚に向けて言った。

「地方移転ブームはある種の罠だよ。Zoom なんかの WEB 会議システムを使えばさ、確かに問題なく仕事が回っていくように見えはする。けど、やっぱり何かが違う。ああいうのはな、何かが抜け落ちるんだ。そしてその抜け落ちたものは実はとても重要なものなんだ。バカはそれに気づかない。クレバーなやつはそのことを指摘しない」

引っ越しの責任者は八王子組の管理部長が任命された。引っ越しに伴う労力が大変なものであることは担当したことのない僕にもわかる。単にものをA地点からB地点へと移すだけで終わりではない。インターネットや水道光熱などのインフラ、名刺の住所、会社登記の変更、従業員をはじめ取引先への周知、各社員の出社ルートの再把握と定期券の買いなおしの促進、その事務処理、パンフレットや契約書のひな形の住所・連絡先の変更。ちょっと考えただけでもざっとそれぐらいは浮かぶ。社長の方針もあってうちは小所帯だからまだいいが、千人単位となるととても一人で担当できる範囲ではないだろう。

引っ越しが完了するまで、管理部長の高部《たかべ》さんの周りの空気は常にピリピリと張りつめていた。緊急事態宣言が解除されたあとも、僕の勤務はテレワークと客先訪問がほとんどだったから、高部さんと顔を合わせるのは、多くて週に一度だったのだけれど、毎回少し期間をおくことになるから、彼が日を追うごとに痩せていき、顔色も悪くなっていることがよくわかった。15時半を過ぎてもビールが飲めないからといって文句を言ってなどいられないなと、彼のその表情を見て思った。

引っ越しが終わって、新しいオフィスで打ち上げをすることになった。主役の高部さんをねぎらおう、というのが裏テーマだった。グルメサイトで評価の高いピザ屋でピザを取り、会社経費でアルコールやソフトドリンクを買ってきて、コンビニで買ったプラスチックカップで乾杯する。場所は未だ段ボール箱が積んである会議室。

広くはないが、新しいビルの高層階での酒宴は気分があがった。風景も悪くなかった。角度の問題で、東京スカイツリーは見えないが、レインボーブリッジと東京タワーが見えた。レインボーブリッジの先には、大田区に所属するか、江東区に所属するかでひと悶着あったという噂の埋め立て地のエリアが広がっている。その埋め立て地では、一年間の延期が発表された東京オリンピック・パラリンピックの競技がいくつか開催される予定だった。

そんなことを把握しているのはそこで行われるカヌーの予選チケットを僕は取っていたからだ。もっと競争率の高いチケットを申し込んでもいたのだけれど、結局それだけしか取れなかった。だが開催されないのであればどのみち紙くずだ。いや、電子チケットだから紙くずにすらならない。とりあえず一年の延期だと言うが、日本では疫病の広がりは限定的でも、海外では未だ拡大中だと聞くし、一年後に開催できるかどうかはわからない。もっとも、状況が悪ければ、さらに一年延期するくらいの腹積もりは政府にもあるのだろうけど。

夜の海にかかった七色に光るレインボーブリッジの先には、僕がいるビル群と同様に高層ビルが立ち並んでいる。こっちはオフィスが多いが、あっちはマンションの方が多そうだ。

おそらくは、あのビルのどれかにラプンツェルがいる。他の男と寝ないことを条件に与えられたタワーマンションのペントハウス。その持ち主は既に新型コロナウイルス感染症のために他界したというが、本当だろうか？　わかりにくいからかいを受けているだけのような気がしないでもない。

「見惚《みと》れてるな」

ビジネス上の相方であるもう一人の営業の顔が、夜を背にして鏡になった窓ガラスに映っていた。

「や、前のオフィスが懐かしくなって」

本当は、通話中にラプンツェルが見せた夜景のことを考えていたのだけど、僕は咄嗟にそう答えた。

「ああ、懐かしいね。あそこは基本二人だけだったから、やりやすかった」

僕は頷いて、そうだな、と小さく同意した。あの渋谷の塔の上では、会社のメンバーはたまに社長が顔を出すだけで、だいたいは僕と彼の二人だった。けれど、同僚には申し訳ないことだけれど、あの場所では別の男と一緒にいたという印象の方が強い。画家の男。僕に自分のための文章を書けとはっぱをかけたあの男。

僕は改めて彼との関係を振り返る。どういう関係と呼ぶのが適切なのかよくわからない。知り合いと呼ぶには関係が濃すぎるような気がしたし、友達と呼ぶには他との関係から独立しすぎているような気がした。飲み仲間？　なにせ一緒に酒を飲む以外のことはしていなかったから、それが一番しっくりくるかもしれない。けれどそもそも、無理に関係性を言葉にする必要などないのかもしれない、とも思った。たぶん人間同士の関係なんて、本当は相手と自分との間にしか存在しないそれぞれが特別なもののはずで、誰かに説明するわけでもないし、法的なパートナーになって欲しいわけでもない以上、そもそも定義する必要などない。

ラプンツェルについてもそうだ。お互いに共通の知人がいるわけでもないし、LINE以外の連絡先も知らない。所属も知らない。顔も覚えていない。出会った店でももう働いていないそうだから、彼女がLINEのアカウントを消すなり、僕のアカウントをブロックするなりしてしまえば、それだけで関係性は消えてなくなってしまう。

僕は、レインボーブリッジの先の、光り輝くビル群をガラス越しに撮影し、ラプンツェルに送った。

〈君の住む塔がおそらくこのどこかにある?〉

そう書き添えた僕のメッセージにすぐ既読がついた。

〈オフィス移転終わったんだ。お疲れさま。てことは、いよいよ、望末サイドに会うわけね?〉

緊急事態宣言が解除されて、色々落ち着いたら会いましょう、と望末サイドを誘ったのは僕からだった。望末が亡くなったことを今さらになって知らせてきた意図はわからないし、そもそも意図なんてないのかもしれない。僕にちゃんと知らせていなかった気持ち悪さを解消したかっただけかもしれない。ただ、僕は反応せずにはいられなかった。

緊急事態宣言が明けたら、をマイルストーンの一つにしているのはもちろん僕だけではなかった。うちの会社の社長もそうで、オフィスの移転自体もそうだったし、それに合わせて彼が僕に振った仕事もそうだった。

「新オフィス移転を皮切りに、日本法人独自のブランド確立を目指すぞ」

社長がそんなことを言いだしたのは、『オフィス移転成功パーティ』の終わり際、引っ越し隊長の高部さんの締めの言葉に続いて、社長から最後に一言という流れになった時のことだ。

「うちの、このいかにも外資っぽい名前な、実は俺あんまり気に入ってないんだよ。親会社から売り上げをつけられているわけでもないし、だから、その内に――」

とそこまで話した社長の口を文字通り塞いだのは、引っ越し隊長の任務を無事にまっとうした高部さんだった。管理部長である彼のその様子からして、おそらく社長は大っぴらにはあまり言ってはいけないことを口走ろうとしていたんだろう。あの時、確かに社長は酔っていた。

高部さんから制され、社長は少し赤らんだ顔できょときょと周囲を見回し、それから気を取りなおしたように姿勢を改め、またマイクの前に立った。

「日本独自のブランド構築を強化するにあたって、担当には久島君を任命したいと思います。賛同される方は拍手を」

まばらに鳴る拍手を社長は少しにやけながら見回して、

「ちなみに賛同いただこうがいただけなかろうが、決定は覆りません」

そう続けると、どっと一部で笑い声があがり、拍手の音は少し大きくなった。

その場では具体的に何をやるのか聞かされなかったが、翌日に社長からメールがあって、来月からPR・ブランディングのコンサルタントと契約していることと、その彼と協議しながら国内ブランディングを推進するようにという指示が書かれてあった。なんでも二年後には、MBOをして、外資系資本の比率を0にするつもりなのだそうだ。MBOという言葉自体聞いたことはあったが、知識があやふやだったので念のため調べてみた。MBO＝Management Buy-Out の頭文字で、社長をはじめとする経営陣が親会社から株を買って、経営権を握る手法、とのこと。僕のあやふやな知識がだいたいあっていた。引っ越しの打ち上げの際、高部さんが社長の口を塞いだのは多分このことを言わせないためだろう。今の時点でどこまで親会社と話ができているのかわからないが、水面下で進めているということであれば、確かにああいった場で公言すべきではない。来週をめどに、その雇ったコンサルタントと事前打ち合わせをしてほしいと告げるメールの末尾に、「あくまで営業優先でお願いします」と添えてあったのには、思わず彼らしいなと笑ってしまった。

メールにあったコンサルタントのメールアドレスを新規メールの宛先にコピペして、いくつか日程候補を選び、先方にメールを送った。これで緊急事態宣言が明けたら、というのをきっかけにした仕事関係のことはだいたい目鼻がついた格好になった。あとはプライベートのもろもろが残るだけだ。

僕は望未サイドからのFacebookのメッセージを読み返した。望未サイドは僕より二歳年下だったから、今は三十六歳になるはずだ。幼稚園に通う子供が一人いるらしく、文面の感じからは彼女も仕事をしているような雰囲気があった。最後に会って以来、望未サイドがどんな人生を歩んできたのか僕は全く知らなかった。

彼女からの最後のメッセージに僕は、〈了解しました。様子が見えたらまた連絡しますね〉と返している。望未サイドはそれに両手をあわせて拝むようなマークを返している。

間違って送信しないように、メモ帳アプリを開いて彼女に向けてのメッセージを書く。何を書くべきか、ビジネスメールを作るよりもよほど頭をひねったが、結局は事実と用件だけを伝える簡素な文面になった。仕事にカタがついてきて、来週の水曜日以降であれば夜の予定は空いていること。日中の方が望ましいのであれば、木曜日かさらに翌週の水・木あたりが都合としてはいいこと。日中なら会社のある駅の近くに来てもらえるとありがたいこと。とはいえ、都内であれば時間さえ調整できればなんとかなるということ。そんな事務的な内容の文面を作って一度読み直し、メモ帳からFacebookのメッセージフィールドに貼り付けて、送信した。

そのメッセージに既読が付いたのは16時頃のことで、返信があったのはそれから2時間後のことだった。望未サイドが指定してきたのは、来週の木曜日の日中だった。僕の会社の近くまで出てきてもいいということで、17時までなら時間はあわせられると言う。結局木曜日の午後一のコンサルタントとの顔合わせが終わった後、14時過ぎから近くのコーヒーチェーン店で会うことになった。

「そういうのって緊張する？」

そう聞いてくるラプンツェルの声はどこか楽しげに聞こえた。

「ちょっとね」

一度会ったきりで顔も忘れているラプンツェルには、不思議と素直な気持ちを吐露できた。

ラプンツェルと電話でよく話すようになったのは、オフィス移転成功パーティの最中に撮影した湾岸の写真を送ったことがきっかけだった。その日、僕は深酔いして、何とか自宅に辿り着くと、使い捨てコンタクトレンズを外し、フローリングの上に捨てて、そのまま眠ろうとしていた。まどろみながら緊急事態宣言が明けるまで後回しにしていた諸々を考えていると、若い頃によく陥った性的な興奮と寂しさの混ざった昂りをおぼえた。直前までやり取りをしていたラプンツェルに電話をかけ、どこにいるの？　何してるの？　今度会わない？　と僕は酔いが伝わるような口調で言って、そこから先の記憶はあいまいだった。

その翌日にも僕は彼女に電話をかけた。この電話に出ないか、もしくはコールバックがなければ僕は彼女のアカウントを消して、こちらからは連絡を取れないようにしようと思っていた。それほど厳密なルールを布いているわけではないけれど、悪い癖が出てしまったときにはだいたいいつもそうしている。恋人でもない酔っぱらいから連絡が来るのは相手にとって迷惑に違いないし、多少なりとも関係を続けてもいいと思うなら向こうから連絡があるだろう。

ごくまれに、悪い癖が出た後で、関係が進展することがあった。渚ともそうだった。元取引先の会社の社員であった渚は、会話の波長と言うか、醸し出す世界観と言うか、とにかく何か通じるものを節々で感じていた。疫病が流行るより前、僕が電話すると彼女は会社の飲み会の帰りで僕と同じくらい酔っていた。その後僕たちは食事の約束をして、まるで最初から約束していたみたいに抱き合った。

久しぶりに出た悪い癖の翌日、ラプンツェルはあっさりと電話に出た。

「もしもし」と答えた彼女に、

「昨日電話で話したよね？」

と僕は言った。

「それ、そっちが言う?」

「あんまちゃんと覚えてなくて」

彼女は笑った。

「でしょうね」

「口説くなら素面の時にしてねって言われたのは覚えてるんだけど」

「じゃあ、会おうよ、って言ったことは覚えてる?」

「覚えてる。でも、返事は覚えてないな」

しばし沈黙があった。それから、スピーカーに風の当たる音が続く。そう言えば初めて電話がきた時もそうだった。おそらくまたバルコニーに出たのだろう。タワー型のマンションのバルコニーは、だいたいいつも強い風が吹いていて、洗濯物を干すことが禁止されていると聞く。

「いいよ、って私は言ったよ」

風の音に紛れて彼女の声が響く。その答えを受けて、何を言うべきか考えている内に、でも、と彼女は続ける。

「でもいくつか条件を付けた」

「条件？」

「うん。私が住んでいるここを探し当てること。君が、ここだと思うマンションの敷地に入る。そしたら、私に電話をかける。それを合図にして、私は部屋を出る。私が住んでいるここのロビーはなかなか見ものなぐらい豪華。最上階まで続くエレベーターはフロアの奥まったところにあって、君がちゃんとここを探し当てられたんであれば、きっと透明な自動ドアごしに、君に辿り着くまでずっと見合う格好になると思う。それでも君は、ゆっくり玄関へと向かってくる女が本当に私かどうか、どきどきしながら待つことになる。そういうルール。話したでしょ？」

「覚えてない」

「酔ってたもんね」

「でも面白そうだ」

「なら良かった」

僕は最初の通話の時に、彼女がビデオ通話で見せた湾岸の光景を思い浮かべようとした。そう前のことでもないはずだけど、はっきりとは浮かんでこない。レインボーブリッジが見えたことは覚えている。どんな角度で見えただろう？　真正面に見えた街はどのあたりだろう？　東京の各地にあるランドマーク的な建物の、どれが、どの位置に見えただろう？　目を瞑るとおぼろげに像が浮かんでくるが、それが実際に見た風景なのか、それとも記憶している情報から僕が勝手に捏造しているだけのものなのか判然としない。それでも回数さえ重ねれば、そのうちに当たるはずだ。埋め立て地側のタワーマンションの数だって限られているのだし。

「でも、チャンスは二回だけね」

「二回？」

「そう」

「少なくない？」

「仏の顔も三度までって言うでしょ」

「でも二回なんでしょ」

「だって私は仏じゃないから」彼女は楽しげに笑う。「仏さまが三度までって言ってるんだからさ、私は二度まで。だって仏さまと肩を並べようとするのは傲慢じゃない？」

酔っ払った時に決まった塔当てゲーム。チャンスは二回だけと希少だから、そうそうチャレンジはできない。LINE のやり取りや通話をしながら、ヒントを探るのは問題ない、というかラプンツェルもそれに協力するのはやぶさかでないとのことだった。彼女は実際にそのことを説明する際に「やぶさかでない」という表現を使った。日常会話で「やぶさかでない」という言葉を使う人に出くわしたのは多分初めてのことだ。

「ヒントと言えば、この間話した時にいくつか既に出してしまってるね」彼女はそれまでより少し硬質な声で続ける。「最初にビデオ通話した時の風景。それから、エントランスの様子。豪華なロビー。最上階に繋がるエレベーターが一番奥にあるという構造。これだけでもネットで調べればいくらか絞られる」

「さすがにそれだけだと無理だよ。他のヒントは？」

そうだなぁ、と彼女は呟いて、それからまた風の音が続いた。しばらくして、そうだ、と何か思いついたらしく声を上げた。

「ほら、こういうマンションって、共用施設が充実したイメージがあるじゃない」

「うん」

「ジムとか、プールとか、ゲストルームとかバーとか。その関係でひとつヒントをあげるね。ここにはプールはありません」

「ジムは？」

「今日のヒントは一つだけ。望未サイドさんとの再会が終わってから、また話しましょ」

明後日の木曜日、仕事の合間に僕は望未サイドに会わなければいけない。会わなければいけない？　誘ったのはこっちだ。気が向かないのはむしろ向こうの方かもしれない。

「手に入らない、永遠の恋人」僕が黙っていると、ラプンツェルが突然言った。「私がこのマンションで演じることを求められたそれは、君にとっては望未さんだった。今のところ君は読者を必要としてはいないみたいだけど、君の物語について少なくともこう言ってあげることはできる」

最後の方で彼女の声色が変わった。

「あなたの物語は恋愛小説の要件をたぶん満たしてる。今のところはね」

「恋愛小説の要件？」

「小説に限らず恋愛ものはね、いかに結ばれるかを書いているんではないの」

「そうなの？」

「そう。むしろその逆で、いかに結ばれないかを書いている。『ロミオとジュリエット』だって、『金色夜叉』だって、『タイタニック』だってなんだってそう。そして、もし今書かれる価値があるのだとしたら、新しい結ばれなさを描けるかどうかにかかっている。事実は小説より奇なりって言い方があるけどさ、あれって私は信じてない。というか、ある面では小説と事実を区別する必要なんてないと思ってる」

彼女はそこで話すのを止めたが、まだ続きがあることが、微かな圧力みたいなもので伝わってきた。

「遠くにある憧れ、そこに向かおうとする衝動。あるいは、寂しさという引力にひかれあって一つになろうとする。けれど、本当に人が一つになってしまうと、人類も歴史もおわってしまうから、結ばれなさが必要になってくる。一つになろうとする引力と、それを邪魔しようとする斥《せき》力《りょく》。両方が揃わないと、生命は永久機関ではなくなってしまう」

生命？　一体彼女は何の話をしているんだろう？

「新しい恋愛が書けないってことはね、ひょっとしたら恋愛する意味がなくなってしまったことを意味するかもしれないし、新しい文学を作れなくなることは、生きる意味がなくなってしまったことを意味するのかもしれない。でなければ、それらの意味の本質みたいなものを、私たちはどこか遠くに追いやっちゃったんじゃないかと思う。そうでないことを証明するために、新しい物語がいつも必要とされている。事実が、小説が、どっちが、なんて眠たいことを言っている暇なんてない」

僕は何と反応していいかわからず黙っていた。沈黙は、かならず風の音で埋められる。

「君の物語は果たしてどうなのかな?」

7

リモートワークが全面的に認められているのだから、すべてがそれで済めばいいのだけど、なかなかそういうわけにもいかなかった。疫病蔓延を理由の一つとして、書類の電子化はかなりの速度で進んだが、書類の種類や取引によってはやはりちゃんとした印鑑を押してほしいと取引先から要望されることがあった。要望されたなら仕方ない、印鑑を押す権限を持った人を摑まえなければならないし、場合によっては出社しなければならない。他にも、リモートワークを理由に配送物が滞っていることを大目に見てもらっていることがあったのだけど、空気的にそうもいかなくなってきた。ごちゃごちゃした働き方になってしまっているが、これも瞬間風速的なものだろうと思う。少し落ち着いたら一週間当たり二日も出社すれば業務が回るようにできるだろうし、少し落ち着いたら新規営業も復活してくるだろう。

少し落ち着いたら。先々を考える時に、そんな定型句を自分の中で使うのが多いことに思い当たって、不意に笑みが込み上げる。少し落ち着いたら、その明確に定義できないきっかけを仮定して考えを進めていって、果たして僕はどれだけのことを成し遂げてきただろう？　いい歳をした現代人に落ち着くなんていう状況が用意されているわけなどなくて、結果的にアキレスと亀のように、いつまでも少し落ち着いたらにはたどり着くことなんてできない。なんなら、ぐるぐる回り続ける現代社会の中で、少し落ち着くことは社会人としての落伍を意味する。

緊急事態宣言明け二週目の木曜日には、社長から降りて来た新たなミッションとして、PR・ブランディングのコンサルタントとのWEBミーティングによる顔合わせがあった。翌週になれば、多少ペースが見えてきそうな目算だったが、仕事を進めていく内に、余白だったはずの時間がアポイントや会議のための資料作りなんかで埋められていく。

社長によれば、PR・ブランディングのコンサルタントは、社長の知人の紹介であるらしい。この仕事におけるゴール地点を摑んでおくために、もう少し突っ込んだ話をしておこうと思い、この件に関して社長とはメールを何往復かやり取りしている。そのコンサルタントに彼が期待していること、そのコンサルタントのスキルセット、僕にどこまで権限が与えられていて、何を期待しているのか。営業優先であると言うからには、明確なゴールを今の時点では持っていないのかもしれないが、時間を割く以上、最低限の合意形成はしておきたかった。また逆に明確なゴールがあって、それが手に余るようであれば、あらかじめ懸念を伝えておきたかった。

社長にヒアリングして、MBOの成立目標が二〇二一年末～二〇二二年の上期、社名変更が二〇二三年の期初である四月を予定していることがわかった。社名変更自体はバイアウト成立後すぐに発表し、その間の時間を認知度アップと、将来性のPRの材料として使う。それが、現時点でのざっくりとした青写真であり、特に数字的な目標が設定されているわけではないらしい。

今回アサインされた坂城《さかき》というコンサルタントは、うちみたいな知名度向上に力を入れていなかった会社の基礎固めを得意としているそうで、戦略立案から社員教育、文章やイラストなどのクリエーションもできるそうだ。

打ち合わせにあたって、ミーティング用のZoomリンクは坂城氏が作成してメールで送ってきていた。約束の13時の10分前に、過去のメールからリンクが貼られたものを掘り出して、PC画面の隅に表示させる。そうしながらぎりぎりまで顧客のメール対応をしていた。無理矢理に一区切りつかせ、1分前にリンクをクリックすると、Zoomアプリが立ち上がる。時間きっかりに入室を打診しても待たされることはままあって、相手のだらしなさを感じることがあるのだけれど、坂城氏はほとんどタイムロスなく入室を許可した。僕の好みの始まり方だった。

僕のPCには、僕の顔と坂城氏のウィンドウが並んでいる。カメラをオンにしている僕は顔が表示されているが、坂城氏はカメラをオフにしていて、黒いウィンドウに"Satoru Sakaki"と彼の名前が表示されているだけだった。どうやら、坂城氏はサウンドオンリー派のようだ。新型コロナが流行りだして、アポイントもWEBミーティングが当たり前になっていく中で、カメラをオフにしての会議を好むサウンドオンリー派にちょくちょく出くわした。

なんとなくレベルを合わせた方が良いように思い、相手がサウンドオンリー派だとわかったら、僕もカメラをオフにすることにしている。

「はじめまして、坂城です」

僕がカメラをオフにしたタイミングで坂城氏が言った。僕は会社名と自分の名前を告げて、「本日はお忙しいところありがとうございます。僕の声聞こえてますか？」

と導通確認をした。調子よく話していたのに、その間ずっとマイクがオフになっていて全く相手に伝わっていないのは、もはやWEB会議あるあるの一つだ。そんな悲劇を避けるためにも、まずは音声の確認をすることにしている。

「大丈夫です。聞こえてます」

「良かったです。大枠の話は大崎《おおさき》から聞いていますが、」

「はい」

「とはいえ、大枠しか聞いていないと言えば聞いていないので、」そこで僕は音声で相手に伝わるように少し笑う。「特に何も用意していないんですが、大丈夫でしょうか?」

「もちろん大丈夫です。あくまでも顔合わせですから。と言いながら、顔は見えてませんが。はは」

坂城氏はくだけた空気を纏った人のようだ。砕けつつも、締めるべきところは締めてくれそうな——、と感じそうになるのはきっと僕の願望も含まれている。

まず自分がやっているコンサルティングのイメージを摑んでもらいたいからと、坂城氏はパワーポイントの資料を僕の画面に表示した。いくつかの円が波紋みたいにあわさって、真ん中にはうちの会社のロゴが貼られている。ロゴの脇には「Philosophy」と書かれてあって、それを取り囲む一番内側の円には「既存事業」の文字。

「久島さん、いいですか? これから大崎社長の言ういかにも外資な看板をつけかえて、御社独自のブランドを構築していくにあたってですね、やるべきは、奇抜なことではありませんし、何か目新しいことでもありません。まず必要なのは、正確な自己認識です。御社がどういう会社なのか、何がコアコンピタンス――つまり強みであって、そのコアコンピタンスをもとに社会とどういった繋がり方をしているのか。そのことから導き出される、今後何を目指していくべきかという方向感。それらの答えは私が持っているわけではありません。すべて、既に今御社がなさっている事業の中にあります」

坂城氏は少し間をおいて、さらに続ける。

「中にある、というより、埋まっているといったほうがイメージしやすいかもしれません。私と、そして久島さん、我々がやるべきこと。それは、そこに埋まっているが、ちゃんと言語化されていないものを掘り出すことです」

「掘り出す、ですか？」

「そうです。発掘作業です。御社のように骨組みがしっかりしていれば、何も難しいことはありません。会社によっては、うまく補強しながらでないと掘り出せないこともあります。ブランディングのためと称して、ぼろぼろの化石を手掛かりに新規事業の立ち上げをし、あたかもそれがきれいな形で埋まっていたような顔をすることだってある。もはや捏造とでも呼びたくなることもあります」

坂城氏は小さく笑った。

僕もつられて笑った。

「その発掘作業ですが、まずは、御社の哲学を言葉にするところから始めます」笑みから一転し、生真面目な声で坂城氏はさらに続ける。「憲法、と言ってもいいかもしれません。なぜ御社がこの世に存在しているのか、これからも存在し続けていけるのか、すべきなのか、それを端的に表す言葉です。文章でも結構ですが、ただ、あまり長すぎてはいけません。最大で150字程度。それぐらいの長さで言い表せるまで研ぎ澄まします」

「そのためには何をすればいいんですか？」

「まずは聴き取りですね」

「社員にですか？」

「そうですね、社員の方の何人か。とりあえず、まずは久島さんから始めたいと思います。今日久島さんのお話を聞いて、それからヒアリングプランを一緒に作りたい。大崎社長からも久島さんが適任だと聞いてます。社内でも人望があって、久島さんを通せばどこにでもアクセスできる」

「どうでしょうね」

一体、社長はどんな話を彼にしたんだろう。少し照れを覚えながらも、悪い気はしなかった。でも相手は一時的に経営の手助けをするために入って来たコンサルタントだ。うまく会社に入り込むために、社長が言ったことにイースト菌を適量入れて僕が気に入るようにぱんぱんに膨らませているだけかもしれない。

それからの30分間、僕は坂城氏からヒアリングを受けた。まずは僕が思う会社の強み、それから彼が作った体制図を眺めながら各部署の役割、その中のキーマン、一番最近入ってきた社員の様子、営業目標の設定のされ方、僕が思う改善すべき点、などなど。ブランド構築のためのコンサルティングのはずなのに、ＰＲ関連については全く聞かれなかった。まだ準備段階、ということだろうか。

話をしている内に小一時間が経過し、僕は時間が気になり出した。それが声音にも出ていたのか、あるいはそれが彼の作法なのか、打ち合わせが始まって50分ほどが経過したあたりで、「お時間はまだ大丈夫ですか？」と訊ねてきた。僕は率直に14時過ぎから１時間程度約束があることを伝えた。伝えながら、胸が少しざわついた。望末サイド、彼女はもう既に指定したコーヒーチェーン店に着いているのだろうか？　きっと到着しているだろう。そしてきっと、頼んだコーヒーにほとんど口をつけることなく僕を待っている。

できれば本日中にヒアリングプランをある程度固めたいと坂城氏が要望し、14時からのアポが終わった後の予定を聞かれた。その後にアポはなかったため、彼の要望を受けて、15時から続きの話をすることになった。

僕はZoom会議を退席すると、ＰＣをスリープモードにして、オフィスを後にした。エレベーターホールまで歩き、すぐに来たエレベーターに乗って１階へと下りる。このビルの向かい、１階のタリーズが待ち合わせの場所だった。店はガラス張りだったから、僕はすぐに望末サイドを見つけてしまう。前に会ったのはもう随分昔のことなのに、あまりにあっけなく僕は彼女を発見してしまう。そして、まるで磁石に引きつけられるみたいに、僕の視線が彼女に引き寄せられる。間違いなくあれが、人生の中で僕が唯一愛した女の「顔」だった。

8

時間の感覚が変だった。

ディスプレイの中のサウンドオンリー派の男は何か言っているが、何を言っているのか全然入ってこない。でも僕は、ちゃんと男と会話している。相手はサウンドオンリーだが、僕の顔は出たままだ。レベル感を合わせなきゃなと思いカメラをオフにしようとした瞬間、サウンドオンリーの黒画面に男の「顔」が現れる。

「さっきからずっとどこか、上の空ですね」

僕はその「顔」に見覚えがあった。坂城氏であるはずの男、でもそれは僕がよく知る男、塔の上でビールを一緒に飲んでいた――

画面に表示されているのは、僕の前から去ったあの画家の男の「顔」だった。

「名前が、」

僕がその「顔」に向かって言うと、

「違う?」

と男は僕の台詞を引き継いだ。そしてまた笑った。

「言ったじゃないか？　別の名前を持っているって」

　疫病が蔓延する前の、もう別世界のことのように感じる数か月前、彼としょっちゅう飲んでいた時にした会話が浮かぶ。お互いに社会的な利害のない、具体的には何も求め合わない関係だった。相手が異性だったならきっと僕たちは何かの弾みで、一線を踏み越え、互いに踏み入って、結果的には同じような終わりを迎えたかもしれない。四十歳に届こうとしているはずなのに、モラトリアムな雰囲気を纏った彼とはどれだけ一緒に過ごしても溶け切らない新鮮さが続いた。良い氷がなかなか溶けず、アルコールを冷やし続けるように、違和と親密さが絡まったようなものが常に我々の間にはあった。会話を続けて、その氷がからからと鳴り続けた。

　しかし、当時の彼は坂城という名前ではなかった。

「世の中狭いもんだな」

　画家の男が言う。さっきまでは僕の頭の中では、彼は坂城さんという整理だったのだけれど、そうではなくなっていた。

「どういうこと？」

　考えてみれば、職場で知り合って、敬語を使わない相手ができたのは久しぶりだった。

「どういうって？」

「社長もグルってこと？」

「グル？」と呟いて、男はまた笑う。「グルも何もないさ、この件に裏はないんだ。実際に君の会社の社長が、社名の変更を考えて、それをきっかけとして独自のブランディングを進めたいと考えているのは本当のことだ。そして、そのプロジェクトを僕が担当することになった。シンプルな話だ」

「本当に？」

「本当だよ。一面においては」

「じゃあ、他の面では？」

また男が笑う。ここまでの数分のやり取りで僕はすっかり彼との間合いを取り戻していた。何を言っても、どこかに嘘がまぎれているように感じる彼の話しぶり。でもそれは悪辣な思惑からではなくて、ゲームを楽しむための約束事の一つであることを僕は知っている。あるいは、手品を楽しむためのちょっとした誘導。

「別の面で言うならば、大崎社長と知り合った時、君の会社の社長だなと僕はすぐに気が付いたよ。どういうわけか組織の名前は一度聞いたらほとんど覚えてしまうんだ。財団法人なんちゃら会、なんちゃら文学振興会、株式会社なんちゃら。とにかくそれが組織であれば、脳みそのどっかに必ずひっかかっていて、覚えるつもりもないのに覚えている。自分でも不思議だ。ただ、僕みたいな生き方をしていると、結構役に立つ能力ではあるな」

話が逸れていることを自分でも感じたのか、彼は軽く姿勢を正した。

「大崎さんと知り合ったのは、あるクラブでのことだ。座って小さな声で話す方のクラブね。こっちは、接待で行っていた。コロナの最中でも営業していて、アルコールも出してくれる店だった。いつもは別のテーブルの客と話すことはないんだが、禁酒法を破っているような共犯意識でもあったのかな？　あの頃はその店では他の客と話す機会がそう言えば結構あったな。大崎さんが僕の同伴者と顔見知りだった、ということもある。名刺交換をして、すぐに君の会社の社長だと気づいた。それで実はね、」

　彼は少しもったいぶるような間を取った。僕はつとめて表情を変えなかった。

「実は、マネジメントバイアウトをその場で提案したのは僕だ。それと同時に社名の変更も僕が提案した。その辺のもろもろをプロデュースすることが可能だと僕はその時彼に言った。本当は、可能かどうかはわからなかったよ。バイアウト案件なんてやったことなかったしね。ただなんとなくやり方はイメージできたし、自信はあった。と言うか話している内にわいてきた。バイアウト用の資金をつくるために、誰と誰をつなないで、どの段階で大崎さんに紹介するか。一発でうまくいかなかった場合どういう風にリカバーするか。なんにせよやり方は一緒だ。つまり、僕のビジネスについて言うとだけどね。すべてが想定内であるという空気を作り、常に二の矢三の矢を思い描きながら動く。やったことないことだって大体はそれでなんとかなる。それに大崎さんに相手にされなくても、こちらとしては別に構わない。これは一種の遊びで、酒のつまみみたいなものなんだから」

「酒のつまみ」

「そう。君へと再びつながるか否かの試みという余興。たまたま知り合った君の会社の社長に、今後の会社の方向性に大きく関係する提案をして、その仕事に一枚かむ。そして、その件の会社側の担当者として、これこれこういう特性の人を付けて欲しいと要望する。名前を出したわけでも、年齢や性別で指定したわけでもないよ。もしかしたら大崎さんには一種の謎かけみたいに聞こえたかもしれない」

何と言うべきかわからず、僕は黙って男の言葉を待った。男も黙って僕を見ていた。続きを促すためだけに、なるほど、とでも発言した方がいいかなと思い始めた時、彼は口を開いた。

「そんな風にして僕はサイコロを振った。何面体のサイコロかはわからんが、狙った通りの目が出た。そして我々は再会したんだ。こんな風に」

「坂城はペンネーム？」

〝坂城〟は驚いた顔をする。それから、ふっと息を漏らした。

「君に伝えていた名前、あっちがペンネーム。画家としてのね。本名はこっち」

男は右手人差し指で下を指さす。その先には Zoom のウィンドウの〝Satoru Sakaki〟の文字。

「知っている名前が偽名だと言われたら、なんとなくいい気がしないだろう？　だから偽名で知り合った人間にはそっちが本名だと言う。両方の名前を知っている人間はそう多くない」

〝坂城〟の方が本名だと聞かされて、男の姿が揺らいだように感じた。薄皮を何度も捨て去って脱皮するように、僕の中で彼を同定するための認識が変容していく。その揺らぎ自体がまぎれもなくその男、〝坂城〟を表しているようにも思えた。彼は、いつか坂城という名前も脱いでしまうかもしれない。

「君が出てきたことで遊びに僕は勝った。まあ、一人遊びだけどね。で、となれば、もう一つ確認したいことがある」

坂城は右手の人差し指をぴんと立てた。

「モナ・リザの話をしたのは覚えてる？　あれは渋谷のコワーキングスペースでだっけ？　それともあのバーだったかな。場所はまあ、どちらでもいい。誰にも見せる必要のない物語、絵、なんでもいい。とにかく純粋に自分のための創作物。君はそれを書くべきだと僕は言った。覚えてる？」

「覚えてる」

「実際、書いてる？」

僕は無意識のうちに頷いていた。

「それはやっぱり望未ちゃんのこと？」

さっきまでタリーズで話していた望未サイドの顔が浮かぶ。彼女は最後に会った時よりはもちろん幾分歳を重ねていた。けれど、よく知っている人の老け方が年相応なのかは僕にはわからない。

十数年ぶりに会った彼女は、タリーズに入ってくる僕を認めるとその場で立ち上がり、小さく礼をした。僕は自分でも驚くくらい動揺した。いつも根底に罪悪感を抱え、悪いから、と呟いた若い頃の彼女の顔が、話している間ずっと頭の中にあった。望未サイドが僕に手渡した、かつて僕が望未に送った手紙の入った紙袋がテーブルの下にはあった。望未サイドは手紙について、一つ嘘を吐いていたのだと謝った。けれど今さらのことだったし、よく覚えていないけれど、僕はその嘘に当時から気づいていたようにも思う。

坂城がじっと僕を見ている。見るものをそのまま吸い込もうとでもしているような、黒々とした目。彼が画家である時、対象を見る時にはこんな目をしているんだろうか？

「さっきとは違って、君が見たこともないくらいぼんやりしているのは、何かあったのかな？」

坂城はいつかのように、そう言って一度瞬きをする。

「まあいい、久しぶりにさ、望未ちゃんの話をしてくれよ」

望未の話？

9

望未の予言通り僕は大学に無事合格して、生まれた街を離れることになった。僕が住んでいたのはとても都会とは言えないけれど、住みやすい街だった。都市圏の中心街までは電車で1時間はかからなかった。その都市圏の大学に進めば、その街を離れる必要はなかった。しかし僕はどうしても街を離れたかった。誰も知る人のいない場所で、一人で暮らすという経験がしてみたかった。いや、そのことを必要としていた。

「あなたはこれから私たちの出会った街から出て行きます。そしてあなたはあなたになるための旅を始めます」

望未が手紙でよこしたそのフレーズが受験勉強の最中、ずっと頭にあった。

大学に入ってからも、僕は毎週のように手紙を送っては、彼女からの返信を待った。途中でパソコンが普及しはじめ、メールでのやり取りに切り替えるのが自然だったような気もするが、どちらからもそれを言い出すことはなかった。

一方で他の友人とのやり取りにはＰＣか、携帯電話のメール機能を使うようになった。ＰＣでのEmailだと字数制限はなくて自由度が高かったけれど、いちいちＰＣを用意し、それを使える場所と回線を確保してキーボードを打たなければならなかったから、結局は少ない文字数の携帯メールでやり取りすることが多くなっていった。二〇〇〇年代の初頭は、携帯メールでは一度に原稿用紙一枚分も送れなかったと思う。それでも便利さには代えられない。僕たちはいつも手元にある携帯で短いメッセージを送り合って、コミュニケーションを図っていた。

しかし望未とのやり取りは手書きを続けていた。効率や手軽さとは切り離された、非効率な方法。なぜか望未とは手紙でのやり取りこそが正しくて、やり方を変えることは間違ったことのように思われた。

便箋を選び、その上でペンを走らせる時、僕の心は不思議と落ち着いた。これまで生きてきた——と言っても当時は二十年にも満たないわけだけれど——自分の時間が積みあがっていく実感を得ることができた。おめでたいもので、このまま時を重ねていけば、彼女と僕の間に挟まっている何かが解消され、僕はちゃんとした大人になって、社会からいくばくかの糧を得るようになり、中学生の時に途切れた彼女への恋慕を自分の生活とその集積としての人生に結い上げることができるのだと思っていた。

受験から上京にかかるこの時期、僕は望未に対して、会いたいと何度も書いたことは覚えている。

上京したばかりの頃、誰も知っている人のいない都会での生活を望んだのは自分のはずなのに、知り合いがいないことに孤独を感じていたことを僕は彼女に手紙で伝えた。――孤独ではあるが、僕は満たされている。なぜ満たされているかと言えば、全ての関係が消えてなくなったとしても、もとよりそれは僕にとっては不必要なものだから。二年間の隔たりはあるとして、歳を重ねていけば二年なんて誤差だと感じて来ると思うし、なんなら君も東京の大学に来ればいい。何か困ったことがあれば僕が助けてあげられる。別に他の友達も知り合いもいらないし、作るつもりもないけれど、その内に君をうまく迎え入れるためだと考えれば一人の時間も楽しく感じる。君が他の人を邪魔しないように二年遅れの高校生活をひっそりと送っているように、僕も仮面を強化して、ちゃんと君の居場所を作っておくよ。

当時の表現がどんなだったかは忘れてしまったが、とにかくそんなような趣旨のことを書き連ねた。僕の誘いに対して、望未の答えはいつもＮＯだった。

便箋の上でペンを走らせている時はいつも、僕の頭の中では現実とは色調の違った別の世界が浮かんでいた。色褪せた写真の、あるいは古びた絵画のように茶がかったぼやけた世界。それが動画なら、かたかたと映写機が回る音が差し挟まれるべきかもしれない。字を連ねていくとその音が実際に聞こえて来るような気がし、僕はおとぎ話の住人になることができた。姫を救い出すことだけを一途に思い続け、他には目もくれず、日々の鍛錬を怠らない騎士のように。

その頃の思いがほのかな熱のように浮かんで、古ぼけた風景をうっすらと朱に染める。と、同時に望未との世界ではないもう一方の世界の自分もまた蘇っている。少なくとも表面的には孤独ではなかった当時の自分について。

*

17:00。

渚が予約したレストランで僕は渚を待っている。約束の時間をわずかに過ぎているけれど、彼女はそうひどくは遅れないことを僕は知っている。遅れるとしても、最大で10分くらい。保育園児を育てつつ、総合職として働く彼女は独身男性の二十倍ほどは忙しい。彼女が捻出できる時間は限られている。だから、何か思惑があってすっぽかすつもりでもない限り、そう時を経ずに来る。

17:03、透明な玄関ガラス越しに彼女の姿が現れた。入店時、玄関の演出で暖色のライトに下から照らされた彼女の姿に、一瞬見惚れる。渚と会うペースは完全に彼女任せ――、というか彼女の都合次第だけれど、間が空くとこんな風にあらためてハッとさせられることがある。

「ごめんね」

席に着くなり、彼女はマスクを取って、バッグを隣の椅子においた。コートは入り口で店員に既に預けてあった。

「こんなの遅刻に入らないよ」

「そうじゃなくて、こないだのこと」

「ああ」と僕は小さく反応した。本当は渚とは先週会う約束だったのだけれど、〈体調の読み違えがあって〉とLINEでリスケの打診があり、会うのが今日になった。

僕はそれ以上深掘りする必要を感じず、店員の方を見た。店員はすぐに反応して、テーブルに近づいてきた。良い店の条件として絶対に外せないのは、こういう時の反応の良さだと個人的に思う。どれだけ味が良かろうと、雰囲気や香りが良かろうと、こちらの動きに鈍感な店にはいらいらする。特に多少なりとも気取った店だとなおさらだ。これが町の中華屋だったら、料理を配膳し、空になった皿を洗い場へと持って帰る忙しげな店員さんを呼び止めても様になるけれど、こういった店だとそうもいかない。

などと、偉そうに評してしまうのは、テーブルに置かれたお品書きの書きぶりに若干気圧されているからかもしれない。子鹿のなんとかとか、銚子で捕れたスズキのなんとかとか、材料はわかるがそれを使った料理の姿を名前からイメージできないものが多々あった。

渚の予約したこの店には、日替わりのコースメニューが一つしかないようで、席に着いた時には既にメニューが置かれていた。テーブル脇に忍び寄ってきた店員が、苦手なもの、特にアレルギーがでるものはないか聞いてくる。貝類が苦手だと数年前までは答えていた。子供の頃から貝類が苦手だった——、のだけど、同僚の接待に付き合う必要があり、彼が選んだ店のコースメニューが貝尽くしだった。後から聞けばその時の接待対象の好物が貝だったとのことで、貝尽くしメニューの宴会に参加しておいて貝が苦手とは言い出せなかった僕は、マインドの舵を切って自己暗示をかけることにした。

「俺は貝が好き、好き過ぎて食べ過ぎるし、食べ過ぎて飽きるのも嫌だから、普段はあまり食べないようにしているくらいに貝が好き。好きな度合いが強いほど、遠ざけてしまうところが俺にはある、実際貝を食べるのはいつ以来だ？　もう思い出せないくらい昔のことだ、ほら、舟の形をした木製の器に盛り付けられた貝の身、なるほどまずは刺身からか、これは垂涎ものだぞ」そんな風に心の中で呟きながら食べると、これが案外うまかった。それ以来、こういう場でも貝が苦手とは言わなくなった僕は、「特にありません」と応える。それに重ねるように、

「私も特に大丈夫です」

と渚も続いた。

「今日、結構飲めそ？」

お品書きを眺めながら渚が聞いてきて、うなずくと、じゃあ、ペアリングでいいよね、そう軽く確認してから、店員に目配せをした。料理と合わせてアルコールが用意されるペアリングコースは、全部で五杯出て来るそうだ。すぐに出された食前酒がもたらす意識のまどろみを借り、二《ふた》月《つき》ぶりに会う緊張をほぐしていく。

食事はメインの肉料理へと進む。素材で言えば、僕は飛驒牛を頼み、彼女はトリュフと若鶏を頼んだ。近況報告と世間話を交えたとりとめのない会話は尽きつつあった。飛驒牛を切りながら、話題を探し、坂城の話が穏当かなと思いついた。僕に見せている側面がそうなのか、本質的にそ

ういうタイプなのかはわからないが、日常の破れ目から見えるちょっとファニーなものを彼女は好む。暴力的過ぎてもいりないし、社会性がなさ過ぎてもいけない。穏当さと、不謹慎が同時にあるものごと。

「その人、坂城さん？　何が目的なんだろう？」

「目的はないんだ。手段っぽく見える過程自体が目的で、その意味では目的的な生き方を彼は茶化している」

目的中毒。確か、世の風潮を坂城はそんな風に評していた。目的中毒の世の中、そしてその目的を淡々とこなしていく、血も涙もない的確な現代人。ニーチェが予見した超人がいよいよ登場する下地ができあがりつつあるんだよ、久島君。

「でもさ、茶化すのが目的なんであれば、坂城さんも目的的に生きていることにならない？」

「深く考えていないんだよ。適当なんだ」

「なんか学生時代の友達、みたいな関係」

そう言って渚はトリュフと若鶏の料理を口に運ぶ。フォークにささった量のちょうどよさに、なぜか育ちの良さを感じる。

マスクをつけるようになってから口紅を塗らなくなった彼女の唇が、脂で濡れて光っている。

その唇が動く。

「その坂城さんって人、ちょっと楽しそうな人ね」

「会ってみる？」

間を空けずに僕は応えた。

やめとく、と彼女が小声で言って微笑したところに、ソムリエがやってきて、次のワインの説明をする。その説明を聞くでもなく聞きながら、脂で滑《ぬめ》った唇や、服の上からでもわかるしなやかな体のことを思い、僕は焚火を絶やさぬように静かな興奮を自分で煽る。デザートを半分残してそそくさと店を出、タクシーの中で背中に手を回した。もっと深入りするのは、ホテルのエレベーターあたりで良い。

頭に思い浮かべた手順通りに良い形で興奮を維持し、盛り上げながら果てた後、冷静になった僕は天井の鏡に映る自分と目が合う。天井に鏡があるタイプのホテルの割合はどのくらいなんだろう？　そんなどうでもよい疑問が浮かび、この疑問は別の機会にも考えたことがあったなと気づいた。それも一度ではなかった。大学生の頃からだ。あの頃から最低でも五回は同じことを考えている。

20:00にここを出る渚は目を瞑ってはいるが、眠っているわけではないし、きっと眠りに落ちないように気を付けている。僕は鏡に映る自分を見ながら二つの世界について考えている。あの頃、確かに僕には二つの世界があった。一つは望未に向けた想いによって作られたおとぎ話の世界。そして、もう一つは望未のために制限されていた欲望を果たす現実の世界。あの頃僕はそれぞれの世界で別々に生きていけばそれでよいと思っていた。

僕は、あの頃から結局変わっていないのかもしれない。想いの宛先として望未がいなくなったあとにも、いつも都合のいい別のものを据えていたような気がする。それが今は例えば、ラプンツェルで、顔のない声と文章だけの存在である彼女とのやり取りを僕は楽しんでいる。

でも、別々に見える二つの世界は、結局地続きの一つの肉の世界だ。再登場した坂城が、すぐにコロナ前の画家の男と統合してしまったように、あっけないくらいに二つの世界は地続きのはずだった。

10

家で仕事をするつもりで、始業時間までのあと1時間程度を僕は持て余していた。始業といっても、9時5分前にPCにログインして、就業管理ソフトを起動して出社ボタンを押せばよいだけだ。管理サイドから突っ込まれる余地を残さぬよう、完全なオンタイムであることが望ましい。

9時きっかりに出社ボタンを押すことを意識しながら、8時台を過ごすことがいつからか日課になっている。ダイニングテーブルのベストな位置に仕事用のノートPCとプライベート用のそれを並べ、電池の残量を確認してからACアダプタを接続する。PCの前で無駄に時間を過ごしながら、僕はクローゼットの中の手紙について想像していた。壁一面の埋め込み型のクローゼットの中は、2列3段になっていて、左半分は衣服類を入れているが、右半分は別の使い方をしている。下はプリンターやもう長い間触っていないデジタル一眼レフカメラなんかを置き、真ん中は本棚代わりで、空いたスペースにPCや腕時計などの利用頻度の高いものを置いている。背伸びしないと届かない一番上には家電の保証書や説明書、時計の箱、昔の手紙や写真が入っている靴の空箱は一番上の段の奥にしまってある。望末サイドから渡された、僕の手紙の束が入った紙袋はその脇に置いてある。そんな観察をしているのは、それを手にとって開くことを僕が想像しているからだ。想像しつつためらっているからだ。テーブルの上のXperiaが揺れた。

塔のマーク。

揺れるXperiaを眺めて、LINE通話に出るべきかどうか悩んだ。ほんの子供の頃、電話が鳴った時には居留守を決め込まない限り、誰ともわからない電話には出るしか選択肢がなかった。テレビの音を切り裂いて鳴る電話に出て、洞穴に問いかけるように、もしもしと呟くあの心細さ。それを解消する代償として、我々は明確な選択肢を突きつけられることになった。この人からの、この電話に、今出るのか出ないのか。不可抗力はなくなって、言い訳する余地を削除し、悩みとして提示される。技術はすべての感情の発生源を選択肢として分解していってくれる。これはいつか坂城が言っていたことだ。

――『『ハムレット』の有名な一節があるだろう？　生きるべきか死ぬべきかそれが問題だ。To be, or not to be．誤訳だとかなんだとか言われてきたけれど、僕に言わせればね、正しく訳せなくて当然なんだ。天才ウィリアム・シェイクスピアは、あの戯曲でもっとリーチの長い話をしている。物事の理がすべてやがては分解されて、To be, or not to beと延々と訊ね続けられるようになるということを彼は言わんとしている。To be, or not to be. That is the last and only question」

坂城の言葉を勝手に脳が反芻している間にもXperiaは鳴り続ける。電話に出るべきか、出ないでいるべきか。それが最後にして唯一の問題。

結局、僕はラプンツェルからのLINE通話に出る。

「昨日電話くれた？」

どうだっけ？　耳からXperiaを離し、昨日のLINEでのやり取りを確認しようとトークルームをスクロールした。確かに昨日彼女にLINE通話をかけた履歴が残っていた。昨日、渚と別れた後、赤坂の街を散歩して適当なバーに入ったことは覚えている。そこでウイスキーを何杯か飲んだ。頼んだウイスキーはとてもスモーキーでうまかったが、一杯１５００円以上するので、値段にばかばかしくなって、帰りがけにウイスキーのボトルを買って宅飲みに切り替えた。時間帯を見る限り、おそらくは宅飲みの最中に僕はラプンツェルに電話をかけている。深夜までソファで酒を飲み、シャワーも浴びずにベッドにもぐりこんだ記憶はあるが、家に着いたあたりからそこまでの記憶があいまいだった。

「何か用だった？」

酔って彼女に電話するのはただの悪い癖で、それ以上のニュアンスなんてない。そのことを彼女は知っているし、彼女がそのことを知っていることを僕も知っている。

「特別な用はなかったんだけど、なんとなくね」

「やっぱり酔ってたの？」

「そうだね。久しぶりに外で飲んで、ちょっとテンションが上がってたんだと思う」

「まあ、またいつ緊急事態宣言されるかわかんないもんね」

「君はどこかいった？」

「どこも」

「じゃあ、ずっと塔の上？」

「そう。いつここを出て行けって言われるかわからないから、味わってる」

「でも、別に何も言われてないんでしょ？」

「そうだけど、あの人が亡くなってから、もう随分経つからね」

彼女を塔の上に囲ったどこかの老人が、コロナで亡くなったと聞かされたのはもうかなり前だけれど、彼女との仲が深まるに連れ、その話がなぜか嘘くさく思えてくる。彼女の存在自体があまりにあやふやで、半分幻のようだったから、全体の嘘くささに老人の死の経緯の嘘くささが紛れていた。

「本当に、その人はコロナで亡くなったのかな？」

「最後にメッセージをもらっただけだから。私もそれ以外何も知らないのだけど、それを信じるならばそう。あれなら、そのメッセージ転送しようか？」

「いや、いいよ」

彼女は笑い、それから「そう言えば、もうすぐ仕事？」と聞いてきた。

「そうだね。後10分したら、タイムカードを切らないと」

「今は何してたの？」

何をしてた？　ラプンツェルのその質問がすぐに自問へと転じる。多分僕は昔の手紙を取り出そうかどうか考えていた。

「何もしてないよ。始業時間になるまでぼうっとしてた」

「何もしてないんだったらさ、もっと塔当てゲーム頑張ってよ」

彼女の笑い声に、風の音が続いた。またバルコニーに出ているらしい。しばらく沈黙が続いた後、

「ねえ、本当は何してたの？」

と彼女は訊ねた。

「本当に何もしてないよ。ただ、あえていえばちょっと想像していただけ」

「何を？」

「昔の手紙を取り出して、読むことを」

「昔の手紙って、望未さんの？」

「そう」

風の音に、嘆息する雰囲気が混ざった。少し間があってから彼女は言った。

「もし、望未さんについて実際に何かを書いているのだとしたら、自分の物語に現実を取り込むことの危険性について、君はもしかしたらかなり無頓着なのかもしれないな。混ぜるときにはね、細心の注意を払った方がいい」

「注意？」

「そう。創作することの危険性はほとんどそこにしかないから。完全な空想を作り上げて、それに取り込まれてしまうなんてことは、実際、何も危険ではない。むしろ幸福なことだよね。本当に危ないのはね、現実と空想を間違ったタイミングで混ぜて、そのどちらをも台無しにしてしまうこと。人は現実だけで生きるにあらず、想像だけで生きるにあらず。混ぜるな危険、っていう

シールを貼って回りたいくらい」

そう言って、ラプンツェルはビデオ通話に切り替えた。わずかに彼女の横顔が見え、カメラはぐるりと回って、湾岸の風景が映った。

「じゃあ、ヒントの代わりに、今から私が少しお話をしてあげる。混ぜるタイミングを間違ってしまった人の顛末として聞いて」

＊

ラプンツェルの長い話

そういえば、始業時間って言ってたけど大丈夫なの？　アプリの出社ボタンを押せばいいだけ？　へえ、なるほど、今はそうなっているんだね。私が会社で働いてた頃じゃあ考えられないな。もう何年前になるんだろう？　ずっとずっと昔のように感じるけれど、数えてみたらそんなに昔の事でもないいな。

その当時私は都心のある街で働いていました。ガラス張りのぴかぴかのオフィスにおっきなエレベーター、気分が高揚しているのか、緊張感のある大きな商談でもあるのか、ぴちっとしたかっこうの総合職の女性社員が、高いヒールを履いてぱきぱきと闊歩するオフィス街。私はコロナが始まった頃にはもうその場にはいなかったのだけれど、きっと今はあの頃よりもオフィス街はがらんとしているんでしょうね。

　そんなね、ぴかぴかのガラス張りのビルを、高名な建築評論家が醜悪な建物と表現した記事をみたことがある。でも私は嫌いではなかった。ううん、ぶっちゃけ言うと、むしろ好きだった。毎月のようにどこかの地面が揺れる国で、見た目もあんなに弱そうで、少しでも揺れるとパリンと割れてしまいそうなあんなビル、よく建てたものだし建ってるものだ。詳しくは知らないけれど、きっと材料を改良して、最新の工法を駆使してガラスの塔を建てたんだね。ビルの中は中で、まさに日進月歩。空調がきちんと行き渡るように計算されて、そこで働く人が快適に過ごせるように考え尽くされている。月に何百万、何千万円って家賃を払って、財閥系の会社やら、新興で勢いのある会社やらが入居する。古くなると、どんどん潰して同じ場所にまた建てる。くだらない疫病が終わっても、私はあれを続けて欲しいと思っている。スクラップ、ビルド、スクラップ、ビルド、スクラップ、ビルド、スクラップ、最高の土地にあうのは最高のビルだけだから、街のどこかはいつも普請中だ。鷗外の時代から、ひょっとするともっとずっと前から、ずっとずっと普請中。理想に少しでも手を伸ばそうと、人々は破壊と建築を繰り返す、そんな街の中に私はいた。

　私は総合職ではなかった。一般職でもなかった。ところで、総合職と一般職って変な呼び方だと思わない？　それに総合と一般ってかなり似た意味を持っていると思わない？　例えば一般的と総合的の意味の違いを何も見ないですらすらと答えられる人がどれだけいると思う？　少なくとも一般の対義語は総合ではないし、一般的の対義語も総合的ではない。そんな曖昧な言い方で濁しつつ、会社内での立場は大違い。総合職はいわゆるキャリア組として会社の中枢を担っていくことを期待されて、大きなポカをしなければある程度の位置に行くことを約束されている。もちろん彼らは彼らなりに、苦労しているつもりではあるんでしょうけど。でも、そんなの全然苦労じゃないと私は思うな。

社会には見えない壁がたくさんあってね、そこには一方通行のドアがついているだけで、それが閉まってしまった後で、より良い方に行こうとしても無駄な努力になるんだ。そのことを私は嫌というほど実感してきた。田舎出身ではあるけれど、お勉強ができたはずの私なのにこんな目に遭うんだってことがね、この社会では本当にたくさんあった。

それで、一般職の人は、昔ならお嫁さんコースって呼ばれていた時期もあったそう。出世の上限が決まっていて、あるところで頭打ち、仕事の内容も代わり映えしないことが多い。もちろん、そんな会社ばかりではないし、近頃では一般職の廃止が進んでいるみたいだけど。

ぴかぴかのオフィスビルで働いていた私は総合職でも一般職でもなかった。廃止されつつある一般職の代わりに広まっていった派遣社員だった。ねえ、一般だとか総合だとかさ、そんななんだか曖昧な言い方に比べて随分明け透けなネーミングだと思わない？

派遣社員。

どこからか派遣されてくる社員。

正式メンバーではない、名前からしてそのことが明らかな社員。

私がもっと若くて、今より傷つきやすかった頃、私はぜんぶで5社に派遣されていきました。

ドナドナドーナドーナ、と派遣されていきました。中には酷い会社もありました。私の名前を把握せずに「ハケンさん」と呼ばれたこともありました。なんとなく、その時、漢字ではなくて、ハケンさんってカタカナで呼ばれているような気がしたものです。

どこからか派遣されてきた私はしかし、腹立ちを顔に出しては駄目なんだ。派遣されなくなってしまえば、私は途端に収入を失ってしまうから。君はそういう経験したことある？　ない？　政治家たちは、切り捨てられる側のことなんて、本当はなんにも考えていないんでしょうね。資産を持っている人が簡単に従業員を解雇できて、お金持ちが一層お金持ちになっていくだけなのだとしたら、裁判官を罷免できるみたいに、資産家を罷免できる制度を作って欲しい。それかトランプゲームの大富豪みたいに、革命があるべき。革命を禁じることがどれだけ横暴なことなのか理解していない人が多すぎるんだと思う。お金があることと幸福とは別問題だなんてしたり顔で言う人がいるけどね、そんなの欺瞞中の欺瞞だよ。だって少なくともね、お金があれば味わわなくていい屈辱を避けられるのは事実じゃない？

例えば、商談中の総合職の正社員にお茶を出して、歯が黄色いどこかの会社の部長に「いや、綺麗どころがお茶を出してくれるのはいいですね」と言われ、「いや、高いお金払ってますから」ってめくばせしてくる、総合職の正社員男性に愛想笑いをしたり、例えば、会社の飲み会に呼ばれて、無料のホステスをさせられたり、例えば、他の人から見えない角度で膝の上に手を置かれたり、そんなどこにでも転がっているありふれた屈辱を私たちはスルーせざるを得なかった。

私たち、ではないな。そういう言い方はよくない。主語を大きくしすぎてはよくない。

私は、スルーせざるを得なかった。仕事において特に落ち度がなかったはずの私の派遣が終了した理由はわかっている。あの頃私がずっと怒っていたからだ。総合職の正社員男性に対してではなくて、いえ、実際に彼らの一部に怒りを感じてはいたけれど、でもそれは入り口に過ぎなくて、本当は社会の在りように私は怒っていた。その会社は総合職の正社員男性にとってはとても良い会社で、年収も良かったから、とても優秀な人間が集まっていた。自分の身を守ることにとても長《た》けた頭のいい総合職の正社員男性たちは、目ざとく私の怒りに気が付いて、スマートに私を追いだした。もう随分前のことだけど、ちょっとは変わっているのかな？　変えているふりがみんなうまいから、そうでもないのかな？

　ここから先のことは、私は君に話したことがあるかも。私は夜の街で働き始めた。そしてあの人を見つけた。パトロン、という呼び方は手あかがつき過ぎていて嫌だけど、でもそう表現するのが適切なんだと思う。あの人は会社の創業者って言っていた。とにかく羽振りがよかった。ロレックスじゃないけど高そうな、でも控えめな時計を着けていた。出会った頃に既に七十歳を優に超えていたと思うけど、背筋はまっすぐだった。

　あの人は私の体を求めてこなかったって言ったよね？　それは嘘じゃない。嘘じゃないけれど、そんな彼の嗜好を知ったのはここに住んだ後のこと。最初に店で会った時から、あの人が私を気に入っていることにすぐに気づいた。そして、他のお客さんとは違うものを彼が求めていることにも気づいた。好意に気づいた私は、派遣社員になる前に、ほのかに思っていた憧れを引っ張り出してきて、夢として語った。

――本当は大学院に行きたかった、好きな小説や詩やお芝居、映画、そんなものを思う存分研究して、自分の考えをまとめる研究者になりたかった。別に大それたことではないんです、ただ、このかぴかぴに干からびたように見える世界の中で、たまに何かに没頭して、ふっと気が付けば生まれてきた意味を強く感じさせるようなこまごまとした真実の破片のようなもの、それをピンセットでつまんで集めていくような、そんなことがしたいんです。子供じみた空想ですけれど。

ならやればいい、とあの人は言った。私はその言葉にうなずきつつ、とうのたった可憐さを装った。いえ、装ったわけでもなかったのかもしれない。人間だれしも、可憐さを持っているはずだから。老いも若きも性別も関係なく、私は実際あの時可憐だったかもしれない。

とにかく私はあの人を逃したくなかった。あの人はチャンスそのものだった。私があの人に送ったたくさんのメール、たくさんのメッセージ。それを読み返したならはっきりとわかる。私はあの頃、明らかに彼を誘っていた。どうということのない会話の端々に、あなたは私の体に触れてもいいし、その先のことだって私は受け入れる用意がある、でもそれだけの対価はちゃんと払ってほしい、そんな要望が暗に含まれていた。

もっと経験があって、もっとうまい子ならば、変な匂いも立てずに相手に自分の要望を飲み込ませられたかもしれない。けれど元が田舎の優等生だった私は、未熟で経験不足だった。その頃のメールやメッセージを読み返した時の嫌な感じを今でもはっきりと覚えているし、今では忘れないようにしている。はしたなく他人に縋ろうとしている人間の懸命なアプローチ。きっとこれが私ではない、他の人の書いたものだったなら、そこまで鮮烈には感じなかったかもしれない。

けれど私はあの頃疲れていて、本当に疲れていて、ずっと底の見えない大きな穴の縁に立っている気分だった。頼れる人は一人もいなかったし、頼れるはずの人は全く頼りにならず、いつも気が付けば消えていた。それについては話もしたくないな。


「私の恋人になってください」

私のつたないメッセージを汲んで、彼はそう言った。話の流れ上、その言葉は私に住むところと、日々の生活費があてがわれることを意味していた。ありがちな愛人関係になることを完全に受け入れていた私に、彼は意外な要求をしてきた。

その条件は、私が誰とも寝ないこと――これは前に言ったことがあったね。その他にも条件はいくつかあった。あの人がこの塔に登ってくる時には、いつも綺麗にして迎えること。それから、髪を長く伸ばすこと。

戸惑いつつも、あの人の要望に応えようとする私は、友達とも呼べない相手に日々の消化しきれない思いを送り続けた。そのやり取りも今思えばとても下品なものだった。用意されたマンションの快適さ、予想される家賃、銀行口座に毎月振り込まれる金額、見返りとしてほとんど何も求められないこと。しばらくの間、私はあの人をうまく利用してやろうと思っていること。その友達とも言えない相手は、とても下品だった私に相槌を打ってくれていた。

私のその当時の諸々は、つい最近まで私の思い出からは排除されていた。都合の悪いところは捨てられて、物語が作られていった。

こんな物語。

どこまででも長く髪を伸ばしてほしい、まずは腰にかかるほどに伸ばしてほしい、そんなあの人の要望に応えるため私は髪を伸ばし始めました。

「どうして、髪を伸ばしてほしいんですか？」

私が聞くと、彼は当時から既に長めだった私の髪に手をさしいれて、髪の先まですっと指を通しました。髪に限らず、彼に触れられていると、まるで自分が絶滅しかけの美しい小動物のように思えました。

「人間ね、これだけ生きていると色んなことがあるんですよ」

濁すつもりだろうかと思ったけれど、そうではありませんでした。あの人は何もない空中に視線をやって、それからわずかに顔をこちらに向け、私のおでこの辺りを見ながら続けました。

「包み隠さず言うと、私には忘れえぬ恋人がいたんです」

「一緒にはならなかったんですか？」

「一緒にはならなかった。つまり、人生を共にする相手にはね。不可抗力と、おそれと、意思と。そのどれがどれだけの配分で彼女とたもとを分かち、今ある現実に帰着した要因になったのかは、いまもってはっきりとはわからないが、結論として私は彼女を失った。今でも私は、彼女を、私の恋人を思い出します。ただの感傷なんだとは思う。けれどそれは、肌寒くなってきた秋の夕暮れにふっと私をとらえ、しばらく頭から離れない。たいていの人は、甘やかなその痛みが去るのをじっと待って、戻るべき場所に戻ります。そんなたいそうなものではない。でも、私は贅沢の一つとして、その甘やかさをもっと味わっていたいと思った。それくらい許されてもいいような気がしたんです」

「その人の髪が長かったんですね」

「そうです」

「そして、その人と私が似ているんですね？」

私が確信を込めて言うし、あの人は首を傾げました。

「どうかな。わかりませんね。似ているのは、その人を元にして膨れ上がった私の中の恋人像の方にかもしれない。いや、似ているというのとも違うかな。きっと君なら私のことを理解してくれるだろうと、そう感じたという方が近い。きっと君は私の中にある私の恋人のことを理解してくれる。私と君とで協力すれば、もしかしたら、私の寂しさを慰めることができるかもしれない」

あの人はそこまで続けると、ふと我に返ったように目を合わせ、また手櫛で私の髪をとかしました。ほのかな香水の匂いがしました。それから、あの人は私の目を見て笑いました。

「しかし、君は何も気にしなくてもよいですよ。本当の慰めなんて、この世界にはありませんから。一時心に生まれた熱が、火花みたいな一瞬のまやかしとなるだけのことです。君も歳を重ねればわかります。そしてそれで充分なのです」

言い終わるとあの人はしばらく私を見つめ、それから胸に私を抱き寄せて、後頭部に手をやりました。貴重な美しい動物にするような優しい手つきで。

正直言って、私はあの人の言っていることをどこまで理解しているかわからなかった。ただ、彼が私に伝えようとしている核心の部分、そのかけら程度は伝わったと思う。

彼の要望通り、綺麗にするにあたって、最初はたくさんの洋服を買った。身に着けたことのないハイブランドを買って、それを着こんであの人を迎え、顔色をうかがった。あの人が用意したお酒と料理を楽しみながら、あの人が今も関わっている仕事の話をした。その会社は集めたお金を色んなところに投資して雪だるま式にお金を増やすそう。その会社を始めたのはあの人だったけれど、増えていったお金の塊はそれ自体が意思を持ち始め、それにかかわる人間たちはむしろその意思を読み解く通訳か、御神体を守る神主のようになっていった。そんな話を聞きながら、私はあの人が満足しているかどうかを探った。段々と私はあの人が望むもの、本当には実現することはないと思っていることに近づきたくなっていったから。

彼の思う恋人像、私の恋人。それに近づくために、お店で買える服では私は飽き足らなくなっていく。ミシンを用意してたくさんの布を買って、たくさんの服作りの本を用意した。

私は塔の上で、自分で服を作り、肌を整えて、髪を伸ばし続けた。

カタカタカタとミシンの音が鳴って、布と布とが縫い合わされていく感じが私は特別に好きだった。ミシンを使い始めた最初の頃は、針が上下する音とその振動が怖かった。手を滑らせて、私の手が布に縫い付けられてしまう想像が勝手に頭を巡った。けど慣れて来るにつれて、私はその音も振動も、くっと布を前に持っていかれる感じも全部好きになった。

ミシンを動かしている間、前へ前へと布は進んで行く。私は一歩も動いていないはずなのに、どこかに向けて進んでいる感じがする。私はどんどん作業に夢中になる。はじめは手本通りにしか作れなかったけれど、だんだんと出来合いの型にアレンジを加えだした。どの型紙をどんな風にアレンジすれば良い感じになるのかがイメージできるようになっていた。全部自己流だけど、立派なところで売るわけでもないのだからそれでいい。あの人にとって私が美しく見えればそれでいい。

ミシンを進めて、止めて、また進めて、止めて、角度を変えてボタンを付けて、とてもよく切れるはさみで綺麗な布をさあと切って。空気を切り裂くようにはさみは進み、音もなく布が切れて左右に分かれていく。そのわずかな抵抗。

作業に没頭する内に、外は暗くなって地上の星みたいにビルの灯りが点りだす。けれど塔の上、この部屋にいる限り、私には夜も昼も朝も関係ない。ここには時間もちゃんとは流れていなくて、私は歳をとることもない。外の世界では、だいたい人の寿命はこのくらいで、子供が欲しいならいつまでには結婚をして、そのためにはいつまでにつがいとなるべき人と知り合って――そんな風になんでも逆算して考えがちだけれど、ここではそんな人生プランはまったくの不要物。誰もがやっている王道のタスクをこなしていくだけで人生なんてすぐに終わってしまうものだし、そんなことのために人は生まれてきたのではない、というありきたりな矛盾から目をそむける必要すらない。

人生の時間が限られているから人は前進できるという言い方が私は苦手だった。人生に限りがあって、だからこそ生きている間に、できることをやろうとモチベーションを高めようとする。たしかにそういう面もあるかもしれないけれど、私がこの部屋で感じるのは全く逆のことだった。

「いつまでそんなことをやっているの」

と、白い目でみられるこだわり、もし時間が無限にあるならばどんな風にちゃちゃを入れられてもやり続けたい欲求が、小さな子供だった頃には誰にだって確かにあったはず。拾ってきた石を磨き続けたり、出所のわからない空想に一日中耽ったり。その結果出来上がったものが誰かの目を引く素晴らしいものだったなら、最後にはよかったねと言ってもらえるのかもしれないけど、凡庸である私に皆が言うのは、やっぱり、

「いつまでそんなことをやってるの？」

「そんなことに何の意味があるの？」

そんな、ほっぺたをはたく言葉に外の世界は溢れていて、たいていの人にはそれに抗う力がない。

塔の上で歳をとらないいつもりの私は、くだらない、意味がない、どれだけ頑張ってもその道では大成しない、小さなこだわりにこだわり抜いて服を作る。中世を舞台にした映画に出て来る村娘をイメージして作ったり、ルイ・ヴィトンやシャネルのデザインをごちゃ混ぜにしたり、好きにやっていく内に、自分の中で美的だと感じる組み合わせができあがってくると、頭の真ん中のところが温まるような感覚が生まれた。その感覚を言葉で表現するのは難しい。正しいことをし

ている、という感覚に近いけれど、それだけではない。体の中のとても気持ちのいいところをうまく刺激されているようでもある。けれど肉体的な快感とは違う。ほのかな光のようなものが自分の体に薄くまとわりついているよう。

あの人は、新しい服に身を包んだ私をじっと見る。その問いかけるような視線に、

「クラリモンドです」

と私は応える。

「クラリモンド?」

「そう。古いフランスの作家の短編小説に出て来る吸血鬼です。聖職者が彼女と恋に落ち、きっと私のことが恋しくてたまらなくなる。そう言ってクラリモンドは消えました」

へえ、とあの人はワイングラスに入った赤ワインに目を落とす。

吸血鬼であることを知らずに娼婦として働いていたクラリモンド。私が作った新しい服はそのクラリモンドのイメージで作ったものだ。切れ込みの深いロングスカート、シースルー素材でぼやかした胸元。

「その衣装、君にとても似合っています。君を選んで、と言うのもおこがましい言い方だけれども、君に私の誘いを受けてもらって本当に良かった」

それから私たちはワインを一本飲み切ると、あの人は私を私の恋人と呼んで、私はあの人が欲するままに、彼を抱きしめ続けた。

その後も私は何着も服を作ったけれど、クラリモンドの衣装があの人の一番のお気に入りにな

った。永遠の思い人、おとぎ話めいた私の恋人たち。手に入らないからこそ、結ばれないからこそ、彼らまたは彼女らは永遠に惹かれ合う。恋愛そのものでなくてもいい、遠くにあって、手の届かない何か、それこそが人生には不可欠なもので、生の有限性が人を生かすわけではないし、いつか死んでしまうという事実が日常を輝かせるのでもない。

この塔の上では、あの人の幻想と私の現実がごちゃまぜになって、私はそれに巻き込まれ、ひょっとしたら降りないんじゃなくて、降りられなくなっている。降りたところで私の居場所はどこにもない。ただ、この塔の上では、少なくとも私はおとぎ話の中の人でいられる。でも私の髪だけは、時間の経過そのものみたいに伸び続ける。

あ、気が付けば随分長く話してしまった。

お仕事大丈夫?

そろそろ切らなきゃね。

あ、そうだここで私が住む塔のヒントを一つ。

この建物の名前に「空」や「塔」は付きません。

「スカイ」も「タワー」も付きません。

他のあらゆる言語でもそれらを意味する言葉はまったく付きません。

それじゃ、ほんとうにこれで。
またね。

11

昔々あるところに、一人の少女がいた。彼女はある時事故に遭い、遠くの村に引っ越していった。

その村は冬になると雪が積もって、真冬には街への道は閉ざされる。少女の元いた街には雪はめったに降らなかった。

車で少し行けば、スキー客が訪れる冬に賑わう地域があるけれど、少女の住む村までその灯りは届かない。

望未への手紙をしたためている時は、現実とは位相の違ったおとぎの国へでも宛てているような気がしたものだ。どこか遠い場所。手紙は届くけれど、実際に足を踏み入れることはできない、そんな場所。

大学に入る前から会うことを提案していたけれど、望未の返事はいつもNOだった。答えがいつもNOであったことが一層、望未の住む世界の遠さを醸成していた。上京して友人ができても、会うことすら叶わない望未に向けた思いは変わらず、むしろ募っていった。どれだけ人に囲まれても、体の奥の方には、彼女のための孤独がいつもあって、一人の時はお気に入りの宝物を眺めでもするように、それが発する小さな疼きを感じようとした。

　何もやることがない夜に、よく望未宛ての手紙を綴った。遠くに聞こえるロードノイズを意識のすみでとらえていると、その音と疼きが共鳴し、遠くにある想像上の世界の静けさを強調しているように思えた。雑音の多い東京生活のあれこれを他人事のように感じながら僕はペンを走らせ続けた。


「この間手紙に書いた〝先輩〟は、大学に入学してからできた唯一の友達です。先輩と言っても、別にサークルが一緒なわけでも、ゼミが一緒なわけでもありません。ただ同じ大学の一年先輩ってだけ。彼についてもっと知りたいと君は書いていたけれど、何をどう書けばいいのかよくわかりませんでした。なので、とにかく時間を追って書いていきたいと思います。まずは出会いについてだね。

　あれは、今年のあたまくらいのことかな。駅前のそば屋でそばを食べている時に、突然彼に話しかけられたんだ。

　名前を呼ばれて、振り返ったけれど、僕を呼んだその男に僕はまったく見覚えはなかった。名前を呼ばれた以上、少なくとも彼は僕のことを知っているに違いないから、一応僕もどこかで会ったはずだと考えをめぐらせたよ。でも本当にまったく記憶にない顔だった。どれだけ考えても思い当たりそうになる予感すらまるで湧かなかった。例えば小学校とか中学とか子供の頃の同級生で、顔が変わってしまってて、すぐにはわからないし、思い出したとしてもあやふやさが残る、そういう偶然の再会ってあるじゃないか？　そんな感じもしなかった。

　僕の顔にそれが書いてあったんだろうね。先輩は僕をどこで見かけたのかを話し始めた。とても早口で、目も合わせずに、少しどもりながら。彼は僕のことを、日雇いのバイトで見かけたらしかった。どこか田舎くさい感じのする黄色い電車が走る駅の一つにね、日雇いのバイト求人を貼りだしている施設があって、沿線に住む学生は飲み代や合宿費用が足りなくなったらそこで何日か働くんだ。僕もお金が足りなくなったら求人の貼り紙を見に行くことがあった。

「この間の大みそかのＮＨＫホール、紅白歌合戦の撤去の時にさ、君いなかったか？」

　先輩はそう言った。たしかに彼の言った通り、僕は大みそかのＮＨＫホールにいたんだ。紅白歌合戦の舞台装置の撤去の仕事だよ。舞台演出で飛び散った銀色の紙吹雪にまみれた鉄骨の片づけを手伝ったんだ。バイト代は確か、３時間で８０００円ほどだったかな。時給で考えると悪くないと思う？　でもさ、大みそかの、それもものすごく寒い中、日本中の人が一家団欒しながら楽しむイベントが終わるのを見ることもできずに当の会場の隅っこで待ってさ、すっかり祭りが終わってから飛び出して、せっせと片づけをするんだから、それくらいもらってもいいはずだ。むしろ安いくらいだと思う。

　その時に、先輩は僕を見かけたらしいんだけど、見かけたということはそれ以前から僕を認識していたということだよね。聞けば実際に先輩は僕のことを随分前から認識していたらしい。電車の中で見かけ、そのまま大学まで歩いて、僕が同じ大学に通ってて同じ町に住んでいることを把握したそうなんだ。一度意識してしまうとそれ以後気になることって確かにある。間違い探しの間違いに自分だけ気付いてしまっているような感じ——いや、ちょっと違うか。

なんにせよ、そんな風に認識できてしまっている同じ町の同じ大学の人を、ちょっと特殊なバイトの同僚としても見かけたものだから、思わずそば屋で声を掛けてしまったんだと先輩は言った。その後先輩とは学部も一緒で、取っている講義もいくつか被っていることが分かってきた。それでなんやかんやがあって、お互いの家で安いつまみでビールとか焼酎を飲むようになったのはこの間書いた通り。

それで君が興味あると言っていた先輩の家にあるピアノ、聞いてみたよ。電子ピアノではなくて、消音機能付きのアップライトピアノとのことだった。

それから、彼が熱心に練習する曲はショパンのエチュードの13番。別名エオリアン・ハープ、とのこと。興味があるみたいと言ったらこれも快く教えてくれました。君なら別名の方がわかりやすいかもしれないと言っていたけれど、どうかな？

この間書いた通り、先輩は暇さえあればピアノの練習をしています。昼間は消音機能を使わずに、夜になったら消音機能をオンにしてヘッドフォンをつけ、鍵盤の上で指を走らせます。僕はその傍らで目をつむって、ビールを飲みながら鍵盤が動く音を聴いています。その音を聴いていると不思議と気分が落ち着きます。大げさじゃなくて、何時間でも聴いていられる。ごと、ごと、ごご、ごとごとごと、ごご——

でも、ピアノの音色よりも鍵盤の音の方が好きだとは先輩には言えません。なんか悪いような気がするしね。

先輩はプロのピアニストを目指しているわけではなくて、音楽業界に進みたいわけでもありません。ポップシンガーになりたいわけでもありません。コンクールに出るわけでもありません。ある日、ピアノがうまくなりたいと天啓のようにひらめいて、ピアノを弾き始めたのだそうです。そこにあるのは純然たる研鑽です。その研鑽は、第三者に成果を問うものでもないそうです、研鑽の結果について判断を加えるのは先輩自身だけです。隣で先輩の奏でる音を聴きながらビールを飲む僕がいたとしても、関係ありません。ちょっと怖くなるくらいの集中力で先輩はピアノの練習を続けます。比喩じゃなく朝から晩まで。きっと研鑽、それ自体が目的なんだと思います。

他にも、何か聞きたいことがあれば聞いてみるので、何でも言ってください。

研鑽と言えば、二年前、僕が受験生だった時には君の手紙にずいぶんと励まされました。だから今度は、僕が励ます番なんじゃないかなと思ってます。励ますというか、これは本音なんだけれど。

山縣《やまがた》さんはとても頭が良くて、僕とのこんなやり取りをいつまでも続けてくれるくらい優しい人です。手紙では不安についてなんてまったく書かないけれど、もし多少なりとも不安を感じているのだとしたら、全然不安がる必要なんてないと思います。きっと全部うまくいきます。多分、春にはたくさんの合格通知が届いて、その中からどこを選ぼうか嬉しい悲鳴を上げているんだと思うな。

近頃、夜に散歩する時に、こんなことを考えます。
だいたいは川沿いを歩いている時。
お世辞にも綺麗とは言えない川だけど、その川を含んだ僕がこの二年過ごしてきた町を、君と歩くんです。多分山縣さんはこの町を気に入らないと思います。

「なんの面白みもない町だね」

と言うかもしれません。だとしても、下宿先を探す参考にはなるはず。それにいくらかいいところもあります。まずスーパーが意外と品ぞろえが良くて、品質もそこそこよくて、値段がとても安いです。図書館が駅からとても近いです。それから、川沿いとは別に、夜に散歩するにはとても良い並木道の国道もあります。街灯の感じも悪くありません。
正直に言って、僕も最初はこの町をなんの面白みもないところだと思ったのです。けれど、住んでいる内にだんだんと好きになってきました。自分で住む町を選ぶのは悪くない感じです。というか、とてもいい感じです。山縣さんにもぜひ味わってほしいな。

つらつらととりとめないことばかり書いてしまったような気がします。

受験が終わって、春が近づいたら一緒に川沿いを歩く話、考えてみてください」

＊

「最愛の

先輩の話、やっぱりとても興味深いな。どんどん勝手に頭の中で人物像が膨らんでいきます。一日中ピアノの練習をしていて、その横で君が寝転んでビールを飲んでいる。その様子を想像することが最近は私の息抜きになっています。きっと先輩は眼鏡をかけているよね？

近頃は私の手紙の量が減ってしまった分、穴埋めするみたいに君の手紙が長くなっているようだって書きました。なんだか気を使わせていたんだとしたら、ごめんなさい。これでも一応受験生だから。


それから。

それから、「なんの面白みもない町だね」だなんて、私は言わないと思います。もし思っても言わないと思います。それに思わないと思います。一体どういうイメージを抱いているのかな。

それからね、久島君、東京の人からしたらきっと私が住んでるここの方がずっと面白みがないと感じるんじゃないかな。

そうそう、こっちではもう、スキーの季節が始まりました。

冬になるとお客さんがたくさん押し寄せるスキー場が近くにあります。地元の子たちは、幼稚園の頃からスキーをはじめて冗談みたいにうまいです。まるで羽でも生えているみたいにうまいです。急な斜面でもさーっと滑り降りていきます。いとも簡単そうに見えるけど、そうじゃないことを私は経験上知っています。私も少しは滑れるようになったけれど、彼らに比べると月とすっぽん（ところで月とすっぽんって比べる必要なんてまるでないと思うんだけど、どうしてこんなことわざがうまれたんでしょう？）

地元の子たちは、今みたいに雪に閉ざされた時、スキー板を履いて天使みたいにゲレンデを飛んでいます。けど、受験生である私は部屋に閉じこもり、すっぽんになって参考書にかじりついています。ただでさえ二年遅れですから、一回の失敗で三年遅れの三浪生になってしまいます。なんて不利なんでしょう。でも逆にチャンスとも言えます。君の大学にはピアノの研鑽を続ける先輩以外にも二浪生はいくらかいるでしょう？　そう多くはないのかもしれないけど、二浪くらいであれば『普通』の範囲に入ると思います。ちょっと要領の悪いひとだったのかな、と思われるくらいのことでしょう、きっと。ここで受験を乗り切れば、私はとても久しぶりに『普通』に復帰することになります。

ねえ、久島君、断っておきますが、『普通』に復帰できるかもしれないことを、私は喜んでいるというわけではないのです。『普通』の範囲の中に納まることを至上命題にしているような人間だなんてどうか思わないでくださいね。かといって、『普通』でいたくないと思っているわけでもありません。私がいるのはその前段階。『普通』でも『普通』じゃなくなるのだとしても、レールに乗っかるのであろうと、レールからはみ出すのであろうと、私は自分の意思でそれをやりたいだけなんです。偶然の事故みたいなことではなくて、私の意思としてね。

先輩の話もそうだけど、久島君の住んでいる町や、お世辞にも綺麗とは言えない川についてもつい想像してしまいます。難解なチャート式の数Ⅱ・Bの解法を理解しようとしていたはずなのに、勝手に意識がそっちの方向に行ってしまうのです。私は想像の中で、その町を久島君に案内されています。話で聞いていたよりもずっと素敵なところで、スーパーの肉も話で聞いていたよりもずっと品質が良くて、話で聞いていたよりもずっと安いです。

買い物をしてから久島君の住むアパートに行って、得意料理だという麻婆豆腐を作ってもらいます。得意だというのは全然嘘じゃないんだけど、久島君は失敗してしまいます。まず片栗粉がだまになって食感がよくありません。豆腐の形もばらばらで、ネギがうまく切れていなく、出来損ないのホースみたいにつながっています。（勝手な想像で、ゴメンナサイ。でもあくまで私の想像なんで！　受験生の頭は時々こんな風に暴走させてあげないと酸素不足で壊死するという噂です）

食感や見た目はいまいちな麻婆豆腐だけど、味は決して悪くありません。

だから、

「とってもおいしい」

という私の言葉は嘘ではないのです。少なくとも100％の嘘ではありません。

勉強に飽きた私の想像はまだまだ続きますが、この辺でやめておきます。ただ今書いた五倍以上の想像が私の頭の中にまるまる入っていると思ってください。けどどのみち想像には形がないですから、それが終わると、蛍光灯の下で参考書と私が残ります。そんな時、私はとても寂しい気持ちになります。

どうしてかわかる？

なんて、聞きながら、自分でもどうしてなのか、最近までよくわかりませんでした。けれど、ついに私はその自分の寂しさを言葉にすることになんと成功したのです。そして言葉にしてしまうと、私は一層寂しい気持ちになりました。

私はどうやら、こう感じているようです。

想像上の東京の町、そこに今の自分が繋がっているとはまったく思えないのです。あなたに会わないと言ってきたのとはまた別の話です。会おうと思っても会えないということです。それは、ゲレンデで羽を生やす同級生に感じる遠さと近いものです。でも、私にとっては、あなたのいる場所はもっとずっと遠いのです。

ねえ、久島君、君のいる場所と私のいる場所とが本当にきちんと繋がっているのだと、私にはどうしても思えないのです。そこに辿り着こうとして歩いていても、全然辿り着かない。途中の道が穴だらけであるとか、橋が落ちてしまうとかそういうことではありません。私が歩いている内に、その場所がじわじわ溶け出してなくなってしまうのです。そして、いつからかそこに向かっていたはずの私自身も目的地のことなんかすっかり忘れてしまっているのです。そんな場所は最初から存在しなかったかのように。その場所のことを忘れてしまっている私は、悲しがることもできません。ただ胸の真ん中にしこりのようなものがあって痛みとも痒みともつかない、あやふやな感覚があるだけです。ただ一つわかるのは、そことここが繋がっていない、という実感です。絶対にそこには辿り着けないという実感です。

自分でも何を言っているのかよくわかりません。ちょっと疲れているだけかもしれません。けれど、私が感じているものを何も手を加えずに文章にするならこんな感じになります。

本当はわかっています。あなたのいるそこと、私のいるここが、繋がっていないなんてことは論理的に言ってあり得ない。歩いてだって、そこに辿り着けるはずです。電車とバスを乗り継いだなら半日もかかりません。そんなことはわかっている。けれど、そうやって私自身を納得させてから、改めて問いかけると私は途端に自信がなくなってしまいます。デパートで迷子になった五歳の女の子みたいな心細さで震えそうになるのです。

その問いかけは、とてもシンプルです。

果たして本当にそうだろうか？

そんな短い問いかけだけで論理も経験もすべて吹き飛んで、私は小さな女の子のようにおろおろしてしまうのです。

ねえ、久島君。一つお願いしていいかな？　そこところがちゃんと繋がっていることを証明してもらえないでしょうか？　そのことを証明してもらえたなら、私は『普通』に復帰できる、少なくともその可能性を信じることができる。そんな気がするのです。

さんざん会うのはダメだと言っておいて、自分勝手だとは思うけど、どうかお願いを聞いて欲しい。お世辞にも綺麗と言えない町を発って、私のいる場所へと来てほしい。そこところが物理的にも論理的にも感情的にも繋がっているんだと君で証明して欲しい。

ちょっと疲れた受験生を慰めると思って」

その手紙には、望未の携帯電話の番号とメールアドレスとともに、乗るべき電車の名前と、そこから先はバスを乗り継ぐ必要があることが記されていた。思えば長い手紙のやり取りの中でも電話番号の交換すら僕たちはしていなかった。初めてのことはそれだけではなかった。望未の方から会いたいと言ってくること自体が初めてで、僕はその文章の意味するところがうまく飲み込めず、何度も読み直し、ようやく内容を理解した。それから、初めてEmailを打つ人のようにどこかまごついた手つきで、彼女のアドレスを打ち込んだ。

「久島です。手紙読みました」

とだけ書いて僕はそのアドレス宛てに送った。

返事はすぐに来た。

「うん。どうですか？　こちらに来られますか？」

手紙と違う短い文章には、また別の存在感があった。

「そっち、行くね」

「いつ頃来られる？」

「いつでも行けるよ」

「じゃあ、できれば木曜日。その日は病院があって早めに学校上がるから」

「来週でも大丈夫？」

その後に送られてきた注意事項に従って僕は新宿でスノーブーツを買ってきた。帰りに図書館に寄って電車の時刻表を開き、望未の指定する特急列車が上野から発車する時間をメモした。

木曜日の昼過ぎ、僕は望未が住む町の最寄り駅まで行く電車に乗った。電車に揺られている2時間弱の間、僕は望未とやり取りしたメールの履歴を追って、いい加減繰り返し過ぎだと感じ、文庫本を開いた。古本屋で100円均一のかごで適当につかんだカバーもない文庫本だった。冒頭にエピグラフが掲げられた古めかしいその日本の小説は、結核が未だ不治の病だった頃の結核療養所を舞台にして書かれたものだ。主人公が結核療養所で知り合った男が、成功する確率の乏しい手術を自ら望んで受けて、一時その手術は成功したかに見えたが、結局男は死んでしまう。手術の直前に、「君にならら、分ってもらえるかもしれない」と言って男は主人公に手記を残す。目次を見る限り、おそらく次のくだりではその男が託した手記の内容に移るようだった。

「君になら、分ってもらえるかもしれない」

僕は文庫本のその台詞を何度も読み返した。君になら、分ってもらえるかもしれない、それは魔法の言葉だ。

僕と会うことはないと言っていたのに、突然会いに来てほしいと言う心変わりが何によってもたらされたのかはわからなかった。時間経過そのものかもしれないし、彼女の中で具体的に何かが変わったのかもしれない。「普通」への復帰という発想が生まれた時に、期待と恐れが彼女の胸の内に生まれたのかもしれない。それはあやふやな分離できないもので、けれど、僕にならわかってもらえるかもしれないと彼女は思っているのかもしれなかった。

僕は行き方を案内する望未のメールを再び読み返した。

「電車から降りたら、2号車のすぐ近くにある階段を上って左に曲がってください」

「階段を下りると、すぐに改札があります」

「改札をぬけるとこぢんまりとしたバスターミナルがあります」

「雪に慣れていない君にアドバイス。スノーブーツだからって油断は禁物です。重心を下に持っていくイメージで、ゆっくり歩いてください」

「バス乗り場までのたかだか10メートルぐらいかもだけど、油断すると、ほんとうに危ないです」

「その時間だときっと途中から近くの高校生が大勢のってくるから、それまでにちゃんと座席を確保するのがオススメです」

望未の細かなアドバイスに従ってバスに乗り、しばらく揺られていると、望未がメールに書いた通り、三つ目のバス停で高校生の集団が乗ってきた。反対側に向かうバス停にも高校生の集団が見えた。この時間だとクラブ活動をやっていない、いわゆる帰宅部の生徒だけかと思ったが、長細いバッグにクラブ活動で使うらしい何かを入れた生徒もいたし、ジャージ姿の生徒もいた。基本的に男子と女子で分かれてまとまっているけれど、男子グループの一人と女子グループの一人が話をしている。話している間、その男子も女子もきちんと向き合わず、お互いを視界の隅でとらえるような角度で会話し、他の同性の友達にも話を振った。

バスが進むうちに一人、また一人と高校生が減っていき、最後に女子生徒が一人になった。書店のブックカバーのついた本を彼女は熱心に読んでいる。その女子生徒と僕以外には、老婆が運転席から二つ後ろの席に座っているだけだった。僕にとって高校生活は過去のことだけど、望未は未だ高校生だった。あの女子生徒と同じように、学校帰りにも参考書を開いて勉強しているのだろうか。

僕の視線に気づいたのか、女子生徒が目を上げた。僕は見ていたことを気取られないように、わずかに視線を外し、外の風景を眺めるふりをした。

女子生徒と老婆が順にバスを降り、最後に望未が乗り換えを指定したバス停で僕が降りた。街中には残っていなかった雪が側道に残っていた。乗客のいないバスが暗がりへと去ると、僕は一人バス停に残された。

日は沈みかけ、これまで数えるほどしか見たことがないような見事に色づいた夕焼けになった。竹藪の向こうにいくつか民家があったが、歩く人はいなかった。

「乗り換えのバスがやって来るなんて、ちょっと思えないようなさびれかたに見えるかもしれません」

「そこに迎えが来るなんて、とても信じられないかもしれません。でも、じっと待っていれば必ず迎えが来ます」

望未の案内を信じて待つが、なかなか乗り換えのバスは来ない。不安になってバス停に貼ってある時刻表を見たが、ここまで乗ってきたバスのそれしかなかった。僕は混乱した。ここはただのバス停で、乗り換える他の線がない？　どういうことだろう？　望未が嘘をついた？　でもなんのために？

望未にメールか電話でもして確認しようとしたまさにその時、新たなメールが入った。そのメールには短く、

「向かい」

とだけあった。反射的に向かいのバス停をみると、人影が目に入った。

その影は女性のもので、長い髪の先が突然吹いた風になびいた。彼女の背後には手入れされていない藪があった。林でも森でもない、人の手が入った土地のはざまに残っただけのそこには、細い木が斜めに生え、今にも完全に沈もうとする赤みを帯びた日の光を反射させていた。

望未。

彼女が事故に遭い、中学校を去ってから、六年が経過していた。やり取りした手紙の数、文字の数が増えるにつれてむしろ遠ざかっていくように感じていた望未。その彼女が今目の前にいる。

僕は彼女に笑顔を向けようとした。それがうまくできたかどうかわからないまま、車通りのな

い道路を渡り、僕は望未の方へと進んだ。

中央線を越えて近づくと、望未の顔が見て取れた。細い顎、蠟でも塗ったような質感の白い肌、少し吊り目ぎみの二重瞼、眉は目のラインに沿って走り、目じりの辺りでわずかなカーブを描いている。六年前はまったくといっていいほど手を入れていなかったはずだけど、今はわずかな化粧気を感じる。眺めている内に僕が知る彼女の幼い顔と目の前の女性のそれとが重なっていく。

望未は、パーカーの上に羽織った黒いナイロン製のダウンジャケットのポケットに手を突っ込んだ。僕はまた彼女に笑顔を向けた。すぐに逃げ出す野生動物のように、気を抜けば踵を返し、後ろの藪へと逃げて消えてしまいそうに思えた。そして、一度逃げ出したが最後、もう永久に僕の目の前に現れることはないように思えた。

僕はダウンジャケットに手を突っ込んだままの望未と、しばらく見つめあうかっこうになった。何か言わなければいけないことはわかっていた。でも言葉が出ない。遠くから車が近づく音がした。

視界の中で望未が揺れた。

「めっちゃ見てくれるんだね」

そう言って望未は笑い、つられて僕も笑った。

「久しぶりだから」

なんとか絞り出した僕の声は、自分が思っていたよりはみすぼらしいものではなかった。自分の声の感じに安堵を覚え、頭の中で響いた次の台詞を口に出さないだけの余裕を持つことができた。――そもそも会えるとも思っていなかった。そんな台詞だ。けれど、そうではない、ちゃんと望未に会える世界に今僕は来ていて、その言葉を口に出すことでまた境界線を越えて戻ってしまうような気がした。

ヘッドライトで空気を照らしながら車が近づいてくる。僕たちは路側帯に並んで猛スピードの車を見送った。横を見ると、望未のつややかな黒髪が目に入った。望未がこちらを向くと、髪に溜まったわずかな西日が流れた。

「長旅お疲れ様。良かったら一息つきますか？」

望未は僕の返事を待たず、ところどころひびの入った古いプラスチック製のベンチに腰掛けた。それから肩にかけていた魔法瓶のコップを兼ねた蓋をとり、中に入っていたものを注いだ。こぽこぽと、魔法瓶特有の心地いい音がした。

望未はそれを一口飲んで、ふう、とため息を吐くと、脇に立ったままの僕を見上げた。

「とりあえず座りますか」

望未に言われるまま座った僕に、

「はい」

と短く言って、望未はコップを突き出してくる。

「コーヒー。苦手？」

「いや、ほとんど毎日飲むよ」

「なら、どうぞ。お母さんがこだわってて、豆が何種類もおうちにあるのね。それを私なりに配合した、特製ブレンド。お口に合うかどうかわかりませんが」

コップを受け取り、それを傾けてコーヒーを少しだけ口に流し込もうとすると、力加減を失敗して思っていたよりも多く流れ込み、火傷しそうになった。そんな失敗をしたのは、彼女が口をつけたところを避けようとして、暗くてうまくそれができなかったからだ。慌てる僕を見て、彼女は笑った。

「久島君、おっきくなったね」笑いが収まると、彼女は言った。

「親戚の人みたい」と僕も笑って言った。

六年ぶりに会う彼女は、僕の想像よりも大きく、ずっと健康的だった。

特製ブレンドを交代で飲んで、コップに入った分を飲み干してしまってから、僕たちは歩き出した。東京とは違い街灯もまばらな道に最初心細さを感じたけれど、大きな月が出ていて、目が慣れると歩く分には問題なかった。舗装されていない場所に雪が積もっていた。たまに車が通り過ぎると、僕たちはとても細い路側帯に縦に並ぶ必要があって、その度にスノーブーツが雪を踏む音が響き、前を歩く望未が振り向いた。最初の何回かは、ただ顔を向けるだけだったけれど、回数が重なるうちに、体ごとくるりとこちらを向き目があって笑いあうようになった。

「そう言えば、今日、病院って言ってたけど。大丈夫だった？」

望未は毎週木曜日に病院に通っているという話だった。事故からずいぶん時間が経っているというのに、それでも毎週通院するということは、手紙には書かないが、望未には何か重大な欠損があって、そのことを僕に隠している、僕には会えないと執拗に繰り返しているのはそのためではないか、そんな風に考えたこともあった。望未が伝えない欠損について、眠れない夜なんかに僕は想像してしまっていた。両足の神経が損なわれ車いすで生活をする望未、あるいは片腕をなくしていて、利き手とは反対の手で手紙を書くことを余儀なくされた望未。様々な欠損を持つ望未を想像する自分に、僕は罪深さを感じていた。

けれど、実際に目の前に現れた彼女にはなんら問題もないように見えた。先を歩く足取りも軽やかなものだった。

「大丈夫。いつも通りひと通りの検査をして終わり。二年ぐらい前まではちょっと事故の後遺症が残ってて。高校卒業までは念のための定期検査が続いているだけだから」

「今は全然大丈夫そうだ」

「うん、念のための検査だから」

望未は少し歩を速め、半分だけ振り返って脇道を指さした。雪に覆われた畑の間を通る道は、細いけれどしっかりとアスファルトで舗装されていた。月明かりに輝く雪を貫いて、その道は緩やかに蛇行し、家々が立ち並ぶ一画へと延びていた。

「この辺は、元はちょっとした別荘地だったらしいの」

望未は顔を前に向けたまま言った。

「別荘地と言っても本当に小ぢんまりしたものだけどね。昔、仲の良かったお金持ちのグループが別荘を建てだして、いつの間にか数十軒ぐらいになったそう。あっちの雪山、この月明かりで見えるよね。スキー場にも割と近いし、天気もこの辺りにしては安定しているし、静かに暮らすには良いところだと思う。お母さんが言っていたんだけど、最初にここに別荘を作った人たちは、ちょっと変わり者が多かったらしいの。変わり者でも、お行儀の良い変わり者ね。彼らはうまく元の村の人たちとつきあって、お行儀の良い客人として迎えられた。元あった村と別荘地の間もぽつぽつ宅地開発されて、緩やかに繋がっていった。それで今では古いけれど頑丈で、ちょっと気の利いた家が残って、後から誰かが住みついているエリアになった。私たちもその内の一組」

いつか、その引っ越しについて、望未は自分が理由なのだと書いたことを思い出す。事故をきっかけに「普通」からの離脱を余儀なくされた自分の気を紛らわすために、父親はそんな決断をしたのだと彼女は書いていた。誰も知る人のない土地ならば、新参者としての物珍しさと、当時はまだ何年遅れになるかわからなかった人生の遅延とのそれが混ざりあい、見知った土地に住み続けるよりはいくらか生きていきやすいだろうと父親は考えた。父親の仕事は場所を選ばないものだったそうだ。

前を歩く望未の背中が揺れている。僕たちが目指しているのは望未の家だった。雪に挟まれた道の先に、傾斜のきつい屋根を持つ家々がはっきり見て取れるようになる。玄関の脇にテラスがあったり、一階部分が普通の家屋よりも高く、大きなガラス窓がはめ込まれていたり、ありきたりな民家とはちょっと違う風情の家並みが続く。そんな家々の脇をすり抜けて望未は進み、僕は黙ってついていく。

望未が急に止まった。こちらを振り返り、人差し指で脇の家を指さした。

その家も急な角度の屋根を持っていた。屋根の色は赤く、駐車スペースは車三台分の広さがありそうだった。望未に反応して、センサー式のライトがつき、白い骨組みのカーポートが橙色《だいだい》に染まった。

「せっかくだから入りますか?」

望未の言葉に、なんとなく外観を見るだけなのかと思っていた僕は、どぎまぎしながら聞いた。

「いいの?」

「うん。今誰もいないから。でもまだ久島君が来るって話は親にはしてないからさ。帰ってくるまでの間ね。急だとびっくりするかもしれないから」

大きなタイルが敷き詰められた広い玄関に入ると、望未は自然な動作で電気をつけて、先に靴を脱いで上がり、どうぞと僕を招き入れた。

玄関の右側のリビングは吹き抜けになっていた。左側には大きな階段があった。椅子を脚立代わりにするだけではとても手の届かないところに設えられた、流木のような形の照明の光がまだらに壁に跳ね返って部屋を満たしている。

その光に照らされた望未を僕は見る。まじまじと見てしまっていると自分でもわかっているけれど、目を逸らすことができなかった。体のあちこちで小さな熱が湧きだしている。自分が正しい場所にいるのだと僕は思った。これまで散々無駄なこと、下らないことを繰り返してきたが、その結果として、今、ここに繋がるのだとすればすべての物事は無駄でも下らなくもないのだと思った。

「ずっとさ、久島君とやり取りしていてね、ふと不思議な気持ちになることがあったんだ」間接照明に照らされた望末の唇の動きを、僕はじっと見ていた。「ちゃんと手紙は返って来るんだけど、この久島を名乗っている人は、本当はぜんぜん久島君ではないのでは？　ぜんぜん知らないボランティアか何かの人で、その人は私に返事を出すことを義務付けられていて、義務的に私に付き合っている。ふっとね、そんな風に考えることがあった。そのことを問いただす手紙を書いたこともある。あなたは一体誰？　私のわがままな手紙に延々と付き合い続けるあなたは、きっとロボットかなにかだよね？」

望末はダウンジャケットのポケットに手を突っ込んだ。引き抜いた手には何かが握られていた。僕の方に、それを差し出し、僕は反射的にそれを受けとった。それは日記帳かなにかをやぶったもので、「最愛の」の文字の横にこう書いてあった。

――ほんとうは、あなたは誰ですか？

「会ってみて、がっかりしなかった？」

「そんなわけない」

「そっか、良かった」

「望末は、がっかりしなかった？」

「何をよ？」

そう笑って呟くと、望末は壁一面のテレビボードまで歩いた。それからテレビの下の棚をごそごそしはじめ、そこから薄い四角いものを取り出した。

「レコード」

望末は簡潔に言うと、慣れた手つきでパッケージから丸いレコードを取りだした。

「こっちはお父さんの趣味」

「お父さん、レコードを集めてるの？」

「もともとはこの家にあったんだけどね。それで聴き始めて、今ではすっかり趣味みたいになっている。家具もだいたいは前の持ち主の物」

「よく知ってる人なの？」

「確かお父さんの知り合いの知り合いの知り合いの――、つまりほとんど赤の他人だけど、最後にはその人の血縁者のお婆さんが一人で住んでいて、お婆さんが亡くなってからお父さんが譲ってもらったそうなんだ。家具も全部入れ替えようとしたらしい。全部いいものだってことはわかるけど、古びているし、ほら、」

望末がテレビボードを奥に押すと、ぎょっとするほど揺れて、ぎしぎしと鳴った。

「ね、傷んでいるところもある。でも一週間ほど過ごすうちに気が変わったみたい。なんというのかな、お父さんの気持ちもわかるんだよね。しばらく住んでみたらわかる。この家はね、どこか手を加えさせない雰囲気がある。何にも引けなくて、何にも足せなくて、もし私たちがいなくなっても次の人がなんとか補修しながらこのまま住んでいくような」

望末は小さく首を振った。

「うまく言えないな。そういう感じ、わかる？」

「なんとなく」

「このレコードもね。前の持ち主の物で、プレーヤー、ターンテーブルって言うんだっけ？　それも引き継いだもの。この棚に置いてある物だけじゃなくて、裏庭には倉庫、というかちょっとした蔵みたいなのがあって、レコードとか、古いカメラとか、ラベルが剝がれそうになってるワインとかそんなものがたくさんある」

　説明しながら望未はテレビボードのすりガラスの嵌められた棚の扉を開き、そこにあったターンテーブルにレコードを載せた。

「何の曲？」

「ショパンのエチュード・13番」

　曲名に聞き覚えがあると思ったけど、どこでその名前を聞いたのかはすぐに出てこなかった。ターンテーブルが回りはじめ、ぱちぱちと炭の爆ぜるような音がわずかに響き出す。望未はいたずらを思いついた子供のような表情になった。

「君の先輩の、練習曲」

　耳になじんだ曲が始まると、僕の頭には東京の湿った小さな部屋が浮かぶ。もう三年も大学に通っているのに、一年分の単位すら取れていない先輩、わずかな雑音とともに聞こえてくるレコードのプロの演奏と比べるならば、拙い彼の演奏。その上達にかける情熱の半分でも単位の取得に向けたなら、きっと取得可能な上限を取っているに違いなかった。成績もきっと、優か、良が並んだことだろう。幼少の頃からピアノを習っていたわけではなくて、特別な才能を神から贈られているわけでもない彼が、可能な限りの時間をピアノの練習に捧げても、プロの足下にも及ばない。晴れやかで、けど繊細でどこか寂しさを纏った先輩の弾くショパンを僕はうまいと感じていたし、聴く価値のある演奏だと感じていた。けれど、先輩の鍛錬はどこにも繫がっていないこともわかっていた。たいていの人間はどれだけいい加減で、享楽的に見せかけた行動であっても、とてもクレバーにどこかに繫がった活動をするものだ。しかしそこから離れていることを自覚しつつ、一点に向け邁進しているからこそ、先輩の演奏には巧拙とは別の美しさがあるのかもしれなかった。先輩について望未に書いた時、メルヘンな装いを与えていたことに僕はなぜか思いをはせた。ねえ、望未、——僕は目の前に望未がいるのに、手紙を書いているときにしていたように、頭の中で彼女に問いかける——ねえ、望未、先輩の部屋はいつも偏執的なまでに綺麗なんだけどさ、時々とても汚れていることがあるんだ。ピアノの練習に没頭するあまり、何日も風呂に入ることを忘れることがあって、髪がべたついていて、臭うことがある。風呂に入るのも、髪がべたつくのも、床屋に行くのも面倒だからといって先輩はバリカンで自分の髪を刈るようになった。きっと故郷の親御さんは彼が普通に大学に通っていると思っていて、四年間は放っておかれるかもしれないけど、卒業が難しいことが露見すると、きっと連れ戻されて大学を去ることになる。手紙では書かなかったけど、先輩はひどくどもっててね、時々本当に何を言おうとしているのか全く聞き取れなくなることがあるんだ。僕の名前を呼ぶときは必ずどもる。君は「普通」よりり人生が遅延していることを気にしているのかもしれないけど、「普通」に入学した学生のいくらかは先輩みたいに袋小路に迷い込んでしまうものなんだよ。そして僕はそんな人をこうだったかもしれない自分の可能性として見て、日常生活に踏みとどまっているんだ。僕が求めているものはその日常の先にはないのにね。

ショパンの音が、頭の中の東京の僕と、望末といる僕とを繋いでいく。脳内に響く先輩のピアノの音も僕にはやはり美しくて、ノイズ交じりのレコードの音も美しかった。ソファに腰かけて目を瞑り、音に耳を澄ましていると、左手に温もりを感じた。

望末が僕の手に自分の手を重ね、湿った目で僕を覗き込んでいた。部屋中を複雑に反射した光を受け止めて輝くその瞳を、もっとよく見たくなって、僕はその綺麗なものに近づいていった。その綺麗なものは薄い皮膚に時折遮断されて姿を消した。再び現れたそれを僕は凝視し、それから目を閉じて、瞼の裏に映る残像にさらに近づいていった。

手ごたえがなく、僕は目を開く。彼女の目が近くにあった。僕の腕の中にすっぽり入る格好で、僕に体を預けるでも、拒むでもなく、僕と自分の間で拳を握って僕を見上げていた。思い切って背中に回した手で引き寄せると、望末は姿勢を崩し、握った拳をほどいて僕の胸のあたりに頬をうずめた。

いろいろなものが、どうでもよくなった。ただ温度を味わっていたかった。何か目に見える形で、僕と望末との今この時の感じを残すことができるならそうしたかったが、それが性的な何かであるべきではないと思いたかった。もっと別の、もっと特別な、もっと固有の何かがあればそれを目指したかったが、それが何であるのかはわからなかった。

気が付けばレコードは終わっていた。

「そろそろお母さんが帰ってくるな」

望未はそう言って緩く力をこめて僕の手をほどくと、立ち上がり服の皺をのばして、ターンテーブルの方へと歩いた。

「バス停まで、送っていくよ」

僕も立ち上がり、なんとなく身なりを直した。

「こんなところで迷うと大変なことになるからね」

望未はリビングの照明を消した。家の中はしんと静まり返っているけれど、その静けさはここに来た時とは別の感じがした。望未の生活する場所の空気というか、雰囲気というべきか、確かに何かが僕の体に入り込んだような気がした。

玄関へと戻り、僕が靴を履き終えるまで、玄関を入ってすぐの階段の先を望未は見上げていた。その横顔はひどく真剣で、心許なさそうだった。思わず僕は、どうしたの？　と訊ねたが、望未は首をわずかに振るだけで何も答えなかった。

来た道を逆に歩いている間も、望未の浮かない表情は続いていた。半ばほどまで来た時、歩く速度を抑えた望未が、突然僕の上着の裾を摑んで、

「さっきね」

と呟いた。

「うん」

「玄関で、どうしたのかって君が聞いたでしょ？」

「うん」

「気配がしなかった？」

「気配？」

「そう。何かの気配」

「何か？　動物とかかな？」

「動物とかそういうものではないの」

「お化けみたいな話？」

「そういう怖いものでもないの」

僕はついさっきの記憶をたどる。しかし、あの時、玄関の最後のライトを消すまでの間、それらしい音はしなかったはずだ。気配も僕は感じなかった。

「ほら、とっても静かな場所にいてね、ピンと張りつめた空気の中にいると、耳鳴りのようなのが聞こえることがあるじゃない？　その音の中に、私は予感みたいなものを感じることがある。ぱりんと何かが割れるような音がいつかするんじゃないかっていう予感。その音がした後には、もう元には戻れない重要なサインとして鳴る音。それが今にも鳴りそうな予感、幻聴の中の幻聴」

そこまで言って望未は弱々しく笑った。

「何言ってるんだか、って感じだよね。幻聴の中の幻聴って、どっちみち幻聴には違いないのに」

「さっき、玄関で確認していたのはそのこと？」

僕が言うと、望未は一瞬驚いたような顔をして、それから視線を合わせたまま頷いた。

「そう。根拠なんてまるでないんだけど、久島君に来てもらって君のいる場所とことが、二つの世界がちゃんと繋がったら、音の予兆はなくなるのかもしれないなと思って」

「どうだった？」

望未はきれいに唇を横に広げて笑った。

それが合図となったように、ヘッドランプを煌々と灯した車が前方に姿を現した。僕たちはまた縦に並んでその車とすれ違った。バス停にたどり着き、ベンチの前で僕たちは向かい合った。錆びた時刻表を携帯電話の放つ仄かな光で確認すると、最後から二番目のバスが、15分後に来るようだった。バスが来るまで待つと望未は言ったが、すっかり暗くなっているし、家族に心配をかけるかもしれないからと早く帰るように促した。僕は帰り道を心配したが、この辺には慣れているし、こんなところでは何も起こらないよと言って望未は取り合わなかった。

「今日は駅前のホテルって言ってたよね？」

「うん」

「明日は？」

「明日？　別に決めていないけど」

「もし学校が終わるまで待ってくれるなら、見送りに行ってもいい？」

「もちろん」

「駅前からスキー場までバスが出てるから、スキーでもして待ってて。スキーできる？」

「滑り降りるくらいだけなら、なんとか」

別れ際、望未は最後に再び笑って、じゃあ、また明日、と言い残し、もと来た道を戻っていった。月明かりに照らされて、街灯の間を歩く望未の背中が見えなくなるまで、僕はバスの中から目で追った。結局彼女は一度も振り返ることなく視界から消えた。


翌朝、6時に目が覚めた僕は、実際にスキーでも滑ってみようかという気分になっていた。フロントで聞いてみると、スキー場は9時からやっているらしく、ウェアも板も現地で借りられるとのことだった。しばらく雪は降っていなくてこの辺にはあまり雪は残っていないけれど、スキー場には十分残っているそうだった。

バスに揺られて30分足らずでスキー場に着いた。麓の食堂を兼ねたレンタルショップで、ホテルでもらった割引券を提示し、ウェアと板を合計１０００円引きで借り、リフト券を買った。

練習のつもりでまずは初級者コースのリフトに乗った。板をまっすぐにしたまま下まで降りても、たいしてスピードは出ないなだらかなコースだけど、それでも最初のうちは少し怖かった。二度滑り降りると勘が戻って、多少不格好でも板をよろけずに滑れるようになった。

中級者コースのリフトから降り、少し休もうと、ストックを板の両脇にずぶりとさして、改めて周囲を見回した。ここからはスキー場のほとんどが見渡せた。スキー場の先に、町と呼ぶべきか村と呼ぶべきか、あるいは集落と呼ぶべきか、ところどころに家々が集まっている場所がちらほらと見える。

平野から視線を足元に巡らすと、今度はくもりのない一面の白だ。コースの一角に、ネットで区切られているエリアがあって、そのエリア内には旗が立てられていた。吸いつくような競技用のウェアを着て、ゴーグルをしっかりとつけたスキーヤーが雪を削る音をたてながら猛スピードで降りて行く。僕は順番に滑り降りる彼らを感心して眺めた。その滑りを見ているだけで、風を感じることができた。

「地元の子たちは、幼稚園の頃からスキーをはじめて冗談みたいにうまいです。まるで羽でも生えているみたいにどんな急な斜面でもさーっと滑り降りていきます」

僕はゲレンデの中腹で、滑走するスキーヤーを見上げながら、彼らを眺める望未を想像した。全然話し足りないと思った。話さなければならないことがたくさんあるはずだった。もっと望未と時間を過ごしたかった。それは彼女のためだけでも、僕のためだけでもなく、別の何かのためであるように思えた。今日見送ってくれる時に、そのことをたどたどしくてもいいからちゃんと伝えてみようと思った。

スキー独特の疲れを体に感じながらバスに乗って駅へと戻った。駅の前には、街頭時計があって、その前のベンチで僕は望未を待った。僕は彼女に話すべきことを考えながら時間を過ごそうとしたが、結局うまくまとまらなかった。

約束の時間に望未は姿を現さなかった。さらに10分経った頃に、望未にメールを送った。しかし、返信はなかった。さらに10分後、もう一度メールを送ったが、それにも返信がなかった。電車を一本乗り過ごし、さらに彼女を待った。

結局、望未は姿を現さなかった。望未からメールが来ることもなかった。

その代わりに、しばらく経ったある日に手紙が届いた。

＊

「最愛の
これが最後の手紙になります。結局受験は全部駄目でした。
そのため私はここに残って、私らしい生き方を見つけていきたいと思います。
今までどうもありがとう」

12

緊急事態宣言が明けた後、渚の子供が通う保育園でクラスターが発生し、しばらく臨時休園になった。その後は再開となったものの登園させるかどうかは自己判断してくれという通知が来たそうだ。渚夫妻はしばらく登園させないことにした。二人とも職場からはリモートワークが認められていたものの、週に一度か二度はオフィスに行く必要があったため、当番制で子供をみることにした。会わない期間も渚とのLINEでの連絡は断続的に続いていた。自粛を強制される日を重ねるにつれて、彼女のストレスがうずたかく積みあがっていっていることがそのメッセージから読み取れた。子供が家にいるくらいであればメールのやり取りやWEB会議をする程度の仕事にさほど支障はないだろう、多少問題があったとしても少し工夫すればなんとかなるだろう。そう踏んでいたらしいけど、現実的にはそうもいかなかった。

例えばWEBで会議をしていて、夫がいなくて自分だけが子供を保護する立場にあった時、意識のどこかでは常に子供の状態が気になってしまう。会議の内容にもうまく集中できない。社内の会議ならまだしも、外部との交渉の場合、その日の会話の内容次第で成否が決まる仕事だって当然ある。それでも渚は抜かりなく仕事をこなしたはずだけれど、普段の仕事よりもどっと疲れた。それは、保育園に子供を預けて、自宅で仕事をしていた時期にはないタイプの疲れ方だった。当初は自分が当番でない日は自由に外出してもいいというのが夫との取り決めだったが、その協定はすぐに破棄された。

テレワークプランで取ったホテルに渚がやってきたのは約束の時間を30分ほど経過してからのことだった。

こんこん、とノックの音がして、僕は一瞬窓の外にちらりと視線を走らせてからドアの方に向かった。

ドアを開けて目が合うと、渚は小さく笑った。

当たり障りのない台詞を吐いて、僕は渚を部屋へと招き入れた。顔に少し疲れが見えたが、もともと白い肌が一層肌理《きめ》細かくなったように見えた。保育園へ子供を登園させていない間の心身の疲労は嘘ではないだろうが、やはり出社の必要がないことで別な負担は軽減されているのかもしれない。

「いい部屋だね」

渚が部屋を見回しながら言った。

「久しぶりだからね。それに泊まる人があんまりいないみたいで結構安かった」

「でも、ありがと」

「にしても大変だったね」

「緊急事態宣言が明けたと思ったらまさかだよね。運が悪い」

「もう、登園してるの？」

「おとといからね」

会話を続けながら、僕は彼女の首筋に腕をまわし、もう一方の腕を背中に回す。彼女は僕に少し体重を預けた。そのままの流れで、渚と僕はベッドへと倒れる。久しぶりの渚の匂いと感触に、わかりやすい欲望が頭の中で蜘蛛の巣みたいに広がって、その欲望が指示することに僕は素直に従う。

けれどわかりやすい欲望は、行為の最中ずっと凭れさせてはくれなくて、僕はしっかりと勃起はしているけれど、精神の一部が醒めそうになるのを感じた。彼女の後頭部に手を回し、僕の胸の方へと引き寄せながら、大きな窓からの光景を眺める。東京タワーは見えず、東京スカイツリーしか見えない。高いビルを縫う高速道路を走る車が、まるでミニカーみたいに小さく、でもくっきりと見える。夜とは違った風情。

僕は渚のピンク色に染まった耳たぶに何かを囁きたい衝動に駆られる。口元を渚の耳に近づけ、彼女の温度を唇に感じながら、――好きだよ、愛してると僕は言い、これまで僕がその言葉を発してきたときの熱の記憶が重なってなにかが体内でたぎるのを感じる。僕はその言葉を繰り返すことで興奮を維持し、そして果てた。

一緒にシャワーを浴びた後、渚はバスローブを羽織って窓際の丸テーブルの前に置かれたモケット地の寝椅子に横たわった。僕は丸テーブルの上に置いたフルボディの赤ワインのボトルを手に取り、渚のグラスに注ぎ足した。渚は半身になって器用にワインを飲み下した。

未だ高い太陽の光が逆光になって渚は影になる。と言っても真っ暗ではない、色味が薄くなった程度だ。外のビルを背景にくっきりと彼女の体が浮かび上がって見える。腰から太ももにかけてのラインは彫刻的な美しさがあった。

僕が無言で眺めていると彼女は立ち上がって、こちらに背中を向けた。彼女の視線の先、向かいのオフィスビルにはまばらな人影が見えた。

「偉いなぁ、ちゃんと出社してて」がんばれー、はたらけーと続けた渚の声は、思わず笑ってしまうほど朗らかだった。「まあ、私も勤務中なんだけどね。勤怠管理システム的には」

「ばれない？」

「まずばれない。さっきちゃんと仕事のメール返したし。こうしながらもちょっとは仕事のこと考えていたりもするし、そういう意味では勤務中と言えば勤務中」

渚はふふと笑い、ワイングラスを二度回して呷った。残っていたワインの三分の一ほどが彼女の体内に流し込まれる。

「そう言えばさ、今日ごめんね」

何について謝っているのかわからず、僕は小さく首をかしげた。

「遅れちゃって」

ああ、と思わず声が漏れた。

「別にいいよ、その間仕事してたから」

「ちょっと洗濯機を回しててね」

「洗濯物？」

「そう。自然乾燥させたいものを干して、それから洗濯機の中に残ったのを乾燥まで回しちゃいたくて。そうしている内に、燃えるゴミの日だってことを思い出して、まだゴミの回収車が来ていないことを確認しに外に出て、それから急いで家に戻ってゴミを集めようとしたら、詰めすぎたみたいで袋が破れてさ、手と服にべっとり生ゴミがついちゃって」

妙に平板な口調だったけれど、話している内に昂りが混ざっていく。多分一種の冗談みたいなものなんだろう。僕は努めて緩い笑みを浮かべていた。

「でさ、よく考えたらゴミ出しは本当なら旦那の仕事だったんだよね。けど出張で朝いなくって、そう考えると腹が立ってきたんだけど、いないものはしょうがないじゃない？　やっぱり一戸建てじゃなくてマンションを買っておけば良かったとか、それだったら24時間いつでもゴミが出せたのに、ってそんなことまで考え出して、でも結局は行く当てのない怒りは自分でおさめるしかないから、新しいゴミ袋を出してこぼれないように移しかえた。目だつ汚れだけをとりあえずふき取って、ゴミ出し。それからシャワーを浴びて化粧をやり直して、ってそんな感じで遅れた。ごめんね」

彼女の顔は昂りを超えて、もはや怒っているように見えた。いや、実際に怒っているのかもしれない。だとしたら、何に対してだろう？

「さっき君さ、私の耳元でなんか言ったよね？」

外に向けていた視線を、ゆっくりと僕に向けて彼女は言った。

「さっき?」

「そう。君、私の耳元でなんか言ったでしょ?」

立ち上がった彼女は腕を組んだままワイングラスを回す。

「愛してないでしょ? ゴミをどっちが出すだとか、料理はやったから皿を片付けるのはそっちの仕事だとか、子供が泣き止まなくてどうするんだとか、そんなの一切抜きにして、お互いに責任を負わなくて、おいしいものを食べて、昼間から酔っぱらって、さっきやったみたいなことをやるのが私たちの関係でしょ?」

彼女の感情は夫でも僕でもなくて、もっとあやふやなものに向けられたものだ。ちょうど僕が彼女の耳元でささやいた言葉がそうであるように。

そうだね、愛していないね、と僕は呟いて、彼女のワイングラスをもぎとって、寝椅子に押し倒してそのまま再び抱いた。妙に興奮していて、言葉は必要なかったから、今度は彼女に何も囁かなかった。抱きながら、もしかしたらそろそろ渚とも終わりなのかなと考えていた。

13

望未から僕たちの関係を終わらせようとする素っ気ない手紙が届いたのは受験シーズンが終わって四月に入ってからだった。突然の別れを告げる手紙に僕は動揺し、携帯電話のEmail宛にメールしたが、宛先不明で送信できなかった。電話をかけても返って来るのは、その電話番号が既に使われていないという旨の自動応答のメッセージだけだった。

僕は何か間違いを犯してしまったのだろうか？　何か致命的な間違いを。彼女と直接会った時に、重大で取り返しのつかないミスを犯し、彼女は僕との関係を切ることにした。しかし、どれだけあの日のことを思い返してみても、自分がどんな間違いを犯したのかさっぱりわからなかった。もしかしたらあれが問題だったのかもと、どこかの場面を理由として当てはめることはできる。例えば彼女に触れたこと、唇を重ねようとしたこと、あるいは、逆にそれを途中でやめたこと。しかしあの日の行動のどれかを理由だと思い込もうとしても、違和感が残った。

考え込むうちに、やがて僕は一つの仮定にいきついた。できればそう思いたくない結論だったし、否定したい気持ちはぬぐいがたく芽生える。しかしその気持ちが強くなればなるほど、その仮定は真実めいて迫ってくる。

それは言葉にするとこうなる。

もしかしたら、望末はもともと最後に会うつもりであそこに僕を招き寄せたのではないか？

その問いに答える者はない。僕にできることは手紙を書くことだけだった。

「受験の失敗なんてどうってことはないよ」

「せっかくだからもう一年気が済むまでやればいいさ」

落ち込んでいる受験生への励ましのようなことを僕は書き、「自分もたぶん、このままでは四年では卒業できないから」とおどけ、「また落ち着いたころに会いたい、そっちでも東京でもいいから」と最後につけくわえて手紙を投函した。

投函して以降、ポストを見るのが怖くなっている自分に気づいた。望末から返事が来ないことを確認するのが怖かったのではない。いや、それも多少はあったかもしれないけれど、本当に僕が恐怖したのは、その手紙が宛先不明で戻ってくることだ。手紙が誰にも届かないことをこそ僕は恐れた。

結局、手紙が宛先不明で戻ってくることはなかった。細い経路ではあるが、まだ線は繋がっている。

返事がない中でも、僕は手紙を送り続けた。彼女の心情の確かなところはわからないけれど、望末と僕の関係はあんな素っ気ない手紙一つで終わっていいようなものではなかったはずだ。

音信不通になった望未への手紙について、一方通行でも送り続けた方がいいよと先輩は言った。

「たたたぶんね、くくく久島君、君が思っている通りの可能性は、あると思うんだよね、実際に」

僕と望未の関係が変わっても、僕の学年があがっても、先輩の生活に変化はなかった。僕たちの大学は一年ごとの進級に条件がある大学ではなかったから、名目上の学年は先輩もあがった。しかし彼の取得単位は増えておらず、相変わらず卒業の見込みはなかった。大学生活はよくモラトリアムと表現されることがあるけれど、文字通りの猶予期間をじっくり味わうように、先輩はピアノの練習に明け暮れていた。ショパンはもうやめてしまって、ロックバンドのピアノアレンジの練習を始めていた。Nirvana というバンドの曲だった。彼はピアノを弾きながら英語の歌詞を口ずさんだ。

歌詞が知りたいと言った僕に、先輩はある日、プリントアウトした歌詞と、手紙のようなもののコピーを手渡してきた。

「これはなんですか？」

僕が素朴に訊ねると、

「いいい遺書だよ」と彼は応えた。

「遺書？」

「そう。かかかカート・コバーン。N-N-N-Nirvana のボーカルだよ。知らないかな？　彼は大きなライブが控えていたある日自殺してこの世を去った。ううう魚座のジーザス野郎なんだよ」

「魚座のジーザス野郎？」

「そそそね、いいい」

「遺書」

「そう、いいいいい遺書でね、自分のことをそう呼んだんだ」

僕は先輩から手渡された遺書に目を落とし、手書きのコピーを読んだ。先輩はその自殺したロックボーカリストが、自分のことを魚座のジーザス野郎と呼んだと言ったが、よく読んでみると厳密にはそうではなかった。実際には遺書にはこうあった。


情けなくて、ちっぽけで、繊細な、歓迎されない女々しい魚座のジーザス野郎に思えてくる。

それは、自分は「魚座のジーザス野郎」ではないと主張しようとしているのかもしれないけれど、自身で書いた「魚座のジーザス野郎」という単語を否定するだけの力は彼の文章にはない。その言葉に押し負けて、魚座のジーザス野郎と自称しているように見える。魚座のジーザス野郎＝カート・コバーンはとてもナルシスティックに、自分が人を愛しすぎ、人の気持ちがわかり過ぎるのだと嘆く。

「くくく久島君はそういえば何座だったたっけ？」

「魚座ですね」

「くくく久島君もジーザス野郎なのかな？」

「どうでしょうね」

「くくく久島君も人のことを愛しすぎるんですかね？」

「どうでしょうね」

「くくく久島君も人の気持ちがわかり過ぎるんですかね？　だだだだから、ほとんど誰も愛さないんですかね？」


どう応えていいかわからなくなって黙っていると、先輩は練習中の曲をまた弾き始めた。しばらくして彼は歌詞を小さく口ずさみ始め、僕は歌詞カードで歌を追っていた。

その曲のBメロは歌詞もメロディもとても単純で、すぐに覚えることができた。二周目からは先輩の声に僕の声を重ねた。僕たちは音楽が鳴り止んだ後も繰り返し歌い続け、最後にはただ「こんにちは」、「どのくらい気分悪い？」と言い合って笑った。

人のことを愛しすぎ、人の気持ちがわかり過ぎる、それがどういう状態なのか、僕にはわからなかった。というより、僕はまだ自分がどういう人間なのかすらわかっていないのかもしれない。

うまく望未を東京に誘い出せたなら、同じ地点から生活を始めたいという気持ちがあったからか、同級生やバイト仲間に対して仮初《かりそめ》の関係であるという感触が上京してからずっと消えなかった。その内に本番が始まったなら徐々にフェードアウトしていく関係。どこか腰が入ってなくて、真剣みが足りないから、ある程度深まっても、それ以上は深まることなく、その内にぷっつりと切れる。逆に真剣みが足りないからこそ長く続く関係もあったと思う。浅くて、お互いのことに深入りもしないし、もちろん束縛もしない。だからこそ人数合わせのように呼ばれて、僕は僕で寂しさと暇を紛らわすためにその求めに応じた。

望末からの連絡が絶たれてから、日雇いのバイトをやめ、定期のアルバイトを始めた。その頃から大学の講義の出席率が低下した。アルバイト先で飲み会に誘われたら、たいていは参加するようになった。生活が変化していくうちに、僕の中の望末のためのスペースは徐々にありきたりな手の届くもので埋められていったが、その中心部は相変わらず空洞だった。故意に残そうとしなくとも、東京にはそこに当てはまるピースはなかった。

唯一必ず出席する、出席日数を満たせばもれなく「良」以上の成績がもらえる講義で、読まれるかどうかもわからない望末への手紙をしたためている時には、一際その空白を意識した。

ラリホー《睡眠魔法》の使い手と揶揄される初老の教授の大教室で行われる講義は、決まって手紙の執筆時間だった。多くの学生が眠気に耐えるか、寝入ってしまうかしていたが、睡眠へと誘導するその教授の声が、文章に集中していると全く耳に入って来なかった。ペンを休めては前を向き、またしばらくペンを走らせる僕は、少し離れたところから客観的に見たならばとても熱心な学生に見えたに違いない。

ペンを走らせている間、僕は望末と歩いたしんと静まり返った夜道を思い出していた。車が走り抜けた後は、より明確な静けさが横たわったあの道。何度も思い返すうちに、現実にはそこで話されなかった会話が勝手に頭の中で再生される。それはいつかすることになったはずの会話だった。それから、望末の家のことや、何かが壊れる音について語るときの脅えたような表情を思い出した。克明に思い出そうとすると、決まって最後の手紙が頭に浮かんだ。これが最後の手紙になります――そこから始まる文章をその筆跡まで僕は思い浮かべることができた。その文字の並びに潜んでいるかもしれない真意について、手紙を書きながらずっと考えていたからだ。

いつものように手紙を書いていたある日、背後から声をかけられた。振り向くと、そこには見覚えのない男がいた。

「手紙ですよね、それ」

手紙を書いていて何が悪いのか、僕は頷くでも否定するでもなく、ただその声の主を2秒ほどじっと見てから、視線をまた手紙に落とした。

しばらくして、隣に気配がした。見ると、さっき後ろにいた男が隣に来ていた。短い髪を整髪料でセットしたその学生からは、ほのかに香水のにおいがした。

「やっぱり手紙ですよね。いつも手紙書いてますよね」

そう繰り返し確認してくる彼に、僕はさっきと同じ表情で応えた。

「もしかしたら小説でも書いているのかなって先週のぞいてみたら、ちょっと違うようだったから」

「手紙を書いていたらいけないんですか?」

「先週も先々週も、その前もずっと書いてますよね」

だから何だと言うんだ? 僕はあからさまに不審の念が伝わるような表情を彼に向けた。

「不審に思わなくていいです。ただ、友達を探しているだけなんで」

不思議な言い方に、僕は不審な表情を保てなくなった。

「友達がね、いなくなってしまったんですよ。まったくのゼロ。だから、友達になってくれる人を探しているんですよ」


その男が言うには、友達がすべて去ってしまったのは100％彼に責任があるとのことだった。どんな事故にも過失割合というものがあって、100％どちらかが一方的に悪いということは珍しいけれど、この件については100％自分が悪い。

「モテすぎるのが問題なんだ」と彼、向井《むかい》は言った。

向井は大学であるサークルに入っていた。その中で向井はとにかくモテた。一年生の内は、同じサークル内の一学年上の女性と付き合っていたが、彼女と別れてから、飲み会の帰りに同じ学年の女性と男女の関係になって、けれど付き合うという感じにはならず、その後曖昧な関係を続けている内に別の女性から告白された。

「いわゆるモテ期が来たんだと思ったんだ」

向井と飲んだのは、明治通りと早稲田通りが交差したところにあるビール一杯150円で飲める居酒屋でだった。

「中学も高校も男子校だったからさ、それまで全然女の子とは接点がなかったんだけど」

最初に付き合った先輩女子に、彼は酷い振られ方をしたそうで、それからは誰とも固定的な関係を結ばずに、感性の赴くままに生きることにした。その結果として何股なのか自分でも把握できない状態に至り、「向井は最低」という世論が形成されて、彼はめでたくサークルを追い出されることになった。

向井はいわゆる大学デビューだった。大学生活のほぼすべてをサークルでの活動に費やしていて、他の繋がりがなかったものだから、友達がまったくいない状態になってしまったそうだ。

「バイトとかは？　してないの？」

「してない」

「実家？」

向井はどことなく気まずそうに首を振った。彼の身なりは悪くなく、実家生でないのであれば、金持ちの部類に違いなかった。家賃とは別に15万円くらい仕送りをもらっているような、たまに見かけるタイプの学生だろう。親の余裕が子供に余裕を与え、その余裕がさらに余裕を生み、資格試験の予備校に早くから通っていたり、留学の準備をしていたりする。同じ大学でも格差は確実にあって、向井は上流に位置するに違いなかった。

酔いが回った僕は、向井にモテる秘訣を聞いてみた。どうすれば、背中を蹴られてサークルを追い出されるくらいにモテることができるのか？

「簡単なことだよ」

向井は細いジョッキに残ったビールをぐいと飲み干してから言った。

「モテることだよ」

「ん？」

「だから、モテることだよ。モテるためにはモテればいい。流行るって言った方がニュアンスとしては実態に沿っているかな。とにかく、どこかの女性のグループで流行ること。誰かが俺のことをいいな、と言っている。そうすると、それまで何とも思っていなかったのに、なんとなくそれを聞いた別の子も俺のことが気になってくる。その内にその子もいいなと言い出す。それが二票入った状態。で、また別の子が俺のことをいいなと思いだす。三票、四票、五票と票が入って過半数を超えたら、別のグループにもいいなが伝播する。その内に歯止めがきかなくなってくる。実態を乖離して俺の価値が上がっていく。実体なんてまるでないＩＴ企業の株みたいに」

向井は右手で右肩あがりにのびていく波を表現した。それから少し照れたように笑った。

「ま、そもそもモテることに実体も何もないんだけどね。人が欲しがるものを自分も欲しくなる。それだけ。彼女たちが欲しいものは俺そのものではなくて、別の人の欲望なんだ。鏡像段階の亜種。や、そのものかな」

「なるほど」

「あ、なんか、呆れてる？」

「呆れてないよ。それに、多分、向井君が言っていることはあってるんだろうと思うよ。少なくとも向井君の中では」

「含みがある言い方だなー」

向井の提唱するモテ理論は、一般教養として昨年履修した心理学の講義によって古典的な心理学と合流し、より強固になったそうだ。彼はモテることによって性的な喜びを得たいというよりは、どこまでモテの高みを目指せるのかという興味に引っ張られてモテ続けることを試みた。彼が所属していたのはかなり大規模なサークルで、一学年のメンバーは三桁近くに達し、うちの大学を中心として別の大学からも入会者がいるそうだった。いわゆるインカレサークルというやつで、女子も男子もいくつかのグループを形成していた。同時進行で関係を持つのは各グループごとに一人という自分だけの取り決めを当初彼は作っていた。それを守っている限り、ひとまず大きな問題には発展しなかったそうだ。逆に関係を終わらせたい場合は、同一グループ内の別の女子にちょっかいを出せばいい。そうすれば、「向井は最低」ということになり、そのグループ内でのブームがストップしやすくなる。段々とモテるのにも飽きてきた彼は、当初こそ慎重に行っていたストップ&ゴーを雑に繰り返すようになって「向井は最低」の合唱は止めることができないほど大きくなった。

というようなことを、まことしやかに真っ赤な顔で向井は話した。酔いが回ると、時折彼の右瞼が痙攣した。怪我でもしているのかなと最初は思ったが、外傷は見当たらず、自分の意図ではなく筋肉が痙攣するチックの症状のようだった。酔いが深くなればなるほど向井は早口になり、話の内容もどんどん明け透けになっていった。右瞼のチックはより激しくなった。

向井のモテ話はいくばくか大きめに話しているところはあるかもしれないが、元ネタがないわけでもなさそうだった。適当に相槌を打って聞いていると、モテ話の後には、自分の有能さについての話が始まった。友達が全くいなくなった彼は、勉学にいそしむことにして、今は在学中の司法試験合格を目指しているそうだ。模試の結果を信じる限りおそらくそれは叶ってしまうだろうと彼は言った。

「叶ってしまう、ってなんだか悪いことみたいだ」

僕が笑ってそう言うと、

「叶えられた祈りほど悲しいものはない」

少し低めのトーンで彼は呟いた。

「ん？」

「いろいろとやるべきことはあっても、結局自分が有能すぎて退屈を感じる」

「たいした自信だな」

「自信とかじゃない。ただの実感だよ」

「サークルを追い出した人たちの気持ちがよくわかる」

そう言って僕が笑うと、はは、と向井は乾いた笑いで応じた。「いや、俺もたいていの時はこんな風ではないさ。ちゃんと、日本人らしく控えめにしてるよ。和をもって貴《とうと》しとなすだ。右へ倣え、付和雷同」

「じゃあ、今はたいていの時じゃないの？」

向井のチックが、ひどくなった。

「今がたいていの時のわけないじゃないか。こんな風に友達にスカウトすることなんて、まずないだろ？　でもまあ、とにかく俺たちは友達になるんだ。後二年間、大学にいる時だけの友達だな。俺は在学中に司法試験に受かることになると思うし、そっからはまた別の展開があると思う。それまでのわずかな間、俺と君は期間限定的な友達になるんだ。そうして別れる」

「友達なのに別れる？」

「そう。本当に好きだった女にはさ、別れたらもう会わないだろ？　それの同性バージョンだよ。それが本当に正しい友情なんだ。変な風に思うかもしれないけどさ、俺の言ってることは正しいんだよ。久島にもその内にわかるよ」

14

ノートPCのディスプレイに映る坂城の顔をまじまじと眺めながら思う。

坂城は、向井とよく似ている。

どうして今まで気づかなかったのだろう？

坂城との関係を学生時代の友人関係に似ていると当初から感じていたが、そんなふうに一般化する必要もなかった。個別の経験として単に坂城と向井が似ているのだ。向井が予言した通り、大学時代の最後の二年間、向井と僕はとても濃密に過ごした。そしてこれも彼の予言していた通り、大学在学中に彼は司法試験に合格した。一学年に五名でるかどうかといった難関をあっさり突破した彼は、僕のことを大学時代の期間限定的な友達だと言っていたが、それもまた彼の言った通りになった。関係を続けたくても、彼がこの世を去ってしまった今ではどうしようもない。

坂城とは毎週木曜日の午後にミーティングをするのが定例になっている。定例ミーティングとは別に、社内の事情を把握するために、月二人程度のペースでみっちりとしたヒアリングを行うことになり、既に二人分の聴き取りが終わっていた。ヒアリングの感触を元に、次にどの部署のヒアリングをするのかを打ち合わせするのが、今日のミーティングの主要な議題だった。

これまでベテランの人のヒアリングをしてきたから、次は新人でお願いしたいと坂城は言った。

「それから、できれば、次は久島さんの同席なしでお願いしたいです」

このミーティングにおいては、坂城は僕のことを「久島さん」と呼ぶ。僕も彼のことを「坂城さん」と呼ぶ。とはいえ僕は極力名前を呼ばないで済むような言い方をついしてしまうのだけれど。

「ひょっとしたら、これまでも僕いない方がよかったですか？」

「いや、これまではどちらでも。ただ新人となると話は別なんでね。新鮮なうちには、その会社について客観的なことを言ってくれることがあるんだけど、先輩社員がいると口が重くなりがちです。そうすると、私の狙いがうまくはまらないかもしれない」

ヒアリングは全六回ほどを予定していた。会社組織にはそれぞれ見えないコードのようなものがあって、それを読み解くことによって正しいブランディングプランを構築することができる。先週、そう話した時の坂城の左目の瞼がわずかに痙攣していたことを思い出す。それは彼が話に集中している証拠《サイン》だった。

坂城との定例ミーティングを終えて、管理部の新人である新井《あらい》くんに、ブランディングコンサルタントの坂城という人からヒアリングのお願いが来るから対応して欲しいという旨のメールを打った。すぐに、「僕なんかでいいんですかねー。力の限りガンバリマス」とフレッシュなメールが返って来た。

一息ついて、僕はオフィスから見える橋の向こう側を見た。橋を越えた向こう側の再開発が終わって間もない頃、学生だった時分にその辺をうろついた覚えがある。そこに僕を連れて行ったのは向井だった。友達がいなくなってしまったからといって、大教室の講義で友達になるべき相手を探していた向井。友達を探していた彼は、僕を選んで近づいてきて、実際に僕たちは友達になった。そして彼は、僕が東京の中でこれまで行かなかったところ、行こうとも思わなかったところに僕を連れて行った。

翌日、僕は昨日オフィスから見たビル群へと向かった。ビルが立ち並ぶ人工島へと続く道路にはぐるりと一回転する箇所があって、そこを一人車で通っていると、向井の運転するバイクの後ろに跨って、内心ひやひやしながら感じていた加速度と、彼の体を摑む手のこわばりが奇妙なまでに鮮明に思い出された。回転する内に、僕は重力から少し解放され、浮遊感を覚える。淡い混乱が頭の中でうまれて薄く広がり、けれど大部分は冷静な僕は運転を続ける。

二十歳そこそこで向井のバイクの後ろに跨っていた大学生の自分、二十年近く経った今の自分、それからもっとずっと幼い自分、今を飛び越えた先の年老いた自分、色んな自分が重なって感じられ、回転する僕の体に引き寄せられてくるようだった。それは心地よく、と同時に不快でもある。まとわりついてくる自分たちの中には、厳密な意味では自分でないものまで混ざっていそうだった。幼い自分よりもっと前、僕が生まれる前にあった自分的なもの、それから、僕がこの世から去った後にも存在する自分的なもの、そんなものまでが重なっている。様々な時間がばらばらになって、というかもともとそうだった形を取り戻した時間が、今の僕にあわさって、僕はたくさんの時間に圧迫される。自分が何を感じているか自分でもわからず、頭が混乱し、それでもちゃんとアクセルとブレーキを踏みわけて、ハンドルを正しく切り続け、僕は人工島へと降りた。降りてしばらく車を走らせると、いくつもの時間は去っていた。気が付けば三十八歳の今の僕だけがいた。

物流倉庫の脇を走り、ショッピングモールとマンションが立ち並ぶ一画まで進むと、広い道で一時停止をし、駐車場を探した。ここらへんで一度車を停めて、目を付けたタワーマンションまで歩くつもりだった。

「じゃあ、最初の一回だね。当たるといいね」

ラプンツェルの塔当てゲーム。二回しかチャンスがないといわれた一回目の挑戦をする、そう僕が彼女に話したのは昨日のことだった。彼女は知り合ってからこれまでで一番楽しげな声を出した。これまでどんな人間関係を取り結んできたのかは知らないけれど、彼女がこういったゲームをしょっちゅう吹っ掛けてきたのだとして、ちゃんと乗ってくれる人は少ないのかもしれない。そういう会話がなされたとしても、その場だけで盛り上がり、結局は戯言として流れていく。

「自信はあるの？」

「いくつかに絞れてはいる。自信は、なくもないかな」

嘘ではなかった。ラプンツェルが戯れに見せたビデオ通話中の光景。それからこれまで出されたいくつかのヒント。僕はそれらをメモ帳に書き出し、あたりをつけていった。だいたいの場所はわかっているのだから、候補となる母数はそう多いわけでもなかった。

ただ場所が完全な見当違いであったなら話は変わってくるだろう。記憶は常に薄れゆくものだし、自分でも制御しきれないところで書き換わっていくものだ。実際に見た光景が薄れていき、多分こうだろうという予想が、気づかぬうちにこうに違いないという確信に変わっていく。頭の中の像が思い返す度に固まっていくように感じるが、それは実際に見たものなのか、後から作られていったものなのか区別がつかない。そのくらい記憶はあやふやであてにならないものだ。

「かなり綿密に調べたんだ。ここかな、と思ったところでも、ヒントにあった名前の特徴を満たしてないとか、ほとんど確信したマンションに残念ながらプールがあったとか、そういうのはちゃんと弾いた。確か、そこはプールはないんだよね？」

「うん。ここはジムもプールもない。ついでに言うと、バーもないし、図書館もない」

「急にヒントを増やすなよ」

僕が笑って言うと、ラプンツェルも笑った。

「ごめんごめん。それを加えると、外れそ？」

「いや大丈夫。今僕が見上げている塔には、ジムもプールもバーもない。図書館もない。ただ、ゲストルームはあるみたいだ。友達を泊めたり、親戚を泊めたりする用の部屋ね。それはある？」

「ヒントはもう増やさない」

今度は彼女が笑い、僕がつられた。

「じゃあ、そろそろ降りて行こうか？　貴重な一回だけど、本当にいいんだよね？」

「大丈夫」

仏の顔も三度まで、彼女は仏を超えられると思うほど傲慢ではないから僕に与えられたチャンスは二度まで。けれど、仏を超えるって具体的にはどういうことなんだろう？　戯言、あるいは笑いどころのわからない冗談。でも、その中になんらかのメッセージを紛れ込ませるタイプの人がいる。戯言的なゲームを僕に仕掛けてくるのは例外なくその種の人間だ。仮に我々が生きているこの世界に人格があったとして、四角四面に真面目に生きていくほどには、世界は自分たちのことを真面目に考えてはくれないだろうと彼らは思っている。けれど、生活や人生を成り立たせるものすべてをただ攪拌するだけだと生活も人生も成立しないから、時には不真面目な態度で臨みたくなってしまう。けれど戯言の中に、蜘蛛の糸でもたらすみたいに一条の本音を交える。そして、それを誰かが摑んでくれるのを斜に構えながら待っている。

僕は改めて彼女がいるかもしれないタワーマンションを見上げた。天気のいい日だった。南中を少し経て、西へと傾こうとする太陽が、ガラス張りの塔に光を浴びせる。その照り返しに僕は目を細める。それまで気づいていなかったけれど、死角に入るぎりぎりのところに吊り下がったゴンドラが見えた。その中には窓ふきの姿が見えた。今日は天気が良いからさほどの危険性はなさそうだけど、強風で傾いて転落することがあったなら、まず命は助からないだろう。

現実的な死がすぐ脇にある感覚が、それを見る僕に勝手に芽生える。ホームドアのない地下鉄で轟音とともに列車がホームに入ってくるときにも感じるわずかな死の予感。それらは、システマティックに現代の風景に溶け込んでいて、いつからかすっかり慣れて、気にも留めなくなっている。

Xperiaが揺れた。ラプンツェルからのLINE通話の呼び出しだった。ガラス張りのロビーに視線をやっているが、彼女らしき影は見えない。

「残念」

ラプンツェルは本当に残念そうに言った。

「貴重な一回だったのに無駄に消費しちゃったね」

「ここだと思ったんだけどな」

彼女は小さく笑った。

「他にめぼしいところはあるの？」

「あると言えばあるけど」

「じゃあ、このまま最後のチャレンジする？」

僕は迷った。もう一つの目星をつけていたマンションは近くにあるのだけど、こう簡単に外れてしまうと自信がなくなってくる。

「今日はやめておくよ」

「そっか。あと一回しかないしね。じゃあ、もう一つヒントあげるね。君が今いるマンションは、何階建てなの？」

「45階建てだよ」

「じゃあ、ヒントね。そこより低いか高いかだけ教えてあげる。それでずいぶん絞れるでしょ？」

「うん」

「君が間違って選んでしまったそのマンションより、私が住むここはいくらか低いです。そんなに大幅に低いわけじゃなくて、少しだけね。ヒントになりそう？」

「そうだね。随分絞られる」

「よかった」明るい声で言ったかと思うと、でも気を付けてね、と急にかしこまった声音で彼女は申し添えた。「チャンスはあと一回だから」

「わかってるよ」

てっきり当たると思っていたから、その日は予定を入れていなかった。手持ち無沙汰になった僕は車を置いたまま辺りを歩いた。道路の上を回転していた時に感じた、時間の留め金が外れてしまったような寄る辺なさが歩いている内に再びまとわりついてくる。あの頃から比べ、この街がどれだけ変わったのか頻繁に来ているわけでもないからよくわからない。少なくとも街をとりまく雰囲気は、あまり変わっていないように見える。

人工島に建てられた、計画的に建てられた街。ショッピングモールやライブハウス。巨大なマンション群。僕はショッピングモールの辺りを散策しながら、街を見回した。視界にテレビ局の特徴的な建物が入った。今ではもうほとんど電源をつけることもなくなったが、それこそ学生時代、僕は家にいる時はいつもテレビをつけていた。

早く起きた朝には特に考えるまでもなくニュース番組を見て、そのままワイドショーを眺めながら飲みさしの温いビールを喉に流し込んだ。しばらくしたら正午になって、終わらない／変わらない日常の象徴のような昼間のバラエティ番組を見る。サングラスをかけた司会者を眺めつつ、そろそろ講義にでなければいけないなと、ぼんやりと考え始める。

あの当時、テレビは人々の生活と、その集積としての人生に今よりも深くかかわっていた。夏休みには、テレビ局の局舎を利用したお祭りが開催されていた。すっかり大人になった今では、他の国に比べて格安で電波帯域をテレビ局へと割り当てて、その公共の電波を使って番組でもCMでもその夏祭りの告知を乱打することに問題を感じないでもないけれど、当時の僕はそこまで深く考えずに、向井に連れられる形でここに来たのだった。

太陽の光を照り返すテレビ局社屋の銀色の球体を、たしかあの時も見上げていた。

15

僕は半信半疑だったのだけど、向井は本当に友達がいなくなってしまったようだった。そしてそのすっぽり空いたスペースに本当に僕を押し込もうとしていた。

彼は僕の生活圏に踏み入ることを要求した。例えば僕のバイト先の飲み会に参加したがった。当初は、直接関係のないところに向井を交ぜるのはどうなのかな、と思ったのだが、彼はどこにでも問題なく溶け込むことができた。僕が単独で関わっている時よりも、彼が関わることで僕もバイト先の人たちと深い関係を取り結ぶことができた。そうする内に、彼が異常にモテるという話を僕は信じるようになった。

確かに彼には、「ま、向井ならしょうがないか」と思わせるような人たらしなところがあった。なぜ、彼に対してこういともたやすく人々が例外的な態度をとるようになるのか、彼と接する内に僕は理解していった。おそらく向井は自分のことをとても客観的に、まるで他人のように考えている。たまたま自分は向井だが、あくまでもそれは偶然に過ぎなくて、別に向井でなくてもよかった、というか向井でないこともあり得た。全然違う自分であった可能性を彼はかなり真剣に捉えていて、その視座から今／ここに、このようにある自分をどういう風に制御すればよいのかを検討し、その最適解を忠実に実行しているように僕には見えた。遠くから彼自身を見るその目はとても公正だった。その目は何も彼自身にのみ向けられたものではなかった。彼の公正な視線は、他のあらゆるものにも向けられていた。

当時の僕のバイトは家庭教師の営業だった。生徒の横について勉強を教えるのではなく、広告をみて親がかけてきた電話からつながったものや、テレアポ部隊が取ったアポイントに応じて、各家庭をまわってシステムや料金の説明をし、ざっくりとした指導プランをその場で決めて、入会契約書に判を押してもらう仕事だ。

営業の仕事が自分に向いているとは全く考えていなかった僕がこの仕事をするようになったきっかけは、講義の合間に大学のキャンパスのベンチに座っていたところで声を掛けられたことだった。バインダーを手に持ち、声を掛けて来た四十歳くらいの男性は、家庭教師の派遣事務所の社員で、今は家庭教師をやってくれる学生を探しているのだと言った。望未とのやり取りがなくなった僕には空洞ができていて、ブラックホールみたいにある種の人間を引き寄せていたのかもしれなかった。人々は僕に近づいてきて、友達になれと言ったり、仕事をしろと言ってきたりする。

「もしかしたら、君は、どっちかと言えば営業の方がいいかもしれないな」

毎日でも働きたいと言った僕に、その男性社員は言った。営業の仕事なら、毎日働いていいし、むしろその方が会社としてはありがたいらしい。さすがに毎日は、とおよび腰になった僕に、入れるだけシフトに入ればそれでいい、と彼は続けた。

「あくまで学業優先でね。だって、ほら、勉強を教える会社が仕事を優先しろって言ってたらまずいじゃないか」

彼と話したのは、大学近くのファミリーレストランでだった。ドリンクバーでコーヒーを二杯飲むうちに話がついて、僕は翌週からその会社で働くことになった。

週が明けた月曜日、指定された大学の最寄りの駅から三駅離れた雑居ビルに向かった。その5階にその会社はあるらしい。僕は自分の名前を告げて、大学で声を掛けてきた男性社員の名前を言って、その男性社員から面接はパスでいいと言われているのだと、少し誇らしい気持ちで告げた。

応対した女性は、

「ええ聞いています」とにこやかに笑った。

女性は、矢木《やぎ》さんという名前で、社員ではなくて、学生アルバイトだった。学年は一つ下だったのだけど、その時の僕にはとても世慣れているように見えた。

持参したスーツに事務所の奥の更衣室で着替えるよう指示され、入学式以来袖を通していなかったスーツを持って奥へと進む。服を脱ぐのにも苦労する狭さの更衣室でスーツに着替え、ネクタイを締めて事務所に戻ると、さっきの女性が待ち構えていた。彼女は足元から顔の辺りまで品定めするように僕を眺めまわした。

「大丈夫そうですね」

彼女は小さく頷いてそう言った。聞けばその日は一日彼女について家庭を回るそうだった。早速事務所を後にし、つかつかと先を歩く彼女の背中を追って、地下鉄へと向かう最中、何でもないことのように、彼女は僕をスカウトした男性社員が退職したことを告げた。

後から知ったのだけど、この会社では退職する際には代わりとなる働き手を見つけてくることが決まりであったらしい。日雇い以外のバイトをするのはこれが初めてだったから、その時は、なるほど会社というのはそういうものなのかと思っただけだった。けれど、何を普通と捉えるか、考え方は人それぞれであるものの、退職するために身代わりを用意させる会社はいわゆる普通の会社ではない。

僕のバイト先の飲み会に参加するようになった向井は、その労働環境の特殊ぶりを面白がった。僕がスルーしていただけで、身代わりの件に限らず、特殊なことは他にも多々あった。例えば生徒の学習の進捗管理を記した台帳の正式名称が「入金管理帳」であること。このセンターから派遣されている家庭教師は、月に一度事務所に進捗状況を報告することが義務付けられているのだけど、その彼らの前で「入金管理帳」と書かれた台帳を広げて教師からの報告を記した。対象の生徒が載っている台帳を探すために、「入金管理帳の5番ありますか?」などとその会社の意識が明け透けな名前を連呼することがあった。家庭教師の先生たちはひきつった顔をしてそれを見ていた。学生のアルバイトが主であるのにもかかわらず、連続勤務が励行され、このバイトにどっぷりと浸かっている人は留年する者も珍しくなかった。

それでも居つく人がいるのはもちろんメリットがあったからだ。夕方から夜まで毎日働けば、普通のサラリーマンくらいの給料をもらうことができた。それから、他の大学生的な集まりにはうまくなじめない、どこかはぐれものめいた空気を持つ似たもの同士の知り合いが増えた。サークルからつまはじきにされた向井もまた、その空気によくなじんだ。

「向井君も一緒に働かない？　君ならすぐに稼げるようになると思うよ」

会社の真っ黒な労働環境話を、ケラケラ笑いながら聞いていた向井を矢木さんが度々誘った。しかし、向井はそれに乗らなかった。

「司法試験の勉強をそろそろ始めなきゃならなくて」

こういう時、彼は断り文句としてよく司法試験を持ち出した。それはお決まりのジョークのように聞こえなくもなかった。けれど誰かにそう指摘されると、彼は心外だという風に首を振った。

僕も彼を誘ってみたことがある。実利的なものがなければ群れることのできないバイト仲間たちに、向井なら僕よりもうまくなじんで溶け込むことができるだろうし、友達が必要なら僕一人にこだわる必要はないと思ったからだ。

「いや、もういいんだよ。そういう集団的なのはな。たぶんサークルの時と同じような流れになるんだと思うし、そういうのはお腹いっぱいなんだ。お前のバイト先には、お客さんとして関わるくらいがちょうどいい」

「前の失敗を糧にして、今度はうまくやればいいじゃん」

失敗？　と小さく呟いて彼はうつむき、それから、ふっと小さく笑う。

「あれは失敗なんかじゃないよ。俺はしたいようにしただけだし、今の記憶を持ったままあの時点に戻ってもまた同じようにするし、そうなる。まだ若いからね、俺は。それはわかっていることだからもういいんだよ。俺がこれからしたいのは、一人とみっちり付き合うことであって、集団的な関わり合いの中には俺の望むものはないんだよ」

「誰でもいい、みたいに聞こえるな」と僕は笑って言った。別にそれならそれでも構わないのだけど、一般的にいって、常軌を逸した明け透けさに単純に笑ってしまったのだった。

「それは、YESでありNOだな」

「というと？」

「条件を満たしさえすれば、実際のところ誰でもいいんだと思う。その意味ではYES。でも条件を満たすのはそう簡単ではない。その意味ではNO」

「条件？」

「そう」と応えてから彼は何かを考えるようにテーブルに視線を落とし、コーヒーカップに手を軽く添えた。数十秒の間、彼は何も言わなかった。僕は彼を放っておき、店内を眺めた。「この店の近くの大学には可愛い子が多いから、この店にも可愛い子が多い」前に向井が言った言葉が頭をよぎり、店員の姿をつい追ってしまう。だがそもそも特定の大学に見た目の良い女子学生が集まるという話は論理的に言っておかしいことはわかっている。なぜなら、大学の入試選考においては、ペーパーテストの結果が重要なのであって、容姿による選別が行われるわけではないからだ。女子大の場合なら、自然発生的な切磋琢磨があって、その結果として通う学生たちの容貌が底上げされるということもあるかもしれないが、この近くの大学は男女の隔てなく入学する共学校なのだし、他と比べて通う学生の美醜に有意な差がつくはずはない。少なくともポテンシャルにおいては。

しかし、喫茶店で働く店員の容貌は確かに優れていた。ただ女性店員しかいないところから、単に喫茶店の面接担当、またはオーナーが容貌重視の採用をしているだけとも思えた。だいたい、大学に近い場所にあるからといって、そこの学生ばかりが働くとも限らない。

「第一に、どんなことを言っても平然と受け止めること」

向井が話し始めたが、彼が何について語ろうとしているのか一瞬わからなかった。でも僕は神妙にうなずいた。彼の口ぶりが神妙だったからだ。続く台詞を聞いている内に、彼が何の話をしているのか理解する。友人の選定基準について彼は話している。

「それから、俺の言ったことをかなりの純度で理解できるだけの頭脳を持っていること。時間を持て余していることも重要だな。あと、俺と同じくらい友達がいないこと」

そこまで言うと、向井は口の中にラムネみたいな白い塊を放り込み、コーヒーカップに添えていた手を滑らせ、取っ手を摑んでコーヒーを啜った。それからカップから口を離すと、小さく笑った。

「いいか久島、お前はさっき誰でもいいといって、それについて俺はＹＥＳでありＮＯであると言ったのは、全ての物事は取り換え可能だと思っているからなんだ。あらゆる物事は付帯する事柄の集積に過ぎず、説明の束によって説明されるものでしかない。例えば、俺について説明するとする。身長は178・5センチ、体重は65キロ、男性で、IQは少なくとも110はある。日本語を話す。性体験は豊富だけど、今のところ本当に誰かを愛したことはない。最初の女にはこっぴどく振られたんだが、よくよく考えると俺は彼女を愛してはいなかった。足のサイズは27ちょうど。そんな風に、いくらでも俺は俺のことを説明できるが、どれだけ説明の束を増やしたところで、実際の向井柊二《しゅうじ》である俺自身を指ししめすことはできない――。ただ一人、ここにこうしてある向井柊二である俺を言葉の束をどれだけ太くしたところで説明しきれない。固定指示子としての俺の名前。代替不能な向井柊二、そうであればいいとは思うが、ほんとうにそうなんだろうか？　説明の束よりも、俺の実体の方が本当に勝るんだろうか。どうも俺はそんな風に思えないんだ。どう表現すればいいんだかわからないが、ずっと昔からそんな感覚が俺にはある。俺は誰かの代わりに自分の人生を生きていて、ただそれを眺めているだけ。俺は自分の意思を一つもこの世界に反映させることなんてできなくて、ただ流れる時間を体に通しているだけ。そんな感じなものだから、誰でもいいとか、誰でもよくないとか俺にはよくわからないんだよ。ただ、俺が求めるものの説明の束を満たしそうな存在として、お前が俺の目の前に現れたよ」

　向井は淀みなくそこまで話すと、コーヒーカップをソーサーに置いた。そして、見たことがないほどに爽やかな笑い方をすると、

「ごめんごめん、向井らしくなかったね」

　そう言ってもう一度笑った。

「で、どう？　この店まじで可愛い子多いだろ？」

向井の単純な言葉に促され、僕は店内を再び見回した。その首の動きで、さっき向井の口から出た長く複雑な言葉は頭から剥がれ落ちた。言葉は一旦そんな風に剥がれ落ちてしまうと、徐々に弱っていき、やがて消えてなくなるしかない。

さっきとは違った店員が目に入った。可愛いかどうかを確かめようとしているはずなのに、その判断をする前に頭の動きが急激に鈍くなり、真っ白になった。僕の目が吸い寄せられたようにその店員から離れない。目に入るものすべての動きが止まって見えた。いや、ただ一つだけ例外がある。それは僕が視線で追っていた彼女だ。

その女性店員は、望未だった。彼女はトレイを手に持ったまま、厨房の方へ消えていった。

素っ気ない手紙を最後に連絡の途絶えた望未。彼女の手紙の内容を信じるなら、彼女はまだ僕たちが並んで歩いたあの町にいるはずだった。なのに、経緯はわからないが、望未が実は東京にいてここで働いている。僕はそのままテーブルを動けなかった。今勤務中なのであれば、すぐにまたフロアに姿を現すだろうと思ったからだ。けれど結局その日、彼女はそれきり姿を現すことはなかった。

以来、何度かその喫茶店に通った。しかし結局彼女の姿を再び見かけることはなかった。ある日思いきって、店員に声を掛けて、彼女の特徴を告げ消息を知らないかと聞いてみたが、わからないという答えがかえってきただけだった。喫茶店の店員を勝手に見初めて、つきまとう客はいそうだし、その一人だと思われたのかもしれない。

時間が経てば、あの日見かけた店員を望未だと思ったのは勘違いで、ただの似た顔立ちの女性だったような気がし始めた。結局僕は彼女を再び見かけることなく、後には喫茶店に入る度に、店員の顔を確認してしまう癖だけが残った。

その後も、ひたすら向井との日々が続いた。向井はこれまでの二年間、アパートと大学とバイト先、それから時折先輩の部屋とを行き来するだけだった僕の東京生活の空白を満たすように、僕を様々な場所に連れて行った。僕は彼と友達になるまで、東京タワーにすら行っていなかったし、上京した誰もが一度は無意味に訪れてみるという新宿駅前のスタジオアルタにも行ったことがなかった。

向井がテレビ局局舎で行われる祭りへと僕を連れていったのもその一環だった。その祭りの会場となるテレビ局の喫茶店で、祭りのパンフレットを眺めながら、中学や高校時代の文化祭の日のことを淡く思い出していた。

「さっきから、何してんだ？」

急に向井が言った。

「何が？」

「ウェイトレスの方ばっかり見てる」

僕は頷きながら笑った。それで話を終わらせるつもりだった。

向井はじっとのぞき込むように僕を見、そのまま視線を外さずに言った。

「前の子だろ？」

「前の子？」

「そう。四谷の喫茶店の子。あの時、お前明らかにいつもより挙動不審だったもんな」

「いつもよりって」

僕が笑って言うと、向井も笑って、一口コーヒーをすすった。

「今からお前をより挙動不審にしてあげよっか？」

向井はさっきまでとは別な笑い方をする。

「実は、あの子を呼んでるんだ」

「あの子？」

「ほら、四谷の喫茶店の子」

「呼んでるって？」

向井は真顔になって僕を見つめた。

「あの時な、お前の表情が気になったから、あれから、俺も何度かあの喫茶店に行ってみたんだよ。それで、店員の一人と仲良くなった。その子にさ、あの子を呼んでもらうように言ったんだ。何も難しくないよ。むしろちゃんとコードを押さえていけば、簡単なことだ。若い時期は一瞬で過ぎるし、そのことが必要であることを本能的に知っている。お前の百倍はね。だから、ちゃんと手順を踏んで、そのことをわかってもらえれば、たいていは誘いに乗って来る。そういう風にできているし、それができすぎるがゆえに俺は群れを追い出されたんだ」

言い終わるや否や向井は立ち上がった。そして僕の背後に向かって手を振った。向井に反応して手を振り返したのは、以前僕が望未の消息を訊ねた喫茶店の女性店員だった。

彼女の後ろには、望未がいた。彼女は僕に気付いていないようだった。うつむき気味に、いかにも気乗りしなさそうな風についてきている。僕はその望未の姿から目を離せない。確かにあの時、喫茶店で見かけた店員は望未に見えたし、そうに違いないと直感的な部分で感じてきた。けれど、それを含めて大いなる勘違いだったということだってある。いつからかそう思うようになっていた。

だが近づいてくるに連れ、確信は強くなる一方だった。うつむき加減の輪郭に、小さいけれどすっと尖り気味の鼻。薄い唇の感じ。二人で並んで歩いた時の記憶と目の前の望未とが重なる。

「待ちました？」

向井に手を振った女性がすぐそばまでくると言った。

「いや、そうでもないよ。こいつの相談受けてたから」

「相談ですか？」

彼女が興味深そうに言った。

「そう。一度カフェで見かけた店員が忘れられないという話」

向井の言葉に彼女は、ああ、と小さく反応し、一瞬だけ僕を見、すぐに隣の望未へと視線を走らせた。望未は面倒そうに一度脇を見てから、視線を上げた。

「こちら、山縣さん」

その言葉は僕の耳を通過していった。顔を上げて、僕とまともに目があった望未の目から視線を外せなくなった。驚きだけではない、うまく名状できない感情が胸の真ん中にあった。自分の目が光だけでなく、空気すらも吸い込もうとしているように感じた。目は世界をただ見るだけではなく、それを吸い込み吸収する器官なのだと思った。そしてその感じを望未からも受けた。いや、それは希望的観測なのかもしれない。

しばらくして彼女は一度目を閉じ、開くと、その感じは消えていた。それからとても淡々とした口調で言った。

「はじめまして」

16

誰にも見せない文章。

世界から切り取った、自分だけの文章。

それを説明するにあたって、疫病が流行する前、当時坂城ではなかった彼はサリンジャーを引き合いに出した。

J・D・サリンジャー。世界的に有名な小説を書き残し、ある時からぱったりと作品の発表を止めてしまった小説家だ。文章自体は書き続けていたらしいが、誰にも読ませることなく、金庫にしまい続けた。いつか発表するつもりなのかと思っていた人もいるかもしれないけれど、十年ほど前に、そのスタンスを崩すことなく亡くなった。仮にそのエピソードが事実で、原稿のしまわれた金庫がこの世に残っているのだとしたら、それを世に出さずにいることはできるんだろうか？

きっと無理だろう、というのが彼の見解だった。いつか、誰かが、それを世に出すに違いない。それがサリンジャーのためにもなるのだと言って、どこかのオークションに売りに出される。

「俺が売りに出すとしたら、金庫のまま出すね」彼は言った。「開け方を知っていようがいまいが、いずれにしろ開け方もわからない、と言って出す。そして売り出しの惹句には、もしかしたら中には何も入っていないかもしれない、とちょっとだけ匂わせてみたい。おまけにサリンジャーの遺志としては、開けられないことを願っていると思います、と申し添えておく。故人の遺志に反して開けるのは無粋だという雰囲気を作ってその金庫を売りに出す。真実はどうあれ、多少でもそう匂わされると、当然疑念が生まれる。果たして本当にここに原稿は入っているのだろうか？　その疑念込みで価値はあがっていく。開けることのできない金庫、そこにあるはずの原稿、サリンジャーの遺志、空だった場合開けられてしまったらもう価値はなくなるのかもしれない。生と死が混在するシュレーディンガーの猫の別バージョンだ。開けないでいる間は、無と有がそこに同時に存在している」

疫病が蔓延する前も、僕たちは学生時代の続きみたいに、この種の書生臭い話を延々としていた。彼がコワーキングスペースを再契約し、渋谷の高い塔の上に戻ってきたことで、分断された時間が接続されていく感じがした。僕が書いているものを、彼は読ませなくていいと言ったが、内容については聞きたがり、僕も自然とそれに応えているのは、彼が酌んできたビールを業務中にもかかわらず飲んで酔っているからだ。

書くことで思い出した記憶について僕は話す。向井の呼んだ喫茶店の店員の女性、彼女が連れて来た望未とのあっけない再会。

「よく覚えてるな」

「書いている内に、思い出してきたんだ」

「なるほど。でも気をつけたほうがいいね。デッサンの線一つ一つ、絵の具の一滴、それらが積み重なっていくごとに絵が出来上がっていく。出来上がっていってしまう。そうすると、想像の領域がせばまっていき、目の前に現れているマテリアルの方が強くなっていく」

「マテリアル？」

「実際に君が思い出している部分もあるんだろう。けど、それと同時に君が文章を書きながら、過去を作り変えてもいる。過去のことを取り扱うのはそれほど繊細なことなんだ。思春期の少年少女と接するように、もしかしたら、それ以上に慎重に、過去は丁寧に取り扱わなければならない。さもなくば、今の自分の自己満足、自己肯定に終始して、本当に取り出したいものがそこから取り出せなくなってしまう」

——はじめまして。

そう言った望未のことを僕は反射的に思い出す。確かに、具体的な表情、仕草、その時の空気感すらも取り戻したつもりになっている。合流した後に、テレビ番組のキャラクターの名前がついた安っぽいアトラクションを気のない感じで通過しながら、彼女を連れて来た女の子ともぽつぽつと話したことも。僕の視線を受け流して、「後で」と望未が他の二人に聞こえない小さな声で呟いたことも。

「後で」、説明する。もしくは、「後で」、話をきく。とにかく今は初対面の人として接して欲しいという意図を察して、僕はそれに従った。テレビ局主催の祭りを回りながら、早くすべての行程を終えて、望末の言う「後で」に到達したいと思っていた。その時の彼女の表情が、これまで僕が書いてきた文章の文脈で思い出されるけれど、その流れを離れるとやはり過去のそのシーンは曖昧になる。

ただ、あの時、僕を見て一瞬輝き、それから輝きを失った黒々とした目はその通りであったことは間違いないことだ。

＊

望末の喫茶店の元同僚は、なつみという名前だった。解散する段になって、彼女が向井のバイクに興味を示し、乗ってみたいと言い出したのは僕にとって都合が良かった。「後で」、と彼女は確かに呟いたけれど、それは約束とも言えないものだった。ただ疑念をはらんだ視線を向けられるのをやめさせるための方便ともとれた。

バイクの後ろに乗せて僕をここまで連れて来た手前なのか、向井はなつみさんを後ろに乗せて帰ってもよいか僕に訊ねて来た。もちろん僕は了承した。バイクを見送って、すっかり姿が見えなくなると、望末が僕を見た。その目は変わらず、輝きの少ない黒っぽいものだった。

「ちょっと歩こっか？」

どこから切り出して良いかわからず、黙ったままだった僕に彼女が言った。ほんのわずかだけ彼女が先を進む形になり、僕は沈みかけの太陽が照らす彼女の肩を眺めながら歩いた。

「久しぶりだね」

大きなペデストリアンデッキを、海の方に向けて無言で歩いていると、道端に石ころでも置くみたいにポツリと彼女が言った。

「はじめましてって、」

――そう言ったよね、続きの言葉を省略して言うと、

「そうね、そう言ったね」

彼女は欠落を補うように続けた。

「だって、色々詮索されるの、いやでしょ？」

「詮索？」

「そう。どこで知り合ったとか、どういう関係だとか。聞かれても困るじゃない？　どう説明していいかわからないし、あの二人にもなんか悪いしね」

確かにそうかもしれない。

「でも、驚いた？」

「少しね。ただ、こういうこともあるかな、とは思ってた。宝くじが当たりやすい人の話、知ってる？」

「知らない」

「宝くじが当たりやすい人ってさ、いろんな事故にも遭いやすいんだって。他にも偶然何かの事

件の目撃者になったりだとか、街で知り合いに頻繁に会ったりだとか、そういうのが起こりやすいらしいの。適当な色で編んだニットとか、絨毯とか、とにかくそういう織物をつくった時に、たまたまできた何かの模様みたいに見えるもの。その模様のような部分のような個人。宝くじに当たりやすいとか、事故に遭いやすいとかはきっとそういうことなんだと思う」

あの事故のことを例え話にする望未は、連絡が途絶えていた間に少し変わってしまったのかもしれない。

「大学に落ちたって言ってたのは？」

彼女の歩く速度が少し遅くなった。

「嘘だよ」

望未は立ち止まり、僕の方を向いた。

「嘘だよ、もちろん。逆に他に可能性ありますか？」

なぜ嘘を吐いたのか僕は聞こうとした。けれど、うまく言葉が出てこなかった。彼女は何も言わず、ただじっと僕を見ていた。

「嘘」

とだけ呟いた僕の声はかすれていた。

「そう、嘘」

「どうして？」

彼女は小さく首を傾げる。固まったようにそのまましばし動かず、音を確かめるみたいに、小さく、どうして、と呟いた。それから次には、もう少しはっきりと、「どうして?」と言った。

「説明した方がいい?」

「理由を知りたい」

「清算しようと思ったんだよね。これまでのことを」望未はその場でうなだれた。「普通でなかった自分を終わらせて、ちょっと要領が悪くて二年遅れて大学に入っただけの人になってね、それで、今までの普通でなかったところをそぎ落としたくなったんだ」

望未はまた歩き出し、僕はその背中を追った。

「私は普通に復帰する。普通でなかった時の関係は切断する。そうする内に君はいつか私のことを忘れていく。だって、君は普通じゃない私だから、私を求めていたんだから。普通でない私と関係することで、自分は他とはちょっと違うぜって思いたかっただけ。そんな違うぜ系男子の逃げ場所として望未、私のことがあった。だから、私が普通に復帰した以上、あそこでぷっつり終わってしまった方がいい。おとぎ話みたいな場所の扉をそっと閉めて、現実を生きた方がいい。普通である私はきっとその内に色あせて消えていってしまうから」

「手紙は?」

僕の言葉に、彼女の体がびくりと反応した。

「手紙は届いてた?」

重ねて訊ねた僕に、彼女は頷く。

「たくさん書いてくれたね」

また沈黙が降りる。けれど、この沈黙はこれまでのそれとは少し違っているように感じた。切断されていた彼女の実家の近くで歩いたあの時と今とが、細い経路で繋がっている。今更ながら、目の前にいるのは確かに望未なんだと思った。他とは違うと思い込みたい少年、彼女の言葉を借りれば、違うぜ系男子が、逃げ場として欲していた関係性だと彼女は言った。実際に彼女を目の前にすると、僕はとても冷静に彼女の言ったことを受け止めることができた。そして、彼女の言うことが一部では真実であることを認めることもできた。

「せっかく終わりにしようとしたのに、やっぱり事故に遭いやすいと駄目だね。こういうことが起こってしまう。起こってしまった以上、しょうがない。責任だってあるし」

「責任？」

僕が問い直すと、彼女は少し気まずそうな顔をした。

「ごめん、たぶん言葉を間違っている。責任、なんてことを言いたかったわけじゃない」

なぜだろう？　その言葉を聞くと、僕は寒々しい気持ちになった。人と人の間に責任が発生することは理解できる。けれど、望未と僕との間にある責任とはなんだろう？　でも僕自身、彼女を普通へと引き戻すための責任を感じようとしていたのは確かだ。そのことは、なぜかしら僕に甘やかな陶酔を与えていた。

しかし、彼女が僕に対して責任があると考えた途端、その言葉は違う意味を持って響く。その不均衡が僕をより寒々しい気持ちにさせる。

目をつむった望未の瞼がわずかに痙攣している。責任とは違った言葉、本当に今言わなければいけない言葉を探しているのかもしれなかった。しかし結局言葉は見つからず、曖昧な笑みを浮かべて肩をすくめた。

歩いている内に、すっかり太陽が沈んでしまった。祭りで食べ物をつまんだから、空腹ではなかった。そろそろ帰路につく頃合いなのかもしれなかった。しかし、僕は望未との時間を何とか引き延ばしたいと感じていた。僕はわずかに先を歩く望未の揺れる小さな背中を眺めながら、次にかけるべき言葉を考えていた。

望未は足を止め、つられて僕も足を止める。

「先輩を見てみたいな」

ぽつりと望未が言った。

「見てみたい、って観光名所じゃないんだから」

「じゃあ、会ってみたい。で、いい？」

僕は笑って頷いた。僕たちは駅へと踵を返した。歩いている内に、偶然手が触れ、僕は彼女の手を握った。彼女は最初力なく握られているだけだったけれど、やがて軽い力で握り返してきた。先輩と僕とが住む町へと電車を乗り継ぐ間も、僕たちは可能な限り手を繋いでいた。何度か体勢の都合で手を離さざるを得ないことはあった。その度に、僕たちは相手の手を求めて繋ぎ直した。

先輩と僕が住む町は、決して都会的とは言えないけれど、新宿にもすぐに出られるし、飲食店もスーパーも揃っていた。その割に家賃が安かった。僕が借りているアパートは、家賃が管理費込みで5万5千円ほどで、その駅周辺の洋室——といってもあきらかに畳を張り替えただけなのだけど——の中では安い方だった。全くなんの不服もないと言えば嘘になるが、とりあえず大学を卒業するまでの住まいとしては問題を感じていなかった。卒業の見込みがまるでない先輩も、大学卒業まではこの町に住むつもりだと言っていた。

先輩の部屋は駅から徒歩6分ほどの位置にあり、僕の部屋からは5分ほど離れていた。自分の住む町の駅を降りて、先輩の家へ案内するのもよく考えれば妙な感じがする。けれど、そういう流れにあって、望未もそのつもりだった。

望未は物珍しそうに踏切を眺めた。

「なんの面白みもない町」

そう呟いた望未と目があって、僕たちは笑いあった。

「やっぱり言った」

「復唱しただけだよ」

「この駅に降りるのははじめて？」

「はじめて。私とは全然生活圏が違う」

テレビ局の近くを歩いていたのとは逆に、今度は視界の隅に彼女が入る程度に少しだけ僕が前に出る格好になった。前に出すぎて視界から彼女が消え、焦燥を覚え振り返ると、彼女は後ろ手でバッグを持って少し前かがみになり、左右を見回しながら歩いていた。スーパーの前にさしかかれば、ここが言っていたスーパーだね、と外に出された陳列棚を眺めながら言い、大通りに出れば、ここをまっすぐ行くと川にぶつかるんだよね、と確認する。僕は相槌を打ちながら、電車を降りてから離していた彼女の手を再び握った。

川を越えた次の信号を左に行けば先輩のアパートがあり、右に行けば僕のアパートがあった。

「本当に事前に連絡しなくて構わないの？」

「いいよ。いつもそうしているから。それに、」

「それに？」

「びっくりさせたいなと思って」

「ちょっと緊張する」

「緊張を強いる存在から、先輩は最も遠いところにいる人」

そんなことを言いながら、僕の頭には最後に会った時に、彼が僕に訊ねたことが浮かんでいた。

――くくく久島君はそういえば何座だったたっけ？

――くくく久島君もジーザス野郎なのかな？

――くくく久島君も人のことを愛しすぎるんですかね？

――くくく久島君も人の気持ちがわかり過ぎるんですかね？

その時は適当にはぐらかしたけれど、もしかしたらあれは先輩の方にこそ訊ねるべき質問だったかもしれない。魚座のジーザス野郎のように繊細で、人のことをわかり過ぎるほどに感受性が強い。だからきっと先輩はほとんど誰も寄せ付けようとはしない。

川沿いを歩き、先輩のアパートが近づいてくる。昼間、窓をあけて彼がピアノを練習していたなら、小さくその音が響いてくるあたりだった。しかし、今は音がしなかった。

アパートのすぐ下についても音がしなかった。さすがの先輩も24時間常にピアノを鳴らしているわけではない。出かけているのかもしれないし、この時間はピアノの消音機能を使っていることも多い。

先輩の部屋の扉に設えられた郵便受けには、郵便物が乱雑に突っ込まれていた。

「いないみたいね」

望未が残念そうに言った。もちろん、事前に連絡せずに来たのだから空振りすることもある。以前にも、練習曲を変えるタイミングで一週間くらいアパートを留守にしたことがあった。先輩は先輩の内的なルールにのっとって、ピアノ練習活動を主とする生活を送っていて、そこには誰も足を踏み入れることはできない。

僕たちはもと来た道を引き返していった。川沿いを歩き大通りに差しかかった。大通り沿いに歩けば駅の方に向かうことになって、そのまま突っ切れば、僕のアパートの方になる。僕は意図せず、足を止めた。どうしたの？　とこちらを見た望未の顔が物語っている。僕はこっちに行くと僕のアパートへと行くことを彼女に告げた。

「私んちに来てくれた時のこと思い出すね」

繋いだ手に少し力が加えられ、僕たちは加わった力の方向に歩いた。

いつか手紙で書いた川沿いの道を歩く。建物に切り取られた空には月が浮かんでいる。望未の家へと歩いたあの時のことが僕の頭には浮かんでいる。あれから一年も経っていないけれど、とても遠く感じる。望未の家のソファ、そこに座って聴いたショパン——当時の先輩の練習曲——、その時少しだけ触れた望未の体、帰り際階段の先を見上げて望未が語った音。耳鳴りのような、と彼女は表現した。そして、その中にいつか決定的な音が鳴りそうな気がすると彼女は言った。その音がした後には、もう元には戻れない何か重要なサインとして鳴る音。幻聴の中の幻聴。

東京の入り組んだ細い路地を縫って、2階建ての僕のアパートまで行きつく。外階段の下から僕の部屋のある2階を見上げる姿が、彼女の実家を出る寸前に階段の先を見上げていた横顔と重なった。この小さな頭の中で、一体何を考えているんだろう？　あの時と同じように、音について考えているのだろうか？

「良かったら、あがってく？」

勝手に膨らんでは、からまりあう思考を断ち切るように僕は言った。彼女は無表情のままこちらを向いた。僕の声が聞こえなかったのかと思うほど、ただ純粋に僕を見た。透き通るようなまっすぐな目だった。彼女は不自然なくらい長い間何も答えず、一度目を閉じ、それからわずかに首を振った。

「でも、悪いから」

「別に、いいよ」

彼女は困ったような表情になった。もしかしたら言葉を探しているのかもしれない。適切な、本当に発すべき言葉を。

結局彼女は再び少し首を振り、うつむく。

僕は諦めて、わかったと言った。きっとそろそろ本当に別れるべき時間なのだろう。駅まで送りながら、次の約束なり、連絡先を聞いて駅で別れる。そういうタイミングであることはわかっていても、なかなか気が進まなかった。前に望未の実家近くのバス停で別れた時、翌日にまた会う約束をして、しかし彼女は姿を現さなかった。

でも結局、僕はそうありたくない近未来をなぞるしかなかった。路地を抜け、川沿いを大通りまで歩き、大通りを駅の方へ。夜の闇に浮かぶ駅舎の光が近づいてくる。歩いている間に今の電話番号を訊ねて、ショートメールでメールアドレスを送る約束をした。そうする内に駅に着いた。今日あったこと、今日話したこと、その時の心の揺れ、彼女と僕との結び付きを、別れた後も表してくれるものがあればよいのだけれど、そんな都合の良いものはなさそうだった。結局は、また会おうというあやふやな約束をすることしかできない。

別れるきっかけを見つけたくなくて、自動券売機の前でたたずんでいると、「そうだ」と彼女は思いついたように言った。

「まずは手紙の返事を書くね。君がたくさん送ってくれた手紙の返事。全然返していなかったし、私の中でも整理しなければならないことがあるから。久島君には申し訳ないけれど、勝手に切り離していたことが、もう一度繋がって、私もちょっと混乱している。でも、繋がったことはちゃんと受け止めたいと思っている。だから、まずは整理させて。それから手紙を書く」

僕は望未が言ったことの意味を考えた。理屈として筋が通っているかどうかはわからないけれど、確かにそこから始めるのが僕たちには相応しい気がした。

「わかった。じゃあ待ってるね」

「うん」

沈黙が降り、しばらくまた見つめ合った。

「消えない？」

僕はほとんど無意識のうちにそう口に出していた。

「消えないよ」

「でも一度は消えた」

「今度は消えないよ」

望未は笑って言うと、切符を改札機に入れ、向こう側に渡った。ちらりとこちらを振り返り、小さく手を挙げ、僕もそれに応えた。階段をのぼっていく華奢な背中をしばし眺めた。

視界からすっかり望未が消えて目を閉じると、耳鳴りがした。耳鳴りに紛れて、急に響きそうな取り返しのつかない音、その予感。僕は不定形な波のようなその音に意識を集中させた。


それから、僕は日常をこなしながら、望未からの手紙を待った。すぐに僕からの手紙を読み返し、早速筆を執ったとしても、少なくとも二日くらいはかかるだろう。そして郵送に一日かかるとして、最短でも三日はかかるはずだ。

三日経った頃、僕はそわそわしていることを自覚した。まだ早すぎるかもしれないけれど、届いたっておかしくない。さらに一日経ち、二日経ち、一週間が過ぎても手紙は届かなかった。

まる三週間が過ぎ、再びの切断の予感を覚え始めた頃、郵便受けの確認をした僕は、一瞬、時が止まったように感じた。

一通の封筒――それが望未からのものであることが僕にはすぐにわかる。もう一つ郵便受けに入っていた小包とともにその封筒を摑んで、部屋に入り、すぐに封を切った。手紙を持つ指先が熱を帯び出していた。

その手紙はいつも通り、あの言葉から始まる。

*

「最愛の

久島君。随分お待たせしてしまってすみません。

でも、誤解しないでね。

私は何もサボっていたわけではありません。あなたを困らせてやろうと、イジワルな気持ちで出し渋っていたわけでもありません。

あれからすぐに、あなたからのお手紙を何回も読んで、ペンを執って便箋に向かいました。すぐに書けると思ったから。それくらい、あなたとの再会は私にとっても大きなことでした。でも、何かを書こうと思っていたはずなのに、途端に言葉はどこかに行ってしまうんです。何もかっこよく始めようなんて思っていなくて、伝えるべきことを伝えようとしているだけなのに。

だから、とりあえずこんな風にとりとめもなく始めてみました。この手紙だってちゃんと書けるかどうかはわからないけれど、あなたがこれを読んでいるということは、ちゃんと書けたということなんでしょう。

（ちょっと昔のドラマなんかでよくあった死者からのメッセージみたいですね。「お前がこれを見ているということは、お父さんはもう生きてはいないということでしょう」。大丈夫、私は生きてます）


まず、客観的事実を伝えます。

私は実家であなたに会ってから、受験にのぞみ、東京の大学にいくつか受かりました。

今は、あなたが私を見かけたと言っている喫茶店の近くにある大学に通っています。

学部は外国語学部の英語学科です。

この間言ったかもしれませんが、あの喫茶店のアルバイトはもうやめました。今は家庭教師をしていて、生徒を三人みています。

他に何か伝えるべき客観的事実があるか、考えましたが思い浮かびません。なので客観的事実はここまで。ここからは主観的なことを書きます。

この間、私は、私とあなたとの関係を切断したことはあなたのためでもあると言いました。そして私のためでもあると。それはまったくの本音です。

なぜなら私はまだややこしいことを抱えていて、この先まであなたにおぶさるのは違うと思っていたからです。もう十分じゃないですか？　私は私のややこしさに、一人でちゃんと向き合って、対応していくべきなんです。そのための準備が、あなたのおかげもあって整ったんです。たぶん。

けれど、それでもまだ、私との関係をもう一度繋ぎ直してくれるというのなら、私の答えはイエスしかありません。

あまりおすすめはできないけれど　笑
来週の火曜日か水曜日、夕方以降は空いてます。久島君の都合はどうですか？　また会ってみたいというのなら、電話でもメールでもいいです。連絡ください。

ただ、最後に、一つだけ条件を言わせてください。もし私たちがこれから会うようになっても、これだけはあらかじめ了解してください。

もしあなたが私を求めても、私はあなたの性的な求めに応じることはできません。そして、その理由については、決して聞かないでほしいのです。変なことを言うようだけど、これが唯一の、でも絶対の条件です。
それでももしよければ、連絡をください。
待っています」

17

〈予定見えてきたら連絡してね。待ってます〉

最後に会ってから、三週間ぐらい経って、そろそろ渚に会いたくなりそんなLINEメッセージを送ったが、既読スルーだった。一週間後に別のメッセージを送ってまた既読スルー。ああ、多分終わりなんだなと察したけれど、ダメ元でさらにもう一週間後に送って、今度は未読スルー。渚は完全に関係を切ろうとしているんだなとわかった。約一年半続いた関係だった。

まあ、長い方だ。

「その種の女子はハードボイルドだからな」

渋谷の路地裏のバーでそのメッセージを眺めながら坂城が言った。坂城の顔は酔いで仄かにほてっている。もう新型コロナのことを無視することに決めた坂城は、世間体として外出時にマスクぐらいはするが、テーブルに着くとすぐに取って、ジャケットのポケットにしまった。

「仕事の関係で自由に動ける時間が変わった、前に会った時にちょっと気に食わないことを言われた、なんとなく興奮しなくなった、あるいは逆に久島君の興奮が足りないように感じる。そんな些細なことで、ばっすばす切って来る」

僕は半分空になったグフスで口を隠しながら笑った。

「あえて私見を言わせてもらえれば、」坂城は機嫌よく続けた。「異性交遊の経験を積んでいく内に、ある種の女性は、男好きの男性不信という領域に足を踏み入れるんだ。そしてその領域を経由して、やがてハードボイルドな領域へとクラスアップしていく。確かにセックスにおいて、体自体は女の方がリスクが高いから、リスクとリターンをいつも考えなければならない。ハードボイルドにならざるを得ない」

しょうもない会話だ。けど、とても懐かしい感じがした。新型コロナが流行る前、僕たちは書生じみた素人談義の合間にこの種のしょうもない話をさも楽しげにしていた。いや、実際に楽しんでいたんだと思う。

この後、その内に寂しさを覚えたら、渚にそうしたように、また僕は悪い癖を言い訳にして誰かに誘いを掛けたりするのだろうか。きっとするだろう。そしてうまくいったり、いかなかったりする。うまくいけば長くて一年半ほどの時間を過ごし、その内にどちらからともなく既読スルー、未読スルー。人間関係のリセット癖があるタイプなら、「トークルームから退出しました」のダイアログ。これはつまり、アカウントを消してしまったことを意味すると坂城が教えてくれた。

何かとても間違った場所にいるような気がする。けれど、それは選択を誤った結果として行き着いた場所ではなく、どんな選択肢を選んでも結局は間違った場所に行き着くだけのようにも思えた。要はどの間違いを選ぶかだけの話だ。

坂城は相変わらず、自分を含めた世界を皮肉るように、にやにやと笑う。それは、きっと血も涙もない的確な現代人である自分に処した彼なりの処方箋であり、処世術。

僕は黙りこくった坂城を横目に、ラプンツェルの塔当てゲーム、その二回目のチャレンジについて考えていた。源氏名としてはかなり変わった名前を持つ彼女に、ある種の拘りを持ってしまっているのは、ひょっとしたら彼女が語るエピソードに望未を思い起こさせるものがあったからかもしれない。そんなことに、今更ながら思い当たる。

彼女を塔の上に囲うことになった高齢男性は、彼女に性的な関係を求めなかった。代わりに求めたのは、自分を含む誰とも性的な関係を持たないことだった。そのことをラプンツェルは男性の嫉妬の在り方として説明した。

男は自分が好ましく思っている相手が自分と寝ないことはまだ我慢できるが、その相手が自分以外の男と寝ていることには我慢ならず、嫉妬を覚える。そういうもんなんでしょ？　ラプンツェルにそう聞かれた時、「男が」と言われると、主語を広げ過ぎのような気がしたし、一般化できるかどうかわからないが、再会したばかりの望未から「性的な関係を結ばない」と手紙で宣言され、僕がまっさきに感じたことはやはりそれだったかもしれない。

僕とそういう関係は結ばないのはわかった。ならば、他の相手とはどうなのだろう？　二年遅れで大学生になって「普通」に復帰した彼女。僕ともう会うつもりのなかった彼女には、ひょっとしたら既にそういう相手がいるのではないか？

多分、僕はそんなことを思ったに違いない。けれどそれは、今の僕が想像する当時の僕なのかもしれない。その頃のことを書いていると、当時のことをありありと思い出しているように感じるけれど、実際の感情をそのまま再現しているはずはなかった。なにせ、僕は望未との細かなやり取りを忘れてしまっていて、ラプンツェルとの共通点にもついさっき気づいたくらいだ。

僕が望未のことを書くようになるまでに残っていたのは、遠くに見える小さな熱源のようなものだけだった。瞬きを何度かしている内に見失ってしまいそうになるほどに弱々しいそれは、雑然と乱反射する日常の微光にまぎれ普段は存在すら感じない。けれど、ふとやってくるエアポケットのような寂しい夜に、やはり僕はその小さな熱を感じていた。

＊

望未からの手紙が届いた翌週、望未とは中野駅前の図書館で待ち合わせをした。生活圏が全く違ってはいたけれど、彼女の通う大学のある四ツ谷駅から10分足らずで中野に行くことができた。そして、僕の住む町から中野へは歩けない距離でもなかった。

上京してとても驚いたことの一つに、図書館によっては夜九時くらいまでやっているということがある。確か僕が育った街では、午後六時か、遅くとも七時が閉館時間だった。宵の深みの入り口とも言えるそんな時間、都心の図書館では受験勉強にいそしむ高校生や、課題をこなす大学生、おそらくはキャリアアップを目指して退勤後に勉強するサラリーマンの姿がみられた。望未からは自習スペースで大学の課題をやりながら待っているとメールが来ていた。

もう7時を回っているというのに、自習スペースは埋まっていた。参考書を机に積んだ受験生、スーツの上着を鞄の上に畳んで資格試験の問題集に向き合うサラリーマン、まるまった彼らの背中に混ざり、望未の背中が並んでいた。

僕は駅前のドン・キホーテで買ってきた手持ち花火と缶ビールの入ったレジ袋をなんとなく一度みやり、望未に近づいていった。すぐ後ろまで来ても、彼女は一向に気付く気配はなかった。課題にかなり集中しているようだった。なんの課題かは知らないけれど、明後日がレポートの期限であるらしく、少なくとも今日中にはめどをつけたいのだと言っていた。

邪魔するのも悪くて、僕は一旦その場を離れ、彼女の集中が切れるまで待つことにした。レポートを書くための資料であるらしき本が、机の右側に三冊積まれてあって、それを熱心に読んではページを開いたまま伏せ、ノートPCのキーボードを叩く。本を読む時よりもキーボードを叩く時の方が姿勢が良い。背筋をピンと伸ばして、手の動きにあわせてわずかに体が揺れる。しばらくキーを叩くと、今度は別の本を手に取って、また熱心に読む。キーボードを叩いた背筋の緊張が残ったまま何ページかを読み、やはり開いたまま伏せて、またキーボードをぱちぱち。望未がどこにでもいる大学生みたいに課題に取り組んでいる様に、僕は安らぎを覚えた。

望未はキーボードを叩く手を止め、パソコンの左側に置いてあった携帯電話に手を伸ばした。僕は再び、彼女に近づいていった。その気配を感じてか、彼女は後ろを振り返った。

望末は少し驚き、それから柔らかく笑う。

「なんだ、来てたの？」

「ちょっと前にね」

「ちょっと前？　声かけてくれたらいいのに」

「ずいぶん集中してたみたいだったから」

最初の声は図書館には相応しくない大きな声になってしまっていて、音量のつまみを捻るみたいに徐々に小さくなっていった。僕の最後の台詞に、そ？　と短く応えた彼女の声は囁き声のように小さかった。僕は花火とビールとが入った袋を目のあたりまであげて、ジェスチャーで外に出るよう促した。

花火をしようと思ったのは、いつか望末が手紙で花火について書いてよこしたからだ。彼女が引っ越して行った地域では大きな花火大会があって、同級生たちは誰とそれを見に行ったのかを夏休み明けに報告しあうそうだった。もちろんそういうものになじめない者もいるし、はなから興味を持っていない者もいる。けれど、そのことについて話す、はしゃぐような声は、人間関係を制限しようと決めていた彼女の心を小さな針のようにつついたはずだ。

手紙には花火大会のことだけでなく、小学校の同窓会の後、みんなで花火をしたらしい同級生の話も書かれてあった。彼らに溶け込まないと決めたのは、もしかしたらただ臆病であることを隠すための言い訳が欲しかっただけかもしれない、と彼女は書いてよこした。そうだとしても、もう手遅れだし、私には教室のすみで気弱げに笑っていることしかできないんだと彼女は書いていた。

待ち合わせに中野を選んだのは、東京で花火ができるところを調べた結果だった。たいていの区は公園でも花火禁止をうたっているが、中野区の公園では一部を除いて、手持ち花火なら可であるとされていた。打ち上げ花火や、ねずみ花火はだめで、もちろん爆竹なんかはもっての外らしいが、別にそんな派手派手しいことがしたいわけではない。手持ち花火で十分だ。

図書館を出ると、辺りはすっかり暗くなっていた。電車を降りた頃はまだ夕暮れのオレンジが残っていたけれど、今やしっかりと夜の暗さが街を覆っている。しばらく暑い日が続いていたが、今日はこころもち涼しかった。繁華街の淀んだ空気が上空に溜まって、空を射す光を反射させ、淡く発光している。それでも公園の緑が喧騒を吸い、街中よりも静かで、空気も落ち着いている。

僕たちが花火の許可されている場所に向かう間、公園のどこかからトランペットの練習音が空気を震わせた。ベンチがまばらに並んでいるあたりに行き着き、自転車を置いてたむろしている高校生の集団から距離をとって、ベンチに荷物を置いた。他に花火をしている人はいなかった。

僕はビールを取り出して、飲む？　と彼女に聞いた。聞きながら、別のアルコールも買っておくべきだったかなと思った。念のため、水は用意してあったけれど、ビールが苦手な可能性を考えていなかった。

僕の懸念を砕くようにこっくりと彼女は頷くと、僕の手から銀色の缶を一本取った。「とりあえず一本飲んじゃって、花火用のゴミ箱にしよう」

言うなり、彼女はぐびぐびと飲み始める。張り合うように僕も缶を傾けると、気管に入ってむせた。げほげほとせき込み、咳ばらいをする僕を彼女は目を細めて眺めた。

「久しぶりだなぁ、花火」

「いつ以来になるの？」

「ほんとに子供の頃、たしかどこかの浜辺で」

「家族旅行とか？」

「どうだっけな。あんまりはっきりとは覚えていないけど、私は小学生だったな。花火を百倍楽しめるっていう触れ込みの眼鏡がセットに入ってて、それをかけると、万華鏡の中をのぞくみたいに視界の先が屈折して、裸眼で見るよりもたくさんの花火が見えるようだった。お姉ちゃん――、ていうのは、その時一緒だった従姉《いとこ》のお姉ちゃんなんだけど、彼女とその眼鏡を取りあって、でも二人とも結局眼鏡なんてかけずにやる方が綺麗だし楽しいねっていうことに気付いて、それからずっと二人でなくなるまで花火をし続けた」

「好きな花火ってある？」

僕が訊ねると、彼女は首を傾げ中空に視線をさまよわせた。それから、うーんと声を出した。

「好きとか嫌いとか判断できるほど経験がないな。ただ、最後にやっていたのは線香花火」

「よかった。セットの他に線香花火だけ買い足しといたんだよ」

袋の中から花火セットと、一束の線香花火を取り出すと、彼女はこれまで見たことがない子供っぽい笑い方をした。

まずは線香花火をいくらかやってみたいと望未が言い、水を三分の一ほど入れたビール缶の脇にしゃがんだ。満月だったけれど、木陰に入り背中で遠くの電灯の明かりとともに月光を遮ってしまえば、花火にはおあつらえ向きの闇が作りだせた。望未と僕は斜めに向かいあって座った。しゃがんだ彼女の膝の形が、柔らかそうなベージュのスカートの生地にくっきりと浮かんだ。僕は膝の前に差し出された線香花火の先っぽにライターを近づける。導火のための紙でできた先っぽが灰になりながら燃え、やがて火薬へとたどり着く。

ぱち、ぱち

と、細い枝みたいな、線香花火独特の火花を散らし、その光が闇を照らす。

ぱち、ぱち、ぱち

ぱちぱち、ぱちぱちぱち、と、徐々に閃光の爆ぜる間隔がちぢまっていき、同時に先端の火薬がマグマみたいに橙色に発光し、丸まっていく。光の玉になった先端から、ぱちぱちぱちぱちぱち、と、枝状の火花が爆ぜて空気の隙間を埋め続け、小さくなり、収まって、火球が色を弱め、やがてぽとりと落ちる。

袋から新しい花火を取り出し一本を差し出すと、彼女は黙って受け取った。そして、またぱちぱち。

僕は線香花火の弱い光と、それに照らされた膝を眺めている。

ぱちぱちぱち

僕も彼女に向かい合ってしゃがんでいて、線香花火を手にしている。

こちらも、ぱちぱちぱち

「花火同士が会話しているみたいね」

「何を話してるんだろう？」

「きっとどうってことない話」

「そうだね、きっと」

「金太郎ってなにした人か知ってる？　とか？」

「金太郎？」

「桃太郎は鬼退治したでしょ」

「うん」

「浦島太郎は亀を助けて竜宮城でしょ」

「うん」

「じゃあ、金太郎は？」

「まさかり担いで熊と相撲？」

「それってお話になる？」

「なんないね」

「でしょ？」

「君は知ってるの？」

「知ってるよ」

「うん」

「何？」

「金太郎も鬼退治」

「そうなの？」

線香花火の真ん中の球、そこから飛び散る閃光が弱まって、やがてすっかり無言になる。火の球がぽとりと落ちる。

三本目の線香花火は無言で始まった。その火花の盛りに差し掛かった時、それまで黙っていた彼女が「ねぇ」と僕を呼ぶ。見ると、花火に照らされた彼女の横顔があった。

「結局、先輩は、あれっきり？」

初めて僕の町にやってきた望未と先輩の家まで行ったあの日も、それ以降も、僕は先輩に会えていない。

望未から手紙が届いた日、郵便受けにはもう一つ小包が届いていた。送り主は書かれていなかったけれど、消印から遠方で出されたものであることはわかった。嫌な予感がしたが、ずっと待っていた望未からの手紙が届いた驚きと喜びに、不吉さは消し飛んでしまった。僕は望未からの手紙を三度読み、そしてその手紙の内容に含まれているはずの彼女の意図に思いを馳せ、その日は疲れ切って寝てしまった。

小包を開けたのは翌日の昼過ぎのことだった。包装を剝ぐと、そこには、ＣＤが2枚入っていた。先輩が僕に聞かせようとして練習を重ねていた曲の入ったNirvanaと、Radioheadのアルバムだった。どちらも先輩の家で繰り返し聴いたＣＤだ。

ＣＤには一筆箋が添えられていた。そこには短くこう記されていた。

「To　魚座のジーザス野郎様

君たちの文通に倣って。手紙っていいものだね。こんな風に、文章を書き連ねていると、自分がとても整理整頓された精神を持っているように思えます。もともと僕は整理整頓が得意だったんだけども、近頃では、だんだん整理整頓ができなくなってきました。ですから、整理整頓についてもう一度やり直す必要が生じたみたいです。さようなら。

From　魚座のジーザス野郎」

短い文章の中に、彼の消息を記すものはなにもなかった。大学に行って、彼の実家を調べることはできるかもしれないし、連絡を取ろうとするならば、他にもやりようはあるかもしれない。しかし、そんなことを先輩が求めていないことが僕にはわかった。ある特別な時間が終わったのだ。先輩と僕とはそのある時間を共有し、そしてそれは寿命にいたった小動物のようにひっそりと、わずかな悲鳴をあげて消えてしまった。きっと先輩はその後のことを想像されたくない。めでたしめでたしで締めくくられるおとぎ話のその後の変転を想像するのがルール違反であるのと同じように。

めでたし、めでたし。

あるいは、めでたくなし、めでたくなし。

その続きはない。

いつかはこんな日が来ることがわかってはいた。わかってはいても、実際にその日が来るとやはり悲しかった。先輩は長い間僕にとってただ一人の友達だったから。


「先輩がいなくなったの、私のせいかな？」

三本目を燃やし終わって、四本目へと移ろうとした時に彼女が言った。その言葉を僕はうまく理解できなかった。先輩がいなくなったのが望未のせい？

「私が君の生活圏に入ってきたから、はじき出されてしまったんじゃないかなって。だったら悪いな」

「そんな、満員電車じゃないんだから」

望未はライターで線香花火に火をつける。

また、ぱちぱちと爆ぜだす。

この件に限らず、いつも彼女は何かに対して罪悪感を抱えているようだった。前に会った時もその言葉を使った。彼女は自分のせいで誰かを邪魔しているのではないかといつも気にしている。悪い、と彼女が言う時、具体的に何に対して罪悪感を覚えているのか僕にはわからない。普通の青春を謳歌している同級生たちを白けさせるような存在になってしまって悪いとか、今なら先輩がいなくなってしまった遠因が自分にあるような気がして悪いとか、具体的なことを言っているようでありはするのだけど、そもそもいつも彼女は靄みたいなうっすらとした罪悪感を抱えているように見えた。

　望未が持つ花火の閃光が収まりつつあった。僕は花火の先端の火球を、彼女が手に持つそれにくっつけて、大きな球にしようとした。だけど、うまくいかず二つともがぽたりと落ちた。僕が勝手にやったことなのに、なぜか彼女が、ごめんと謝った。

　雰囲気を壊すと悪いからといって参加しなかった花火。そう聞かされていたから、誘った花火。五本目の線香花火を取り出して、望未に渡す。火を点けて、しばらくして先端が丸くなると、再びくっつけた。今度もうまくいかず、すぐにぽとりと球が落ちる。その後も挑戦して、光る球体は僕の方に統合されることも、彼女の方に統合されることもあったが、すべて最後まで燃え切らずに落ちた。落ちる度に彼女は謝った。

　九本目、ようやく二つの火球が一つになって、どっちかに移ることもなくそのまま燃え続けた。ぱちぱちぱちぱちぱち、と長く燃え、それから避けられぬ運命をたどるようにして、火花が弱まって、燃え切ってからぽとりと落ちた。彼女は謝らなかった。

　花火が終わっても、アルコールがまだ残っていた。僕たちはベンチに並んで座り、それをちびちび飲みながら話した。これまでやり取りしてきた手紙の細部、校庭に立つ木の話や、羽が生えたように雪山を滑降する少年少女の話、前に望未の実家にいった時近くのスキー場で実際にその様子を見た話、今更のようにそんな復習めいたことを話題にしたけれど、そう長続きはしなかった。

目の前に望未がいて、アルコールでわずかに紅潮した頬がすぐ隣にあって、僕の手のすぐ近くには彼女の手があった。

色あせた写真の中の、あるいは古い絵本の中の、匂いも湿気もない、乾いていて、しかしだからこそずっと僕の中に息づいていた世界の住人であった望未は、隣で呼吸し鼓動する心臓を持った実際の望未の一部のはずだ。そのことを僕はきちんと受け止めなければならない。

僕は彼女の手に触れた。手が触れると、ゆっくりと彼女は僕を見た。電灯の明かりを背負って、彼女の姿はシルエットになった。彼女は手に力を入れていなかった。こちらに引き寄せようと、力を入れると、そのままこちらに体を倒し、そして半ば僕に体を預けるようになった。

――悪いから。

この間の僕のアパートの前で、部屋に上がるのを拒んだ時の彼女の言葉が不意に浮かんだ。あれは、どういう意味だったんだろう？　何に、誰に対して悪いんだろう？　先輩にではないはずだ。その時はまだ先輩がいなくなったことを僕たちは知らなかったから。もちろん、僕に悪いというわけでもないはずだ。あの時、彼女はまるで、遠くで鳴る小さな音を聴き逃すまいとでもするように、静かな怯えを全身に纏っていた。

「約束」

そう短く言うと、そっぽを向いたまま続ける。

「こないだ手紙で書いたこと、早速破ろうとしてる」

――もしあなたが私を求めても、私はあなたの性的な求めに応じることはできません。

「別にそういうあれじゃないよ」

僕が言うと、彼女は噴き出すように笑った。

「じゃあ、どういうあれなの？」

結局僕は手を離した。遠くから若い歓声が響いた。高校生の集団で、彼らとしては何かとても面白いことが発生したのだろう。

しばらくして、帰途に就くため駅へと歩きながら、彼女の方から手を繋いできた。

「上京して、随分と普通の世界に慣れてきたような気がしていたんだけどね、」前を向いたまま彼女が言った。手には、さっきよりも力が入っていた。「やっぱりちょっと無理してるんだな、と思うこともあって。その時久島君に連絡しようかなって何度も思った。でも、ぐっと我慢してたんだ」

「悪いと思ったから？」

「ううん。思わなかった。思わなかったから、良くないなと思って。多分君は気づいているんだと思うけど、私ってちょっと謝り癖があるじゃない？　自分のせいでもないのに、先に謝ってしまうところがあって。でも、君にだけはどういうわけか悪いなと全然思わない。だからこそ連絡すべきじゃないと思った」

駅が近づくに連れ、人が増えていく。そのすべてが知らない人であることを、なぜか強く意識した。僕の知らない、望未の知らない、まるで関係ない他人の群れ。握った手の仄かな熱が、外気のそれと隔絶して、特別に感じられた。

「たぶん、ずっと文章のやり取りをしていたからだと思う。こんな風に会ってると、久島君は久島君でちゃんと独立した人間であることはわかるんだけど、君の文章を読んで、私がそれに応えて、そしてその逆があって、そんな風に繰り返している内に、とても他人とは思えなくなっているところがあるんだと思う」

そう言ってから、彼女は錯覚かと思えるほどわずかに首を振った。

「何言ってんだろ」彼女はもう一度、今度は強く首を振る。「本当に言おうとしていることと全然違うことを言ってる」

どれだけゆっくりと歩いても、やはり駅には着いてしまう。構内に入る直前で僕たちはどちらともなく足を止めた。

しばらくその場でお互いの顔を見つめた。

「条件はわかってるし、理由も聞かない。それも条件なのも了解してる」

望未は僕が話すのをじっと見ていた。

「いつでも切って良いからね。変なこと言ってるのはこっちだし」

僕は彼女を見つめながらゆっくりと首を左右に振った。

望未は小さく笑って、改札へと向かった。途中、二度振り返り、僕に向かって手を挙げた。僕は視界から消えるまで彼女の背中を追っていた。

帰り道、気持ちが落ち着かず、ふらふらと遠回りをして帰った。空の高いところに浮かんだ満月が雲を透かしていた。見ている内に、雲がゆっくりと流れ、満月が完全に顔を出す。けれどよく見るとそれは満月ではなくて、少しだけ上が欠けていた。

思いついてなんとなく先輩が住んでいたアパートの前を通った。この時間いつも先輩は消音機能を使ってピアノの練習をしていた。アパートのすぐ下で先輩の部屋の方に視線を向けていると、今も、あの湿った部屋で先輩が一人ピアノの練習をしているように思えて来る。

けれど、永遠のモラトリアムなんてないのだし、否応なく時間は前へ前へと流れていく。ただ押し流されていくのが不快なら、せめて濁流に手を差し入れて、無駄なあがきでも力を込めて漕ぐしかなかった。

自分の部屋に戻り、先輩から送られたCDを聴きながら、僕は望未のことを考えた。手を繋いだ熱が、まだ少し僕の手に残っていた。僕は自分の手を握り、目を瞑った。子守歌とはとても言えない曲調だけど、思いのほか疲れているようで、瞼はどんどん重くなっていった。

眠りにつく前に、先輩の手紙にあった、整理整頓について考えていた。僕が、というよりは、眠りにつく前の頭が勝手に思い描いていた。言い淀みも、吃音も、複雑な条件づけも、認識の相違もない、整理整頓された世界。けれど、それはきちんとした像を結ばないまま、僕は眠りについた。

次の週も望未の大学の近くで会う約束をし、彼女がもともとバイトをしていたカフェで彼女を待った。彼女が書いたレポートを読んでみて欲しいと頼まれていた。シェイクスピアの四大悲劇のいずれかを選び、その感想文を英語で書いて提出するのが課題の内容だった。この種のものは提出しさえすれば単位を貰えるというのが僕の勝手なイメージなのだけど、彼女が言うには、そんなに甘くはないそうだ。

約束の時間に5分遅れて、店に入った僕に気付くと彼女は軽く手を挙げた。

「結局、『マクベス』にしたってのは言ったっけ？」

相談を受けてから調べた僕は、シェイクスピアの四大悲劇が『ハムレット』、『オセロー』、『リア王』、『マクベス』、であることを知っている。そして、それらのおおまかな内容も知っている。ハムレットは父親を叔父に殺されて、そのことを知った若い王子が悩み復讐心のために破滅していく話、オセローは有色人種である将軍が妻の浮気を疑って自分の猜疑心のために破滅していく話、リア王はどの娘にどれだけの領土を譲るべきか思案しつつ娘たちの愛情の真偽を疑ううちに破滅していく話、マクベスは王になれると予言された男が出世欲と罪悪感と運命に翻弄されて破滅していく話。悲劇だから全部破滅する話。

『マクベス』を選んだことは聞いていたから、あらかじめそれだけは読んでいた。魔女からお前はいずれ王になると唆されたマクベスは、王を殺してその後釜を狙う。「女の股から生まれた者には倒されない」という魔女の予言により、女から生まれない人間はこの世に存在しないから、つまり俺は倒されることはないことを婉曲に表現しているんだろうとマクベスは思い込む。予言に誘導されるように、罪なき君主を殺め罪悪感を募らせたマクベスは、最後に気でもふれるのかなと読み進めていると、帝王切開で腹を切って生まれた王子に倒されることになる。屁理屈だな、と僕は思った。

Ａ４の紙３枚にワープロ打ちされたレポートに目を通す僕を、望末が不安げな顔で見ていた。すべてを一読で読み取れたわけではないけれど、全体像は摑めたつもりだ。感想を求める様子の望末を視界の隅でとらえながら、頭の中で言うべきことをまとめようとした。望末の英文は、とても整理されていて読みやすかった。短く端的な文章の後には、ところどころ、つまりとか《In short》言い換えるなら《In other words》とか断りを入れてから、補足説明されている。一度目を通しただけでは意味が取りづらいところでも、そのあたりをじっくり読めば彼女が言わんとしていることを理解できた。

「ここいいよね」

僕の言葉に反応し、望末は自分のレポートを覗き込む。

「この a black iron ball のところ。黒い鉄球が落ちていくのを見守るしかないように、であってる？」

「あってる。一応ね、『マクベス』だけじゃなくて、四大悲劇全部読んでみたんだけど、シェイクスピアの書くものってなんかこんな感じがするんだよね」

「こんな？」

「そう。高いところから落ちていく鉄球を見ているような感じ。取り返しのつかないものごとが既に起こっていて、そのことを私は知っていて、でもそれを止めるすべはなくて、ただ真っ黒な鉄球が落ちていくのを見守るしかないような感覚。目を逸らしてもいいはずなのに、だんだん小さくなっていくその真っ黒な鉄球から私は目を離すことができない」

見下ろすと足がすくむような高い高い塔の上。

視界には、真っ黒な鉄球。

誰が放ったのかもわからないその鉄球は、重力にひかれ、音もなく下へ下へと落ちていく。下へ、下へ、下へ。いつか地表にどしんと衝突するしかないことを、落下を見守っている間はなぜか忘れてしまっている。予想される結果を忘却した我々は、ただ落下を眺める。下へ、下へ、下へ。

僕は、他にもレポートから気に入ったフレーズをピックアップしては、望未に感想を伝えた。望未はどこか上の空だった。もしかしたら鉄球を思い浮かべているのかもしれない。落下する鉄球。地表に着くまでのその浮遊感。破滅へと向かっているかもしれないのにどこか解放感があって、もしかしたら魔女の予言に唆されるマクベスもまた、その抗いがたい力に乗っかってしまっただけなのかもしれない。

一通り感想を伝え、二人ともコーヒーを飲み終わると、そろそろ別れるべき時間だった。木曜日である今日は、望未は実家近くの病院で定期検査を受けなければならない。いつもそのまま実家に泊まる彼女は、他の曜日より大きな鞄を持っていた。

僕は四ツ谷駅のホームまで彼女を見送った。彼女は声には出さずに、じゃあねと口を動かして、電車に乗った。彼女の頭が電車とともに去っていく。望未と別れるのは、たいてい駅だった。見送った後、黒い髪が残像として残った。

その後向井の部屋に行く約束をしていたのは、望末と別れた後の胸のざわめきを紛らわすためだと自覚している。彼は僕と同じ沿線に住んでいたのだけど、住処は僕のものとは比較にならないほどよい建物だった。向井の住むマンションは原義通り豪勢な造りで、中庭を囲うように建屋があり、1階の店舗スペースには、感じの良いイタリアンレストランとバーが入っていた。他にはラグジュアリーな造りが外からでも見て取れる歯医者もあった。明らかに社会人の中でもそれなりに稼ぎのある層に向けられた物件だった。そう広くない交友関係であるとはいえ、流れで同じ大学の学生の部屋に行くことはあったが、これまで寄ったことのあるどの部屋よりもいい部屋だった。けれど、最初に部屋に通された時にも、僕はこれといった反応をしなかった。部屋を見回しすらせず、リビングのL字形のソファに座った。知り合ったばかりの頃、実家生なのかどうかをきいて、どこか気まずそうに首を振る彼の姿が頭に浮かんでいた。

向井の部屋につくと、彼は既に出来上がっていた。来年には司法試験に受かる予定だと言っていたが、果たしてこんな調子で大丈夫なのだろうか。積極的に邪魔をするつもりはないので、断られたら部屋には行かないつもりだったが、向井は今のところ歓迎ムードで、遠慮する必要を感じなかった。明るく、顔もよく、社交的な彼ならば仮に司法試験に合格しなくとも採用したがる企業はいくらでもありそうだった。

「でも俺は受かるよ。残念なことにね」

ラムネみたいな錠剤を一粒口に放り込みながら向井は言った。それから、脈絡なく彼は笑った。ヒッと、痙攣するような笑い方だった。

「前にも言ったっけ？　願いが叶ってしまうことほど残念なことはないじゃないか。手に入らないから欲しがることができるのだし、届かないからいつまでもそれに向けて手を伸ばすことができる。だから、俺みたいに自分にできることを明確に理解して、それを実行してしまう人間はあまりよろしくない」

「整理整頓された世界」

「ん？」

「いや、整理整頓が苦手な知り合いがいてさ。元はそう苦手じゃなかったそうなんだけど、それを学びなおす必要が生じていなくなったんだ。向井の場合は、きっと整理整頓がうますぎるんだろうな」

「整理整頓？　まあ、確かにな」そう言って向井は小さく息を吐き、それから笑った。「てかさ、俺が言った種類のことにはさ、普通は、はいはい、とか、わかったわかった、とか適当に流すもんだけどさ、お前は反応が妙なんだよな」

「そうかな？」

「そうだよ。何事も、言わずもがな合意しているところがあるもんだ。ＩＱに関係なくさ、たいていの人間はそのラインを本能的に体得していて、それを踏み越えたらアラートを出すもんだ。あらかじめセットされたセンサーみたいなもの。けど、お前にはそのセンサーがない。あるいは、あったとしても作動していない。そのくせ別のところで妙に勘が良かったりする」

けなされているようにも褒められているようにも聞こえる。そんな彼の言い方に、僕は思わず笑ってしまった。反応がおかしいのはお互い様だと思った。向井もつられたように笑う。

「まあ、気にしなくていいよ。お前がそんなだから、王様の耳の童話に出てくる穴みたいに、色んなことをお前の耳にぶちまける。そういう人間がでてくる。そうさせるのは美徳と言っていいものかもしれない。ただ一つ、お前が認識すべきなのは、」

向井はまたさっきの錠剤を一つ口に放り込んだ。

「お前は自分が思っているよりも珍しい人間だということだよ。なんでもすんなりと受け入れる。受け入れすぎるくらいにね。例えばその望未って子の話にしてもそうだ。お前に妙な条件をつきつけてくるくらいなんだから、何か隠しているんじゃないかと勘ぐって当たり前じゃないか？それなのにお前はすんなりと受け入れている。妙だと思わないか？　性的な求めに応じないなんて、そんなことを予め宣言してくる必要がどこにある？」

表情を確認するように僕の目をのぞき込み、向井はまた錠剤を飲んだ。

「でも、彼女をそんな風にさせているのはお前かもしれないとも思うんだ。なんというか、お前にはそういうところがある。人の歪《いびつ》さを引き出すようなところが。物事をただ受け入れて、肯定も否定もしない。無関心とは違う。なんていうんだろうな？　なあ、あの時さ、あの時ってのはつまり俺がお前に友達になろうと持ち掛けた時のことだけど、お前どう思ったんだ？」

「どうって？」

「変な奴だと思ったとか、キャッチセールス的な何かかと思ったとか、あるだろ」

「変な奴だとは思った。キャッチセールス的なものだとは思わなかったな」

そういうとこなんだよなぁ、と呆れるように笑い、けれど、どこか清々しいような表情で続けた。

「『二分間の冒険』って児童文学知ってるか？」

「知らない」

「そうか、」と呟いてしばらく向井は黙った。話す内容を考えているようだった。

「あの頃、俺が友達を探していたのは事実だ」さっきよりも幾分ゆったりとした声で彼は話し始める。「けど、あんなふうに声をかけたのはお前だけじゃない。俺はお前に話しかけたみたいに、色んな男に声をかけていたんだ。俺の友達に相応しいのは君しかいないってね。たいていは相手にされなかったよ。頭のおかしな奴だと気持ち悪がられるか、付き合ってくれるにしても一日だけだった。本当に友達になってくれたのはお前しかいなかった」

　確かにあんなふうに友達を探すことは、普通はしないし、したいとも思わないだろう。思いついても実行に移すことなんてまずない。そのことを伝えようとして、口を開きかけたが、ひどく酩酊しているように見える向井の声に遮られた。

「なんというか、今のお前は、悲壮めいたものがある。とても深刻で、誰にも言えない秘密を抱えているように見える。世界にとってとても重要なものに繋がる鍵をお前は持っていて、その鍵の重みに黙って耐えているような、そういう雰囲気がある。そんなふうに見えるお前はとてもセクシーだよ。スパイスとしていい感じになっていて、俺から見ても悪くない感じだ、ただその発生源が、意中の女性から性的に相手にしないと宣言されたからってことは他の女には言わない方がいいだろうな。がっかりするだろうし、せっかくのセクシーさが消えてしまうだろうから」

向井はまた錠剤を口に放り込んだ。向井の部屋で飲んでいる際や、外で二人でいる時に、彼が飲む錠剤。いつもは一晩で一つか二つだったのだけど、今日は妙にペースが速かった。

「それさ、何飲んでるの？」

向井はにまっと笑う。

「ようやく突っ込んでくれた」

「サプリか何か？」

「サプリとも言える。気分を高揚させるためのやつ」

「とも言えるって？」

「日本の法律ではまだ捕捉されていないけど、海外ではドラッグとして扱われる成分が入っている」

ドラッグ？

「大丈夫なの？」

「大丈夫だよ。段々効き目が悪くなってるくらいだし」

「それは大丈夫とは逆じゃない？」

「大丈夫だよ」向井はさっきよりも強い口調で言った。「たぶん俺が若死にするんだとして、きっと二十七歳だから。二十七歳で死ぬか、そのラインを越えてとても長く生きるか、どっちかだから」

何言ってんの、と僕は笑い、向井も笑った。二人とも酔いが随分回っていた。そのまま泥酔し、お前は最高だよ、と言いあいながら、とりあえずなんか危険な感じがするからそのドラッグはやめろと僕は言った。わかった、少なくともお前の前では飲まないようにするよ、と向井は言った。そういう問題じゃないよ、と僕が重ねて言うと、お前は本当にわかってないな、大丈夫だよお前の前ではもう飲まないし、死ぬとしてもさっき言った通り二十七歳だから気にしなくていいよ、それにそもそも二十七歳で綺麗に死ねるなんて幸福なことは俺には起きないし、その後もただみじめにだらだら生きているはずだから、気にしなくていい、そんなことより、お前は最高だな、さっきも言ったけど重たそうなものを持つ姿も様になっている、久島はマジ最高だよ。

夜、深く眠っている様子の向井を置いて、仕事終わりの矢木さんと、バイト先から少し離れたビルで落ち合った。

矢木さんは彼氏持ちで、その彼氏は海外に留学していた。バイト先の飲み会帰りに二人で飲みなおす流れになった時に、その話を聞き、お返しに僕は望未の話をすべきだったのかもしれないが、うまく説明できる気がせず話さなかった。

抱きあっている時、矢木さんは目を瞑っている時間が長かった。お互いの胸をおしあてて強く抱きしめながらすることを彼女は好んだ。目を瞑っている間、一年間留学している彼氏のことを想像しているのだろうと思っているのだけど、実際どうなんだろう？

矢木さんの部屋はバイト先の近くにあった。広さはなかったが、ライトブラウンで統一された家具はセンスがよかった。彼女の部屋にいると居心地が良くて、帰りたくなくなる。泊まった翌朝、先に起きているのはいつも彼女だった。裸のままカーディガンだけを羽織ってサイドテーブルも兼ねたスツールの横のラグの上に座り、コーヒーカップを持ってベッドで寝る僕越しに外を眺める。

部屋はレースカーテンしかなかったけれど、他の建物の配置上、外から中は見えないと言っていた。

「起きた？」

矢木さんは自分で淹れたコーヒーを啜りながら言った。

「うん」

「飲む？　コーヒー」

「大丈夫」

矢木さんはまたコーヒーを一口啜って、それから脈絡なく笑った。「君が最初にバイトに来た時さ、絶対にすぐやめると言われてたんだよね」

「なんで？」

「というかうちのバイトって、だいたい三か月もしないうちに皆やめてくしね。でも私は続くんじゃないかなって言った。それで、私だけ当たった」

「どうしてそう思ったの？」

「なんとなくね。なんとなく、大学に居場所がない人なんだろうなと思った。うちで続くのはたいていそういう人だから。学生のアルバイトにしては稼げるし、代わりに拘束も激しいじゃない？　それが重いかどうかは人によるんだと思うんだけど。とにかく普通に大学生をやっていて手ごたえを感じられない人しか残ってかない」ま、残る必要もないいんだけど。そう続けまた彼女はコーヒーを啜った。

しばらく沈黙が続いた。レースのカーテンが風に揺れ、彼女はそれを目で追っていた。僕は初めて彼女と寝た後の朝を思い出していた。今と同じようにスツールの横に座った彼女は、尻尾の話をした。進化によって人間からはなくなってしまった尻尾の話。なくなってしまったその尻尾の感覚が自分にはあるのだと彼女は言った。

「本当はないんだけど、その感覚があって。ちゃんと動かすこともできるんだよね。だから、私はいつも何か言いたくて、でも言葉にできない時は、尻尾を使うことにしてるの。嬉しい時は犬みたいに尻尾を振ってみたり、あっちに行ってほしい時はしっしとやってみたり」

その話を聞いて以来、彼女と過ごしている時はお尻から生える尻尾をつい想像してしまう。今はどんなふうに動かしているだろう？　見えない尻尾を想像している内に、この光景を僕はいつか思い出すことになるだろうとふと思った。親密さに満たされた、激しさのない、穏やかな朝。けれど僕はそんな穏やかさの中で、望未のことを考えている。終わらない落下を見るように、いつまでも彼女の謎を謎として見守っていられればいいのだけれど、そうはいかないことが僕にはわかる。

いつの間にか、落下する黒い鉄球が頭の中に浮かんでいる。それは、不穏さを放ちながら、下へ下へと落ちていく。
下へ、下へ、下へ。
全くの無音で。

18

何か変化が起こった時、後になって予兆はあった、間違いなくあれが予兆だったと思うことはできる。けれど、実際に起きた物事と全然関係ない変化があったのだとして、人はきっとその過去の出来事を予兆だったと思いたがるのかもしれない。

僕は、ただどこまでも落下する黒々とした鉄球をいつまでも眺めていたかった。どこにも接続しない予兆の連続としての落下。

けれどやはり、いつか落下が終わる瞬間が来る。

避けようも、拒みようもなく。

〈そろそろ、おとぎ話もおしまいです〉

ある日、ラプンツェルからそんなLINEがあった。

〈なにそれ　笑〉

〈言葉通りの意味だよ。もしよかったら今、電話できる？〉

　自宅で一人だったから状況的には全く問題なかった。しかしなぜか抵抗感があった。その抵抗感には根拠がないから、僕には維持できない。〈いいよ〉と打つと、すぐにLINE通話がかかってきた。

「ごめんね。ちょっと込み入った話になるかもしれないから、通話の方がいいかなと思って」

「おしまいって？　どういうこと？」

　スピーカーからは小さくテレビの音が聞こえた。彼女が見ているんだろうか？　珍しいなと思いながら、僕は小さく響くテレビの音に耳を澄ました。おそらくは朝の情報番組だ。耳が慣れてくると、流れる音声から内容が聞き取れるようになってきた。番組の一コーナーで星占いをやっている。12星座の最後は魚座だった。――魚座さんの運勢は12位です。ざんねーん。ちょっとした悲しみが訪れるかも。でもそれがいいきっかけになるかもー。ラッキーカラーは、――

「どこから説明したものか迷うけど、」

　ラプンツェルのその声で、魚座のラッキーカラーは聞きとれなかった。

「端的に言うとね」

「うん」

「あの人がね、戻って来たの」

ラプンツェルが指定した喫茶店に、指定の時間より10分ほど早く着き、僕はXperiaで仕事のメールをさばきながら時間をつぶした。ありがたいことに、現代人はいつでもどこでも仕事ができて、納期の遅れを謝罪したり、値引き交渉をしたり、見積もりの金額を微調整したりすることができる。気持ちの切り替えをうまくしないと職場の持つ磁場を四六時中感じることができ、そんな負荷にずっと曝されている内に、ある者はうつ病を患って、ある者は血も涙もない的確な現代人になる。たいていの人はその両極を往復する。

一区切りついて、Xperiaをテーブルに置き、なんとなく出入り口に目をやると、男性が一人入ってきたところだった。その男性はほとんど店内を見回すこともなく、僕の方を向いた。目が合うと、男性は微笑んで、まっすぐにこちらへと歩いてきた。

「久島さんですか？」

あの人、新型コロナ感染症で亡くなったはずの彼女のパトロン。ラプンツェルが住むあの塔の部屋は彼の持ちものだ。あの人、黒石《くろいし》氏は、僕の目の前に座ると、ゆっくりとマスクを取った。

あの人から連絡が途絶えたなら、新型コロナで亡くなったと思って欲しいと彼女は言われていた。それから随分時間が経ったから、彼女としてもそういう風に心の整理をつけていたところだった。けれど、あの人は生きていて、ある日、あの部屋に戻ってきた。

病気にかかったのは嘘ではなかった。けれどあの人は重症化せずに生還した。ラプンツェルとはもう会わないつもりだったそうだ。彼の内部でどういう感情が生じたのかはわからないけれど、結果的には気が変わって再び彼女の元を訪れた。そして、会わなかった間のことを彼女から聞いた。彼女は彼の求めに応じて、彼が消息を絶ってからのことを洗いざらい話した。その種の求めに応じることはラプンツェルにとっては約束事の一つだった。

洗いざらい、といっても別段やましいことがあるわけではない。彼と知り合った店にヘルプを頼まれて入った。そこで何人かの客とLINEでつながった。彼との約束を守り、深い仲になった相手はいない。唯一、定期的に連絡を取っている相手が一人、つまり僕がいるが、多分向こうは自分の顔も覚えていない。会いたがるから、どこに住んでいるのか当てるチャンスを二回だけ与えて、その内の一回は既に外れて消化済み。

「どうして、僕に会おうと思ったんですか？」

ラプンツェルから話を聞いて、あの人であるところの黒石氏は、僕に会うことを彼女に要求した。

黒石氏はとても姿勢が良かった。ゆっくりと優雅にコーヒーを一口飲んでから口を開く。

「説明はしづらいですね。そもそも、私の中でもちゃんとした理由があるわけではないのかもしれません。ただ何となく会ってみたいと思いました」

「なるほど」僕は間を埋めるためだけの相槌を打った。

「私があの子、つまり、あなたにとってのラプンツェルさんですが、私にとってはその名前は呼びにくい。けれど、普段あの子を呼んでいるように呼ぶと、あなたはあなたで興ざめするでしょうから、あの子、と呼びますがね、私があの子とはもう会わないと決めたのには、れっきとした理由があるんです」

「理由、ですか？」

「はい」

従順にも見える黒石氏の頷き方に、どういうわけだか僕は経験と余裕を感じる。

「私は実際のところ COVID-19 では亡くなりませんでした。ですが、もうじき亡くなることに変わりはありません。ですので」

それは、と問いかけようとした僕を制するように彼はコーヒーカップを摑んだのとは逆の手をわずかに挙げた。それから、少し横を向いてガラス越しに外を眺め、再びこちらに向き直った。

「余命宣告を受けてましてですね、あと半年ぐらいかなぁ。ですから、私が亡くなったら弁護士を遣る予定だったんです。身辺整理をしましてですね、あの子にはあのマンションにそのまま住んでもらおうと。けれど当初の見立てより、どうも進行が遅い」

僕は言葉が見つからず、ただもうじき亡くなるという彼の様子を眺めるしかできなかった。ラプンツェルから聞いていた八十近くという年齢の重みが実際に目の前にすると迫ってくるようだった。軽くまくった黒いシャツからのぞく二の腕には筋肉の隆起はなくほぼ棒のようで、それを覆う肌は全体がにぶい色をしており、皺とシミが多く張りもない。こけた頬と目の下の隈を含め、それらの外見的特徴が加齢によるものだけとは思えない。もし病に冒されていなければ、もっと若々しいのかもしれない。

「ステージがいくつだとか、なんだとか、そういうのにも疲れてきましてね。そんな人の病状を分析的に分解せずともよろしい、と叱りつけたくなりますが、あちらさんにはあちらさんの都合があるから、まあしょうがないです。かく言う私だって、社会に対しては彼らと同様、分析、分解、対応を繰り返してきたんです」

黒石氏は小さく咳払いをし、それから取り繕うように笑った。

「話が逸れました。私はどのみちもうじきに亡くなるんで、あの疫病にかかったことを汐《しお》にしようと思ったんです。ですがねぇ、一日、また一日と生き延びている内に、思い出されるんです。あの子のことが。あの子に仮託していた、幻想のようなものが」

彼にとっての永遠の想い人、私の恋人。黒石氏は、ラプンツェルではなくて、彼女を媒介として別の女性を感じることを喜びとしていた。彼女からそう聞いていたのだが、どこか遠くの、それこそおとぎ話の中の出来事のように僕は感じていた。けれど、そのおとぎ話を作った当の本人が実際に目の前に現れ、ラプンツェルにまつわるものごとが急に生々しく感じられる。病と老いで弱った彼に抱きしめられながら、彼女は一体どういう想いを抱いていたのだろう？

額に垂らした白髪の間からこちらを覗く彼の目は、友好的なものではあったけれど、僕の内面を探るようでもあった。余命いくばくもないという彼は、そう多くの人間に会えるわけでもないはずだ。そんな中わざわざ時間を割くべき相手なのかどうかを見極めようとしているのかもしれない。

彼は再びゆっくりとコーヒーを飲み、テーブルに置いた。

「前にあの子が久島さんに長い話をしたと聞きました。私と、彼女との関係を長々と説明したそうですね。他の人にはそんなに長く詳細に話したことはなかったそうで。それはそうだ。そんなに長く自分のことを話すなんて、人生にはそうないじゃないですか。そもそも聞き手がいない。もちろん、お金を使えばね、うわべだけは話を聞いてくれる人はいますよ。でもそれは、本当に聞いているわけじゃない。人の話を聞くのはそんなに簡単なことじゃないんです。あの子の話を聞いて、私もね、身の上話をしたくなったんです。先ほど久島さんは私に理由を聞きましたね。理由といえばそれが理由になるでしょうな。今話してて思い当たったな。話を聞いたところで、あなたには何も得ることはないかもしれない、あるかもしれない。私にはわからない。けれどまあ、死に際の男の酔狂に付き合うと思って聞いてくださいな」

＊

黒石氏の長い話

昨日ね、最後と思って、動物園に行ってきました。そこで、チンパンジーの実験映像が流れましてね、前は自殺するゴリラについての実験映像が流れていましたから、考えてみれば随分とがった動物園ですな。

その実験はといえばこんなです。

チンパンジーの目の前に、真っ黒なディスプレイがある。そのディスプレイに、1から9までの数字が映し出され、その後に数字があった場所が白いブロックになる。そうして、そのブロックの元の数字が若い数から順に押していくことができるかどうか。そういう実験です。

チンパンジーは、瞬時に間違うことなく順番に押していきました。彼らは一瞬前の光景を画像で覚えているから、考える必要すらないそうですな。実験では、これと同じことを人間もいたします。

さて、どうなると思いますか？　ちょっと考えてみてください。自分がやるとイメージしてもよいかもしれません。

結果としてはですね、久島さん、人間はチンパンジーほどにはこの作業がうまくできない。ほど、というのもおこがましい。それくらい全然だめです。チンパンジーよりも頭がいいと自任しているはずのわれわれ人間はね、よほど訓練されていない限り、押す順番を間違うんです。チンパンジーはあっという間に、こともなげに、ぽんぽん押していくけれど、我々人間はそれができない。これはね、一瞬前の光景ですら人間は言葉に置きかえないとうまく把握できないということを意味しているのだそうです。例えば、4の真上に7があって、その左側には1があってとか、そんな具合に、あらゆるものを言葉に置きかえてでないと、一瞬前の光景すら取り込むことができない。

ふと思ったんですが、私がこんな風な長話を必要としているのも、終わりつつある自分の人生を物語として把握しようとしているということかもしれませんな。

それはさておき、はて、どこから話しましょうか？

まずは、そうだな、まずは後悔についてお話ししたい。

久島さん、後悔についてどう思われますか？　そう言われても困りますかな？　二種類あるという後悔。この年齢になってくると、その後悔という感情がね、だんだんと嫌じゃなくなってきます。いや、あなたはまだお若いからそんなことを考えてみたこともないかもしれません。え？　もう若くない？　そんな。私に比べればまだまだお若いですよ。もっとも、年齢を重ねていく内に、一日一日をあっという間に感じるようになるかもしれないし、一年だって、瞬く間に過ぎていくように思えるかもしれません。私も久島さんくらいの時分には確かにそう感じていました。けれど、それは一時の、ある時期だけの話です。さらに年齢を重ねて生きてまいりますと、そんな感覚も薄らいでいくのです。昨日と今日の区別がつかず、今日と明日の区別がつかず、きっと来年も再来年も自分は自分として生を保っているんだろうという実感がある。年齢とともに周囲から期待されることが減っていき、とくに将来の展望も求められない。願うべきは、穏当な一日が重なっていくこと。自他ともにそれが私に求められだすと、一日一日がじりじりと過ぎていくようになる。もしかしたら、いや十中八九この先、何十年も代わり映えしない日々が続いていくのだと心の底から実感した時にはね、久島さん、深海に潜り過ぎて、海の重さで押しつぶされそうになるみたいに、同質な時間の重みが急に体にのしかかって来て、なんとも不思議な心持ちになるんです。あんなに早く過ぎ去った一日、一年が、とてもゆったりと長く重いものに感じられる。というか時期の区別がなくなって、ただの重さとして迫ってくる。そんなとき、私は自分が亡くなった後の時間の重みすらも、もしかしたら感じているのかもしれません。永遠に生き続けるわけでもないのに、そのことをすっかり忘れてね。もう老いぼれていて、先もそう長くもないのに、そのことも忘れてね。このまま技術が発展していって、将来人が死ななくなって、精神も体も経験も何もかもが共有されましてですね、まるで一塊の肉の海みたいにこの地球上に浮かぶことになるとして、とても自分はそこまでは生きることなんてありはしないのに、そうなった時の重みみたいなものを勝手に受け止めているのかもしれませんな。

そんな重みを感じつつ、けれどそう先が長くないことを認識しますと、過去の後悔、というものは良質なワインのようにとても美味に感じられることがあります。まだ後悔することができた、ということ自体、贅沢であることがわかってくるのですよ。もっとも、ものにもよりますよ。素材や、発酵の具合によってはという限定付きです。ものによっては、とても芳醇で、ものによっては、匂いを嗅ぐだけで頭がくらくらするようなものができあがることがあるんです。

それからね、久島さん、さっき私は後悔は二種類あると申し上げましたが、その二種類は何かといえばね、説明するまでもないことかもしれませんが、やった後悔とやらなかった後悔です。近頃でもこんな風にいうのかな、やらなかった後悔よりも、やった後悔の方がましって言い回しがあったものだけど。その二種の後悔の内、その片方しか私にはそもそもなかったのかもしれないなと近頃は思うようになったんです。

なんというか、私は根がオプティミスティックにできておりまして、これはいけると感じられれば何でもやってみる性質《たち》なんですね。一方で分析屋な面もあります。行動に移すのは早い方なんですが、他様《ほかさま》と比べるとよく考えている方ではあるらしい。なんでもかんでも分析して要素に分けていくこのご時世で、その風潮をなんとなく不愉快な感じがすると先ほど申し上げましたが、なんのことはない、それは同族嫌悪のようなものです。

私は戦争中はほんの子供だったものでね、大した記憶もありません。父は終戦の前に亡くなっていて、戦後は母の実家で育ちました。ひと通りの苦労はしたつもりではありますが、申し上げました通り、根がオプティミスティックな性分は、その時分から変わりませんし、それに母の実家はわりあいと裕福だったものですから、食うに困ったという覚えもあまりありません。今の食卓に比べれば貧しいものが並んでいたかもしれないけれど、当時の相対としては決して悪くなかった。大学も出してもらえた。国の体制と申しますか、あの頃の社会制度はいまいちしっかりしていませんでしたが、そのあやふやな状態は裏を返せばチャンスがそこかしこに転がっていたとも言えます。少なくとも私にはそう見えていました。

戦争に負けてしゅんとしてはいましたが、既存の制度に蓋をされてたまり込んでいたマグマみたいな熱がこの国にはありました。抑圧といってもよろしいでしょう。抑圧され、燻っていたものが、敗戦によって噴き出そうとしていた。そして当時の大人たちはそれをさらに抑えつける余力はなかった。ことによると私が感じていたものはこの国のマグマではなくて、単に若い命のそれかもしれませんな。どこだって若い命が集まれば力が生じるものです。筋道を立てて力を解放してやれば、どこであれ誰であれ何であれ、壮観なことになる。諸々の事情が合わさって当時のこの国にはそれがあった。そして、私はその波に乗れるだけの才覚と思いきりがありました。

大学を卒業した私は、今はもうない証券会社に入りました。口八丁手八丁でたくさん売りましたよ。適性があったんでしょうな。最初からね、入社したての時分からなんとなくわかったんです。この商品、このやり方が、うまくいくものか、この先しぼんでしまうものか。仕事を続けるうちに、私なりの独自の理論体系が内部でまとまっていくのを感じました。

買わせて、売らせて、買わせてとやっている内に、とんでもない金持ちから金を預けられるようになりました。私は、私を信頼してくれた人に決して損をさせませんでした。気をよくしたお金持ちの皆さんは、私に他のお金持ちを紹介してくださいました。そして紹介された方にももちろん私は損をさせなかった。

そんなある日にね、ある異国の会社から特別なミッションをやって欲しいという声がかかりました。詳細は、あまり穏当な話ではないので端折りましょうか。要約しますれば、私が働いていた証券会社に対する背信行為のようなものを持ち掛けられたんです。私はここで少し迷いました。法的にはごまかしようはありそうだけれど、国や所属会社に対する裏切り行為にはなります。しかし、リスクに対するリターンは大きなものであることも私にはわかりました。うまくその件を処理したなら、私の懐には莫大な金が入ることになる。

その時、私の頭の中に浮かんだのは、例の二つの後悔の話です。

つまり、やった後悔と、やらなかった後悔。

一字一句その通りではないかもしれませんけれど、私は概ねその二種の後悔のことを考えていました。私は思案した上、結局、やる、ことにしたのです。

首尾は上々でしたよ、久島さん。いや、上々どころではなかったです。単にうまくいっただけではありません。私は誘いのあった異国の証券会社に損をさせなかったばかりか、所属していた会社にも損をさせなかった。別の表現をするならば、異国の皆さんには大変得をしていただきまして、日本の方には少し得をしていただきました。久島さんがまだ生まれていない頃の話です。バブル、と呼ばれることになる時代より前のこと。良い時代でしたな。そしてその良い時代は、それこそ泡としてはじけとんでしまうまでずっと続きました。あんな離れ業は、時代の後押しがなければとてもできんかったでしょう。

けれど、当時を生きた人々はたいてい別の考えを持っていましたね。うまくいったのは、時代のおかげではなく、自分のおかげだと。自分の能力が優れていたが故に、万事うまくいったと。まあ、そんな風に断ずる人間は徐々に減っていきました。それは仕事の現場からいなくなったというだけを意味しません。同じ人間でも、思い違いを悟って変わっていくわけですな。要は思い知ったわけです。時代の力と、個人の力を厳しく見極められる人は案外と少ないものです。

その件も然りですが、私はやらなかった後悔をしていない人間です。つまり、やるかやらないか二つの選択肢があった場合は必ずやってきた。右か左かを選択するというケースもある？　いえ、それは違いますよ、久島さん。どっちかを選択するしかないと感じるのは、目が悪い人間の場合です。ＡかＢ、そのいずれかを選ぶなどという選択機会は存在せず、Ａをやるかどうか、Ｂをやるかどうかの選択があるのみです。ＡをやってＢをやる、ＡをやらずＢをやる、ＡをやってＢをやらない、ＡをやらずＢをやらない、都合四つの選択肢があることに目が悪いから気づけないだけの話です。そういう人間は、Ａをやると自動的にＢができないと考えてしまう。でもそれは全然違う、さっき言った四つが提示されているだけなんです。分解できないのはただの能力不足です。私はそんな風に考えますし、それが正しかろうと確信しています。

もう、じきに亡くなる身ですから、こんな長話はしたないと重々承知はしていますが、後顧を考えずに思う様お話しさせてくださいな。私は私の話をしたい。それをちゃんと聞いて欲しい。私は大変な成功者です。欲しいものは全て手に入れてまいりました。この地球を覆う資本主義の基準にならってね、保有する資産でいえば、この国の中ではおそらく両手の指の内には入るでしょう。影響を与えられる資産でいえば、もっと上にいくでしょう。けれど、いまやそんなものはなんの意味もない、無価値なものに思えます。

やった後悔、と言いましたがね、久島さん、実は私はそっちの後悔もなかったのではないかと感じます。なぜなら、なしたことに後悔したことがほとんどないからです。むろん、思っていたように事が運ばなかったことはありますよ。いや、それも違うかな。厳密に言えばこうです。最良の結果でなかったことはある。けれど、首尾が悪いありさまであっても、想定内にいつも収まりました。そうしてね、それは必ず以後の糧になりました。下世話な話をすれば、私は人間関係だって思い通りにしてきました。その意味で、仕事の面でもその他の面でも後悔なんてほとんどないはずです。

なのにね、久島さん、なぜだろう？　ある日、自分の胸に小さな穴が空いていることに私は気付いたんです。そしてその穴を一度意識すると、それはどんどん広がっていきました。いや、広がってはいないかな。そのこともちゃんと区別せねばならんですね。ただ単に注ぐ視線が強く重くなっているだけかもしれません。その穴は変わらず、昔から、そこにあった。ただそれを見る私の目が変わっただけなんです。

　じっと見ていると、その穴の正体が私にはわかってきました。無駄に歳を食っとるわけではないんです。

　その穴は、後悔でした。まごうかたなき後悔でした。けれども、さっきからお話ししている二種の後悔のどちらとも違います。純然たる後悔。私の判断や行動とは関係ないもの。結果とも関係ないもの。どれだけ自分の人生からその種となるものを排除してもね、原初的なその感情は排除しきれんことを私は悟りました。どれだけ異性と思いを遂げてきたかも、子供がいるかどうかも関係ありません。そもそもこの歳になってくれば、わかるものです。若い頃に感じた恋慕など、たまたま近くにあった都合の良い異性に自動的に持つものでしかないことがね。たまたま、少し自分好みの相手が近くにいた、そしてたまたま優しくしてくれた、たまたま相手をしてくれた、それだけのことで、個別の恋慕には何も特別なことはない、いくらでも代替可能なものです。それから、社会的な成功度合いも関係ありません。いかに資産を積み上げてきたかも、名声をほしいままにしてきたかも関係ありません。個体としての成果や履歴は関係なく、いやもしかしたらそういう意味での悔いがないからこそ、ただの純然たる後悔が、くっきりと胸の真ん中に浮かんだのかもしれません。

　その後悔は、悪いものではありません。見つめ続ければ、それは甘く鋭く私の胸を刺してきます。私はそれを余すことなく味わうために、その後悔に肉付けをしたくなった。ありもしない叶わなかった過去の恋愛話を捏造、と呼んでしまうのはいささか――、いや捏造だな、紛れもない捏造だ。そう、ありもしない恋物語を作り上げて、捏造して、あの子に語って、私は彼女を甘い後悔とともに抱きしめました。

いつまでも届かぬ私の恋人。

私が生まれてきた意味そのものである私の恋人。

捏造に酔いしれているうちに、本当にそんな相手がいるようにいつからか私も感じ始めました。あの子はこのことを知らないし、知らせるつもりもありません。なのに今私が久島さんにこんな話をしているのは、やっぱり後悔したくなかったからです。やらない後悔をね。あの子から久島さんが物語を書いていると聞きましてね、どうしても種明かしをしたくなった。私は人生をかけて、世界の仕組みを、社会の仕組みを、人間関係の仕組みを、身をもって解体してきたつもりです。解体することの報酬は莫大でした。そうして終局に至ろうとしている今、根源的な感情とともに、一そろいの問いが兆しています。それは言葉にすればこうなります。

人は、自分以外の存在を真に愛することができるのか？

人は、自分の排除された世界を真の意味で認めることができるのか？

他者への愛情は、すべて自己愛の拡張に過ぎないのではないか？

自分を解体した後に残る、純然たる後悔や恋慕、その他のほとんど物質的ともいえる根源的な感情を摑もうとするために、つまり自分のためだけに人は物語るのではないか？

そしてチンパンジーと違って言葉でしか世界を摑めない人間にとって、物語ることそのものが捏造になってしまうのではないか？

その物語にぬくもりを感じたのだとして、それは誰かのぬくもりではなくて捏造した自分のぬくもりに過ぎないのではないか？

ならば結局のところ、人は自分で自分を抱きしめることしかできないのではないか？

人は、本当のところ、自分以外の誰も愛せないのではないか？

そんなことを考えながら、私はあの子を抱きしめています。私の恋人よ、私の恋人よ。この生すら超えて、私すら超えて、いつかどこかで出会う、欠落を埋めてくれる私の恋人よ。私はきっと何か大きな見落としをしているのかもしれないし、していて欲しい。そのことをいずれ高らかに私に告げる、私の恋人よ。

COVID-19に冒されて、喉がぱんぱんに腫れ上がり、もう死んでしまった方が楽そうだと思えるほど、苦痛がふくらんだ折に思い描いたのもやはり、そんな私の恋人のことでした。どこか遠くで私を見つめている、本当には存在しない、私の恋人。思考がまとまらず、断片的な意識の中で、それは私の一貫性を保つ唯一のよすがでした。朦朧とする意識の中でそこに手を伸ばし続け、そしてこのまま死ぬのだろうと思いました。

けれど、結局私は生還して、今久島さんの前におります。COVID-19の熱が私の中のいろんなものを燃やし尽くし、それでも残ったものを私は誰かにぶつけたくなりました。

久島さん、お付き合いいいただいてありがとうございます。これからしばらくの間、あなたにぶつけた問いがあなたにどういう風に受け止められたのかを想像して過ごすことにします。まもなくわずかな命の火がなくなって、もうあなたとお話しする機会もないでしょうが、それもまた命の限りを感じてよろしいですな。

それでは、話をお聞きいただきありがとうございました。

あ、そうだ。今日の話はくれぐれもあの子には内密に。

19

望未の大学よりも、僕の大学の方が全体的に出欠については甘かった。学部による面は若干あるようだけれど、毎回の出欠を取らない教員が多く、それでも形式上出欠をとる必要があるのか、たまに思い出したように出席カードを配ることがあった。その場合、事前に来週は出欠を取りますと教えてくれる教員もいて、たいてい学生から人気だった。

あくまで僕の印象では、僕が通う大学の学生は、学問を学びたいというよりは、四年間のモラトリアムを満喫しながら、大卒資格をいかに効率よく取得し、卒業後にいかに軽やかによい会社に潜り込むかを重視しているように見えた。大学の講義は、運転免許の学科試験みたいなもので、社会との切り結び方は実地にて学ぶべし。望未が毎週課せられる課題を生真面目にこなしている姿が、僕にとっては新鮮に映った。

待ち合わせの喫茶店に先に着いていた望未は、ノートＰＣの前で眉間に皺をよせていた。

僕が目の前に座ると、ノートＰＣを閉じながら、

「ネバーモア」

と突然彼女が言った。

「ネバーモア？」

「君ならどう訳す？」

Nevermore と僕はつづりを頭に浮かべた。

「次はない。とか？」

「なるほど」

そう呟くと彼女はさっさ閉じたノートＰＣを再び開いて、キーボードを打つでもなくただ画面を見つめた。

「次の課題？」

「そう。エドガー・アラン・ポーの詩。『大鴉』。知ってる？」

「聞いたことはある、ような気がするけど」

詩人の名前はわずかに聞き覚えがあるような気がした。しかしそれにしたって確かではなかった。題名から大きなカラスについての詩なんだろう、くらいは想像がつくが、具体的にその詩について聞いたことがあるのかどうかは定かではない。

「どういう詩なの？」

僕が訊ねると、彼女はうーんと口の中で呟いた。

「そうだな。簡単に説明すると、まず男の人がいます」

「うん」

「その人は恋人を失って悲しんでいます」

「うん」

「ある日、もの音がして、その男の人が戸を開けると大鴉が入ってきます」

「うん」

「大鴉が言います」

「うん」

「ネバーモア」

「うん?」

「大鴉がそう言うの。その後も男の人はその大鴉に向かっていろいろ言うんだけど、何を言っても鴉は、ネバーモアと返すだけ」

「それだけ?」

「それだけ」

説明を終えたものの、彼女は満足げではなかった。

「それだけなんだけど、今回のレポートはなぜ大鴉がネバーモアとだけ言い続けたかを書くんだよね」

「正解はあるの?」

彼女はわずかに首を傾げ、少し考えてから、口を開いた。

「これっていうのはないんだと思う。解釈の定説みたいなのはあるのかもしれないけど。あくまで英語の講義だから、見られるのは解釈の正しさとかではなくて、表現力とかそっちだと思う。

けど、やっぱりあまりに的外れなものは書きたくないじゃない？」

「確かに」

僕たちはその後、なぜ大鴉がネバーモアとだけ言ったのかという問いを、なぜ作者はそう言わせたのか、という問いに変えて話し合った。創作物なのだから、作者には何らかの意図があるはずで、それは明確な目的とまではいかなくとも、目指したい効果はあったはずだ。

話し合った中で、最も詩的でない、ネバーモアの解釈は次の通り。

よく知られているインコやオウムと同じように、カラスも人間の言葉を真似てしゃべることができます。「こんにちは」、「こんにちは」と毎日話しかけられたカラスが道行く人に「こんにちは」と話しかけたりします。その大きなカラスもまたある人にずっと話しかけられていました。「ネバーモア」、「ネバーモア」、「ネバーモア」――。そのカラスは何かの弾みで外に飛び出し、傷心中の男の家にとまりました。そして、戸を開いた男に大ガラスは言います。

ネバーモア。


「傷心した男の独り相撲、その滑稽さを醸すために作者はこの詩を構成しています」

「なるほど」望未はうなずいて、キーボードを叩く。「あくまで現実にあり得ることとして一旦は状況をとらえてみる。出だしとしては悪くないかもしれない。それで、そこから、」

ちらりと一瞬だけ僕を見て彼女は目を閉じた。自分の思考に集中しようとするその様子は、どこか遠くの場所から聞こえてくる音を聴き逃すまいと、耳を澄ましているようにも見えた。

「ごめんちょっとやっちゃうね」そう呟くと彼女はキーボードをかたかたかたと叩き始めた。

僕は彼女を邪魔しないように、コーヒーをちびちびと啜りながら、出がけに本棚から摑んだ文庫本を鞄から取り出し、いつ挟んだかもわからない栞を頼りに開いた。茶色がかったページに視線を落とし、読んでいる内に、その本が望未と再会するために彼女の実家へと向かう電車の中で読んでいたものであることに気付いた。あの時はとても遠くにあった彼女の生活が、今はすぐ近くにあった。

望未と過ごす時間、僕は明確に一つのテーマを持って臨んでいた。出所のわからない彼女の罪悪感から、遠慮して経験してこられなかったことを一緒にすること。僕は彼女のような罪悪感を持っているわけではなかったけれど、もともと中高生の頃から友達の群れになじめないところがあった。同級生の輪の中にいても、どうしても一人になりたくなってしまうことがよくあった。高校生の頃は、休み時間や放課後にそれとなく群れから外れて、誰もいない渡り廊下から校庭を眺めた。そして、中学生の頃に廊下から見えた図書室の中で体の弱い同級生の隣で本を読んでいた望未のことを思い出した。どこにいても何をやっていても、自分がいるべき場所はここじゃないし、自分がやるべきことはこの延長線上にはないと感じていた。そして隣にいるべきである望未のことを想った。今実際に彼女の隣を歩くことはできるけれど、どれだけ一緒に過ごしても、話をしても、僕には立ち入れない場所が彼女の内部にはあることを感じてしまう。

それでも僕は毎週のように彼女を誘い、会った。映画を観に行き、駅近くの喫茶店で閉店時間で追い出されるまで話し込んだ。新宿御苑に行って、世界中の植物をみながら、望未が作ってきたサンドウィッチを食べ、その後絵も描かないのに画材屋に寄って何時間も過ごした。名字だけのサインをする日本人画家の絵がその画材屋には売られていて、そう詳しくもないくせに画風について適当なことを話し合って笑った。

行ったことがないと言っていたカラオケ店で、席を立つ時によろけた望未を、僕が支える形になったことがある。Tシャツ越しに彼女の汗を感じ、その生々しさが感情になる前の衝動を生みそうになるのを抑え、慎重に彼女がこけないように座らせて、体を離した。しばらくどちらも歌わない曲が流れた。

そんな時、彼女は押し黙って僕をじっと見る。彼女がいつも根底に抱えているうしろめたさを僕は意識した。関係するにあたっての不思議な条件とともに、謎かけそのもののような、彼女のその視線がいつまでも残った。

木曜日である今日は、そろそろ彼女は特急電車に乗って実家に戻らなければならない。僕はいつものように彼女を駅のホームまで送っていった。電車に乗り込んだ望未に窓越しに手を振ると、それが合図になったように列車が彼女を運んでいく。

望未はかつていた場所に戻っていく。彼女は確かに今僕の隣にいることが多いけれど、結局はまだおとぎ話のような、あちら側の世界の住人なのかもしれない。たまたま、少しだけ抜け出してきているだけだから、おとぎ話にふさわしくない諸々は、彼女とは関係のないところで、消化されていかなければならない。

電車がすっかり視界から消えても僕はホームに立ったままでいた。そのうちに次の電車が来て、僕は望未のいない木曜日の過ごし方を始めた。

20

黒石氏と会った夜、ラプンツェルから連絡があった。彼女は黒石氏に会ったことについて礼を言った。そんなに手間ではなかったから気にしなくていいよ、と僕は言った。実際彼と話した時間は、少なくとも体感的にはそう長くは感じなかった。

「あの人は好奇心の塊だから、私も君とのこと根ほり葉ほり聞かれた」

「たいした歴史もないけどね」

僕が笑って言うと、彼女も付き合うように笑った。

「たいしたことかどうかなんて、あの人には関係ない。というか、あの人にとって気にかかるものであれば、それがすべて。彼は自己満足王だから」

彼の話しぶりが思い出され、僕は笑ってしまう。自己満足王。言い得て妙だ。

具体的な話をしていたはずが、彼の話はだんだんと抽象度を増していった。あれは一体何の話だったと総括すべきだろうか？　具体的なところでいえば、彼がCOVID-19と呼ぶ新型コロナになった話から、余命が幾ばくもないという件があって、最後に残る原初的な感情について語った。

僕は黒石氏と話した内容を思い出すままにとりとめなく彼女に話した。今日の話はくれぐれもあの子には内密に。最後彼に念押しをされた言葉が、彼の声とともに蘇った。彼の声は、これまで多くの人を従えてきた者に特有の響きがあった。それなりに社会に揉まれた人間ならそうと知れる、この人の言うことは聞いておいた方がいいんだろうと、ある種の忖度を呼び起こす声。話し始めた時は特段そうは思わなかったけれど、徐々にそれが露わになった。その声で彼が内密にと念押ししたことに、僕は逆に抗いたくなって、できる限り詳細に彼女にその日話したことを伝えた。

「さすが自己満王だわ」

「くれぐれも内密にって言われたんだけどね」

「でも教えてくれた」

「言いつけを守る義理もないしね」

「たしかに」ラプンツェルは笑った。「まあ、結局あの人の妄想がどういう種類のものなのかなんて、私には関係ないことだけど」

僕はうなずいた。電話だから、僕の動きは伝わっていないはずだけど、肯定する雰囲気は伝わったことが漏らす息から感じられた。

「あの人は、自分の妄想上の存在を演じさせた代償として、彼が死んだ後も私がここに住み続けることを邪魔なんてしないかもしれない。自己満王は、自己満足に人を付き合わせることの代償がそれなりに高くつくことを知っている」

「王だしね、まがりなりにも」

「でも弱ったな、だとしたら私がここから出ていく理由がなくなっちゃう」

別に弱りはしないか、そう続けて、ねえ、と声色を変えて彼女は僕に呼びかけた。

「ねえ、久島さん、早く私を見つけてよ。なかなか見つけてくれないから、髪も随分伸びちゃったし。でもあれだよ、ネバーモアだからね。二回目は決して間違えないで。本当にチャンスは二度とないんだから」

ラプンツェルの言葉に、僕の視界が揺らぐ。薄暗い光景が、脳に直接挿しこまれるみたいにして蘇った。

——**ネバーモアだよ。今、私を指名しないと二度と会えないよ。**

最初の日、席につく制限時間がきた際、ラプンツェルはまだこの席にいていいですか？　そう聞いたあとにそう続けた。その記憶は、これまで忘れていたことが不思議なくらいに、ありありと脳裏に浮かんでいる。

ネバーモア、二度とない、またとない、通り過ぎ去ってしまったこと。

望未がいつか思いうかべていた大鴉、いやそれはあくまで僕の妄想に過ぎないのだけれど、とにかくあの時の大鴉がまた僕の頭に去来している。大鴉は、真っ赤な喉を見せつけるように、黒々としたくちばしを開く。その大鴉は、これまでの人生で何度となく実感することになる言葉を、今にも吐き出そうとしている。

ネバーモアと言えば、とても久しぶりに渚から連絡があったことに長い間気づいていなかった。

てっきりもう連絡はこないだろうと思っていたからだ。結果的に、まる一週間彼女からのメッセージを既読も付けずに放置していたことになる。渚には、随分長い間未読スルーされていたから、僕もこのままスルーしようかと一瞬考えた。

けれど結局僕は既読をつけ、メッセージを返し、そして会った。夕食の間、我慢比べのように、なぜ突然連絡してきたのか聞かなかったのがせめてもの抵抗だ。代わりに僕は坂城の話をし、ラプンツェルの話をし、黒石氏の話をした。

「じゃあ、その黒石さんの永遠の想い人は実在しないんだね」

「彼の言葉が本当であればね」

渚は笑って、ワイングラスを持ちあげ一口含む。それからワインを飲みくだすと、おいし、と小さく言って、以前会っていた時と変わらない笑い方をした。

「でももう余命いくばくもない人がわざわざ君に嘘つくために時間を割かないでしょ」

「余命ってのも本当かどうか」

言いながら、黒石氏が嘘をついているのではないと僕も思っている。

「望未さんの話は、黒石さんって人は知ってるの？」

「知ってる」

渚は納得するように頷いた。

「だからね」

「ん？」

「黒石さんにとっては架空の永遠の想い人が、君にはいた。だから、彼はあなたに興味を持って、ちょっかいを出してきた。君にちょっかいを出したくなる気持ち、ちょっとわかるよ」

ちょっかい？　渚が久しぶりに連絡をしてきたのもちょっかいなのだろうか。我慢比べもそろそろ潮時だと思った。僕は会わなかった間、彼女がどう過ごしていたのかを聞いた。

「普通に過ごしてた」と彼女は言った。「とても普通に過ごしてた。夫と仲良く、息子に優しく。夫婦には波があってね、同じ空間にいるだけで耐えらんない、我慢ならないって時もあれば、その頃のことを、なんであんなに思い詰めていたんだろう、って思い返すこともある」

僕は先を促すつもりで頷いた。彼女も小さく頷いて、再び口を開く。

「声がね、」彼女は自分の頭の中の何かを転がすように、首をわずかに傾けた。「我慢ならないときには、声が聞こえなくなるんだ。夫の声がふっと聞こえなくなって、彼が何を話しているのかわからなくなる。でも、ちゃんと会話は成り立ってて」

「声が聞こえないのに？」

「うん。不思議でしょ。なぜ会話が成り立っているのかと言えば、声の聞こえない彼に私はちゃんと応えているから。でも、その時は私の声も聞こえない。自分の声が聞こえなくて、声もなく話しているのを眺める別の自分がいて、その自分はもう限界だって言ってる。なんとかしないと、なんとかしないと、なんとかしないと大変なことになるし、実際にこれまでなってきたし」

夫の声が聞こえなくなった渚は僕に連絡をした。僕はそれに応えた。渚と寝るのは久しぶりで、全ての感触を当初は新鮮に感じ、やがて懐かしさが新鮮さを上書きしていった。また天井が鏡張りの部屋だった。体を離した後、渚は掛け布団をすっぽりかぶって白いふくらみになって、僕はその隣で寝そべり、天井の鏡に映った自分を見た。部屋の全体が薄暗く、鏡がスモークを張ったみたいに少し濁っているからか、二十年ほど前の自分とそう変わっていないようにも見える。どこにも繋がらない、発展性のない、発散性しかない関係。渚の体を感じながら、これまでの経験が幾重にも合わさった。時間も場所もあいまいになって、そのあいまいさに揺蕩《たゆた》いながら、けれどおとぎ話から切り離された、とても現実的な世界にいることだけはわかる。幾重にも合わさった過去の女性たちの顔が、やがて望未の顔へと収斂していく。

おとぎ話めいたあちら側の世界と、とても現実的なこちら側の世界が統合したように見えたあの日、けれど別の分裂を始めたあの日。

僕はあの日のことを何度も書き、そして消した。うまく書けたように思っても、しばらくすると違和感が芽生え、やがて無視できなくなるほど大きくなる。

うまく書けない僕の頭の中で、大鴉が鳴く。

ネバーモア、ネバーモア、ネバーモア。

あの日、望未は何度も、「ごめん」「間違ってる」と繰り返し言った。体に触れる度に、恥じらいのような表情を見せたけれど、あれは恥じらいではなくやはり罪悪感だったのだろうか？　何に対しても悪いと感じてしまう彼女の癖、精神的な傾向。僕はあの時、それを潰してしまいたいと思っていた。

あの日、僕は夜に自宅に帰り、先輩が送ってきたＣＤを聴き続けていた。オーディオセットから流れる音は、戦争の匂いがした。僕の頭の中には塹壕が浮かんだ。**塹壕、塹壕、塹壕**、外では薄められた戦争がいつまでも続いて、僕は一人塹壕の中にいた。油断して顔を出したらいつでも銃弾に撃たれる。そんな薄められた戦争が世界中に広がっている。それに耐えられない人が社会から脱落するとしたって、脱落する人が特別に弱く怠惰なわけではない。たいていの場合、ただ感じやすすぎ、愛しすぎるだけだ。そうなってしまうと生きていけないから、僕は閉じるべき感情の回路を閉じ、とにかく塹壕を確保しなければいけない。

社会の中の自分を、当時そんな風に感じていたことを、思い返せば大げさに感じるけれど、でも実際のところどうなんだろう？　紛争地でもあるまいし。学生の頃に思っていたよりも、ずっと温いところも社会にはある。ただ、やはり今でも時折感じるのは、この世界にはぽっかりと穴が空いているということだ。そして、気を抜いていたら、いや、気を張り詰めていても、その穴に落ちることがある。その穴から這い上がることはたいていできるが、這い上がれないほど深い穴だってある。

血も涙もない的確な現代人？　その言い方がそれこそ的確かはわからないが、僕がこの二十年近くの間、ある種の感情の閉じ方を学んだことは確かだ。どこか遠いところで起こっている酷いことをとても正しく理解することができるはずなのに、必要に応じてそれを感受する回路を閉ざす。それは例えば、最大効率でたんぱく質を採取するために、小さな場所に押し込められ、工業製品のように感情を無視して飼育される家畜の悲劇を正しく理解しながら、そのことを考えない、といったような種類のことだ。

そのことについて考えると、ちょっと今はもたないんだ。まともに君たちのいる深い穴を見つめていると、生活がままならなくなるんだ。いつか、僕もそれにちゃんと向き合う時が来ると思う。そして実際に、可能な範囲で的確に許容範囲内で向き合うだろう。だから今は、もう少しだけ今は、とりあえず勘弁してほしい。

あの頃、先輩が残したＣＤを聴きながら薄められた戦争について想像していると、ふと誰かに見られている気がすることがあった。その感覚を振り払うために、僕は二階のアパートの窓を開け、周囲を見渡した。結局、誰もいないことを確認し、いつも開けた時よりもゆっくりと窓を閉めることになる。

あの日もそのはずだった。外から僕を見る誰かなんているわけがなかった。ＣＤを止めて、窓を開け、物干し竿の隙間から見える、どうということのない町の、雑然とした闇夜。それを確認して僕はまた部屋に籠る。

そのはずだったのに、あの日はそうではなかった。

誰もいないはずのそこに、彼女はいた。どういう順番で何が起こったのか、何度も思い出すうちに、ぐちゃぐちゃになってしまっているが、満月が浮かんでいたことと、何曜日だったかは覚えている。あの日は、木曜日だった。東京にいないはずの日、東京での再会の後、二人で僕の部屋を見上げた時のように、望未はこちらを見上げていた。

僕はすぐに部屋を出て、外階段を下りた。僕は彼女を部屋に招き入れた後、先輩の残したＣＤ

をかけながら、塹壕の話をしたことを覚えている。それから、古いアパートの磨りガラスを通った月光が照らした、彼女の体とその陰影もよく覚えている。

木曜日の検査をサボったと彼女は言った。サボっていいの、と僕が聞くと、もう事故から随分経つし、一回くらいサボったって大したことにはならないよ、それに——と何かを言いかけて、彼女は口を噤んだ。話題に窮して塹壕について話す僕を、小さな物音に耳を澄ますような目で見て、彼女は笑った。

また会えるかな？　別れ際に僕はそう口に出しかかってやめた。言葉にしてしまうと、あやふやで不吉な予感が形になってしまうような気がした。しかし、結局言葉にせずともその予感は現実になった。

今にして思う。僕はあの日、彼女と寝るべきではなかった。彼女が切実な思いで僕に突き付けた条件を、僕は破るべきではなかった。

けれど、どれだけ思い返しても、書き直しても、現実は変わらない。

21

「潮が引く時は一瞬なんだよ。貯金みたいにモテを貯めておいて、別の時に使えればいいんだけど、そうはいかない。波が来ている時は、嫌になるくらいにモテが押し寄せてくる。そして寂しくて死にそうな時には誰も相手にしてくれない。お前の場合、望未ちゃんが去って、魔法が解けてしまったんだ。そして木曜日の女たちもまた去ってしまった。可哀そうに」

向井はそう言ったが、正確にいえば相手が去ったばかりではなかった。矢木さんとは僕の方から距離を取った。

矢木さんは、子供の頃バレエを習っていた。当時O脚気味だった彼女は脚をまっすぐにして、親指同士を縛って眠ったそうだ。彼女がそうしたいと言い出したわけではなくて、彼女の母親がどこかから聞きつけてきた手法らしい。

それが功を奏したからなのかどうか、矢木さんはとても綺麗な脚をしていた。でもO脚だったとしても、やはり綺麗な脚をしていると僕は思っただろう。

「とっても嫌だったな」

「でも本当に綺麗だ」

「自分が判断する前に押し付けられるのってほんとうに嫌なものだよ。最終的に同じルートを歩むことになったとしても、自分で選びたい。そのためのタイムラグで損害を被るんであれば、甘んじて受けるし」

「気に入っていないの？」

「そういうわけじゃない。レイヤーが違う話だよ」

矢木さんはよく母親の話をした。過干渉なきらいのある母親だったらしい。過干渉な状態は、彼女が高校生の時分まで続いた。彼女の話によれば、そこで自発的に終わったというよりは、彼女がキレて終わらせたそうだ。といって、母親を面罵するでもなく、あからさまにぞんざいな態度をとるようになったわけでもない。むしろ、にこやかに接し、自分の意見を通す際には理論武装をしてゆるやかに説き伏せた。彼女は静かに怒り、地元脱出を試み、そして成功した。僕はその話を聞きながら、いつか彼女から聞いた尻尾の感覚のことを思い出していた。退化してなくなったはずの尻尾の感覚が彼女はあるのだと言っていた。母親のことを話すときの彼女を眺めながら、ピンとまっすぐに張った尻尾を僕は想像していた。

「このバイトを始めたのも、ちょっとした反抗心なんだよね。これだけ働けば、生活費くらいにはなるからね。仕送りは全部とってある。落ち着いたら返そうと思って」

「すごい」

「でもさ、近頃思うんだ。そういう反抗心が判断基準に入っているというのも、結局あの人の網にとらわれているんじゃないか。唯々諾々と従っていた時とは真逆だとしても、影響度合いからすると同じなんじゃないかって」

「自由意志は実は存在しないみたいな話？」

「自由意志？」

「そう。自分で決めたつもりのことでも、実は全然自分で決めていなくて、決めさせられているだけ。環境とか、本能とか、遺伝子とか。実は純粋に自由意志だと言える場所はすごくせまい」

「環境とか、本能とか、遺伝子とか。食欲とか、睡眠欲とか、お金とか」

「体調とか、天候とか」

「母親とか」

小さく息を漏らして、彼女はコーヒーカップを口元に寄せた。思ったより熱かったのか、口に含むのを逡巡するように、中途半端な場所で持ち続けた。

「そう言えばさ、彼氏が戻って来たんだよね」

ぽつりと彼女が言った。

「あ、そうなんだ」

じゃあ、と続けようとしたけれど、さらにその先に何を言えば良いのか思いつかず、僕は口を噤んだ。

「というか、もう彼氏じゃないんだけどね」

「違うの？」

「うん、先週ね。彼が戻って来て、久々に会って、その時にお別れした。向こうにとっては急だったみたいでびっくりしてた。サインは、送ってたつもりなんだけどね」

「せっかく待ってたのに」

「違うんだよ」彼女は両手でカップを支えながら首を振った。「私は、待てないっていうのが、許せなかったんだよ。だから、ちゃんと待って、そしてちゃんと言った」

どういう相槌を打つかを僕は迷っていた。彼女は覚悟を決めたように、コーヒーを一口含み、そして言った。

「でもこういう判断もさ、よくよく考えると母親の影響があるような気もするんだよね」


外交官を目指して国立大学に通う別の女子学生は、スカートの時はいつもタイツかストッキングを穿いていて、初めて寝た時にその理由がわかった。そう濃いものではないし、言われなければ気づかないけれど、内腿に薄い絵の具を垂らしたように変色した箇所があった。その大きな痣を隠すために彼女は生足を避けていた。聞けば、子供の頃に飲んでいた病気の治療に必要な薬の副作用らしかった。今より若い頃はもっと濃くて、本当に嫌だったと彼女は言った。特に体育の時間が嫌だった。冬は長ズボンが穿けるからいいのだけど、夏は事情があっても特例は許されなかった。彼女は奇異の目を向けられているのを感じた。性的な目でみられるだけでも大変なのに、奇異の目とそれが混ざり合って本当に気持ちが悪かったそうだ。大学に入って、好きな服を着られるようになり、彼女は心底安心した。もう体操服も、スクール水着も着なくていい、そう思うと、彼女の心は軽くなった。

「なんとなくわかるんだよね。私のこれをみて、ひかない人が」

初めて寝た日に、彼女は言った。

「ひく人なんているの？」

「いるよ。全然いる。口には出さなかったとしても、わかる。まあ、別にひかれたからどうだって話ではないんだけど」

僕はどんな風に思っただろう？　たしかに痣があるとは思った。それは、右の内腿の付け根からはじまり、そのくぼみを通って、膝と臀部の方に広がっていた。一方は付け根と膝の中間くらいの位置まで続き、そこからなだらかにカーブしていた。臀部の方は、膨らみの頂上に到達する手前でカーブしていた。二つのカーブが膝の裏で交わっていた。確かに僕はひいていなかったはずだ。むしろどういう形状をしているのかを把握しようとしていた。失われた大陸みたいな形だな、と僕は思っていた。

「アトランティス大陸みたいな？」

「あるいはムー大陸」

「でも、ムーは空想でしょ？」

アトランティスは実在したみたいな言い方だった。

「いや、どっちも空想なんだけどね」彼女は自分の言ったことがとてもおかしいという風に笑った。「アトランティスの方が、由緒ある空想だったよ、たしか」

「空想に由緒とかある？」

「あるんだよ」

忙しい彼女は、僕といる時もよく勉強していた。ベッドの中で、眼鏡をかけて公務員予備校のテキストを読んでいた。彼女の体にはその痣以外目立つ傷はなかった。くまなく探したわけではないけれど、小さな傷もほとんどなかった。僕は人の体についた傷を探すのが癖になってしまっていた。腕や足に残る傷を発見しては、それができた経緯を想像する。かくれんぼの時に焦って隠れて、砂利が塗り込んである外壁で腕を引っかいた傷跡、スキーで転んだ傷跡。もちろん本人にとっては傷なんてない方がいいのかもしれないけれど、ある種の傷跡は僕にとって引力を持っていた。それはもしかしたら、望未と直接会うようになるまで、消えない大きな傷跡を抱えた彼女をずっと想像していたからかもしれなかった。

失われた大陸のような痣を持つ彼女が忙しいのは、試験勉強のためだけではなかった。アルバイトもかけもちでやっていたし、大学の講義にもちゃんと出ていた。その合間を縫うようにして、たまに連絡をくれた。

最近忙しさが増しているのは、国家公務員試験を突破するために、最後の一年はアルバイトを一切やらず、できれば単位のことも考えずに試験に集中しようとしているからだ。

「まあ、お金のことは別に親に言えばいいんだけどね、単位の方は取れるものはとっておきたいんだよね」

彼女に言わせれば、忙しくしている方がテンションを保てて、一つ一つのことに集中力が高まるそうだった。彼女はいろんなことを極力システマティックにとらえようとするところがあった。

そしておそらくは、彼女の中では僕のことも、忙しくするためのタスクの一つに組み込まれていた。彼女がちゃんとした恋人を作らないのは、そのことが優先順位的に高くないからだ。どのみち学生時代の恋愛なんて長続きしないし、すぐに結婚するわけでもない。自分が結婚するとしたら、多分二十七歳かそこら、とまるで決まっていることを告げるみたいに彼女は言った。二十七歳といえば、向井が言うにはまともな人間が死ぬ頃だ。

忙しい彼女はいつもどこかに出かけなければならないので、短い滞在を終えると、決まって僕も一緒に出るために帰り支度をした。といっても、たいしたことはない。脱いでいた服を急いで身に着けるくらいだから、先に僕の支度が終わる。

どこを直しているのか僕にはわからない化粧直しのために、ベッドの横にたてかけた鏡に向かう彼女が、「ねえ」と話しかけてくる。

「前はさ、」鏡の中で目が合った彼女が続ける。「メールの返信とか、もっと遅かったような気がするんだけど、最近すぐに返してくれるよね」

「そう?」

「そうだよ。前は一週間放置とか普通にあったけど」

指摘されてもよく覚えていない。返信のタイミングなんてほとんど気にしていなかった。

「最近は割とすぐ。暇になったの?」

メールの返信が早くなったことを彼女は喜んでいるのかと思ったけれど、そうではなかったようだった。僕の返信が早くなった代わりに、今度は彼女の方からの返信が遅くなっていった。その内に、一週間放置されることがざらになり、やがて戻ってこなくなった。

家庭教師の派遣先の母親とは、私立中学校受験の塾に入る予備段階として僕の所属する家庭教師派遣センターに問い合わせをしてきて、説明に伺うという名の営業に僕が向かって知り合った。問い合わせを受けた担当からすると、契約締結自体はイージーで、あとはどれだけ高額の契約を取れるか、という感触とのことだった。

しかし結果から言えば、即日の契約は取れなかった。契約が取れようが取れなかろうが、商談中に入り込んだ家庭の中で本部に報告電話を入れるのがお決まりの流れだった。経験豊富な本部スタッフが、営業担当のトークに穴がなかったかどうかをその場で確認するためだ。契約が取れていれば、挨拶のためとして母親と話してクロージングし、クーリングオフの確率をさげる。契約が取れていない場合は、電話を母親にかわる前に営業トークに問題がなかったかどうかを営業担当に確認するステップが入る。

母親がなかなか首を縦にふらない場合、クーリングオフ制度を使えば契約締結から一週間以内の解約が可能なのでとりあえず今日は判子だけ押してほしい、そうすれば、こちらでも家庭教師の先生を探し始めることができるし、いい先生はすぐに仕事が決まってしまうから、生徒のことを考えると教師探しだけでも進めたい、そう言って、とりあえず判子だけを押してもらうという最終手段があった。もちろん、僕はそれも既にやっていて、それでももう少し考えたいと母親は言ったのだった。

本部スタッフは諦めて、母親に電話をかわるように言った。契約が成立しなくても、つぎに繫がるようにクロージングして商談を終えるのがセオリーだ。帰り際、相談したいことがあれば久島さんに直接かけてもいいですか？　と電話番号を聞かれ、もちろんいいですよ、と電話番号を交換した。

翌週、その母親から電話がかかってきて、彼女が働くオフィス近くのカフェで相談を受けた。マニュアル的には最初に極力たくさんの授業をいれて勉強自体に慣れてもらうのが定石なのだけど、それは定石に過ぎず、実際は生徒の性格にもよるから、まずは週一回でも始めて慣れさせた方がいい。もし、実際に塾に入ってついていけなければ、補習のうまい先生に代えることもできるし、時間を増やすこともできる。母親の隣ではにかんでいた男児の顔をぼんやりと思い浮かべながら僕は細々と助言した。その男児は、今日は祖父母が預かっているらしかった。アドバイスのお礼に軽く食事でもご馳走したいと母親は言って、彼女の会社から少し離れたダイニングバーに入った。

総合商社に勤める旦那さんは関西に単身赴任しているそうで、おそらく次は東京に戻ってくるか、海外勤務になるそうだった。もし海外赴任となったなら旦那さんは彼女についてくることを求めている。その場合、彼女は仕事を辞めざるを得ない。彼女としては、仕事を辞めたくなかった。それで、子供の中学受験がうまくいったなら、引き続いての単身赴任という線を狙っている。

話とともに、酒が進んだ。その内に彼女は僕のことを可愛いと言い出して、そんなことないですよ、と僕は言った。店を出たあと少しその辺を散歩しようと彼女が言って、ほとんど寄り道せずにラブホテルに入った。抱きあっている最中も、彼女は僕の耳元に唇を寄せ、可愛いね、と呟いた。

その日以来、定期的に彼女と会うようになった。「こんな若い子と」とか「私、悪い女だな」とか、酒が入って頬の上気した彼女は上機嫌に言った。彼女は僕の体に痕をつけたがり、最初拒んでいたがそのうちに好きにさせるようになった。

夫の転勤が早まり、結局受験の時期が到来する前に、一家で海外に行くことになり彼女とはそれきりになった。

木曜日に会っていた人たちがいなくなり、一人になった僕は、部屋で望未のことを考えた。磨りガラス越しの月光に照らされたあの日の望未の体が頭に浮かぶ。

あの日、望未が僕に望んでいたことを、僕はうまく聞き取れなかった。けれど、ならば、どうするべきだったのか？　性的な求めには応じない、きっとそれが正しかったのだろう。どういう理屈なのかはまるでわからなかったけれど、僕たちを繋ぐ回路を切断してしまわないように、そのことが必要だった。ならばそれはそれでいいと、僕は思っていた。何年も続く彼女との関係の中で、特に東京で再会してから、僕は望未と同じものに立ち向かっている感覚があった。向き合うのではなくて、隣に立って、同じものを見ようとしていたはずだった。「普通」復帰と彼女は表現したが、それだけではきっと表現できない何かを一緒に成し遂げたいと思っていた。そのために、意味がわからなくとも、僕たちを繋ぐ回路を守るために、僕は彼女をその方向では求めてこなかった。

僕は一日中部屋の中で、先輩の残したＣＤを聴き続ける。僕には無限の時間があった。中学生の頃、望未と文通をはじめ、日常生活に覚える違和感や不快感を遠くの彼女と造り出す世界に託していた。その関係が、僕を支えてくれた。当たり前のこととして誰もが受け入れている、どこまでも現実的な日常にいつか、望未との世界を縫い合わせることができると思っていたけれど、それは叶うべくもなかったのかもしれない。もしかしたらそのことを示すために、彼女はあんな条件を出したのかもしれない。しかし、だとしたら、なぜ、彼女はあの日、あんな風に僕の部屋を訪れたのだろう。あの日は必ずしも僕だけが求めていたわけではなかった。

混線している。

いろいろな矢印が、ばらばらの方角を向いている。


——私たちはやっぱり、会わずにこうやって文通を続けましょう。そしてね、久島君、あなたの要望を受け入れない代わりに、一つだけ約束をしようと思います。

それは、私からこの文通をやめることはしない、ということです。


彼女が約束した手紙の中の言葉が浮かんだ。あの頃もこれまでも、彼女はただこの約束を守ろうとしていただけなのかもしれない、と思った。もうとっくに役割を終えているはずの関係に、だだっ子のようにこだわる僕のせいで彼女は混乱しているのかもしれない。

あちら側もこちら側もない。僕が勝手にあちら側だと思っている場所は、彼女にとっての、脱ぎ去ろうとしても、抜け出そうとしても、いつまでもついてくる、現実に過ぎない。そのことをうまく消化できない僕のせいで、彼女の混乱は深まったのかもしれない。

望未のメールアドレスにメールが届かなくなり、電話も繋がらなくなった。下宿している部屋にもいなかった。向井が彼女の大学に通う友達に聞いたところ、休学していることがわかった。

手紙が最後の手段だった。僕は彼女に手紙をしたためようと、随分使っていなかったレターセットを取り出して、机に向かった。しかし筆はなかなか進まなかった。どう取り繕おうが、姿を消すことは、彼女自身が選んだことだった。僕の前からという次元ではない、大学まで休学しているとなると、彼女にとっての「普通」復帰が頓挫したということになる。僕は彼女の「普通」復帰の手助けをしていたつもりだったけれど、結果と状況からみると、本当のところ、僕との関係はむしろ腐れ縁で、何もかもを投げ出したくなるきっかけの一つになっていたのかもしれない。そう考えると手紙に書くべきことが何も浮かばなかった。代わりに罪悪感が胸に芽生えた。僕の部屋の前で、悪いから、と呟いた彼女の横顔が頭に浮かんだ。僕はその横顔を思い浮かべながら、出すかどうかわからない手紙を書き始めた。

「この手紙を出すべきかどうか、随分悩みました」ペンが便箋の上を走る感覚が、かつて遠くに宛てて手紙をしたためていた自分とすぐに繋がった。

「君が姿を消したということの意味を僕なりに考えました。どういう風に解釈したって、答えは一つです。そして、それは問いのはじまりそのものが結論だとはわかっています。

つまり、君はいなくなった。そうすべきだと君は思った。あるいは、そうせざるを得ないところに君は追い込まれてしまった。

僕の視点から見れば、君がいなくなったわけですが、君の視点から見ると違っているはずです。あくまで、それは一面に過ぎない。そのことはわかっているつもりです。

だから、本当はこんな手紙を書くべきじゃないともわかっています。ただ、どうしても書かなければならないような気がしていて、僕はこれを書いています。

近頃僕には、とても時間があって、君からもらった手紙をよく読み返しています。特に最初の頃の手紙です。校庭のことや、その時々の想いをつづってくれた手紙です。コピーでも取っていない限り、これは僕の手元にしかないから、君は細部を忘れているかもしれません。ついこないだまでよく一緒に時間を過ごしていたはずなのに、いざ目の前からいなくなってしまうと、不思議と思いだすのは遠く離れていたあの頃のことです。

変なものです。

あの頃、僕は君の力になりたいと何度も書きました。しかし実際には君が僕の力になっていました。今よりも若く、というよりも幼かった僕は、君を想うことでなんとかまともに生活に適応できていたように思います。とりわけ、君がこう書いてよこしてくれたことが、僕の支えになっていたのだと思います。

「私からこの文通をやめることはしない」

と君は書いてくれました。わざわざ君がそんなことを書く理由がその時はわかりませんでした。一種の強がりだろうかと思いました。でも、違うんだと今ではわかります。それは君の優しさであり、気遣いでした。僕へのある種の感謝の表明だったかもしれません。そのことが今の僕にはわかります。

そして、君のことをよく知っているつもりの僕は、その言葉がまるで呪いのように君にのしかかっていることもわかります。だって、君は誠実で、気高くて、思いやりに満ちているから。きっと君は、その責任感のために、色々な感情が混線しているのだと思います。あるいは、もっと大きなものにとらわれているのでしょうか。本当のところ、僕にはなにもわかっていないのかもしれません。

いま、どういう風に休んでいるでしょうか？　わからないけれど、どうか、ゆっくりして、こんがらがった線をほどいてください。僕にできることは、何でもしますから、なにかあれば、いつでも連絡ください。

けれど、こんな風にばらばらの場所にいても、僕は君にできることが一つあります。しなければならないことがあります。

僕は、君を解放しなければなりません。

文通を自分からはやめない、と言ってくれた君を、ちゃんと解放しなければなりません。

それが君の優しさや、気遣いから来ているのだとすれば、その約束が君を拘束しているのだと思います。

もしそうならば、もう約束のことは考えないでください。考えることが君の救いにでもなるのであれば、全然かまわないのだけれど、そうでなければもう僕のことは気にしないで。

この文通をやめにするのは、君からではありません。やめるのは、僕の方からです。

間違えないでください。君は君の言葉をまっとうしました。僕に言われても意味なんてないでしょうが、あえて言います。この文通をやめるのは君からではなく、僕からです。

これで終わりなのだとしても今まであったことは残り続けます。君から送られて来た手紙もずっと僕のものです。僕にはそれで充分です。

何度でも言います。君は約束を守った。こないだのことも、約束を守れなかったのは僕の方です。

君が言ってくれた通り、僕がなんにでもなれるとは正直思えません。けれど、僕は君の言葉を信じてみようと思います。なんにでもなれると思ってみようと思います。違うぜ系男子を卒業して、タフになろうと思います。

タフになって、そして、君のためのスペースを用意しておきます。

でもどうかそのことを重荷には感じないで。

僕の隣に戻ってきて欲しいとお願いしているわけではないから。

君が利用しない、必要としない、君だけのスペースが、この世界のどこかにぽっかりと空いているだけの話です。

そのことを思い浮かべて、君が少しでも気分がよくなったら僕は心の底からうれしいです」

僕はその手紙を三度読み直した。そして、最後の逡巡を振り切って、封をしてポストに入れた。

回収されたばかりのようで、手紙がポストの内袋の底を打つ音がした。もうこれで終わりだと思った。いつか僕が作ることになる、望未のためのスペースに最後に思いをはせ、日常に戻った。

日常。

社会への適合の下準備としての日常。緩い薄笑い——ではなくて理知的な静かな笑み、社会が好むそんな笑みを浮かべる自分を演じきることは、僕はそう苦手ではない。

けれど、翌週に、日常を破り、手紙が届いた。

誰からの手紙なのかはすぐにわかった。僕は部屋に運ぶのを待てず、玄関の外で封を切った。

「あなたは何もわかっていません」手紙の中で、望未は言った。「でもそれはあなたが悪いわけではありません。私が悪いんです。私が決めていたことを守れなかったから。

覚えていますか？　あなたが私の実家に来た時に、私が二階を見上げて語ったことを。

私は音の予感について話しました。もう元には戻れないところにいたったことを知らせるサイン。それが今にも鳴りそうな予感を私は感じている。そう私は言いました。でもね、その音は、本当は予感なんかではありませんでした。私はもうそれをとっくの昔に聞いてしまっていたんです。そしてそれ以来、ずっと頭の中で鳴っていたんです。

ねえ、久島くん、あなたは間違っています。

本当は解放しなければいけないのは、私の方なんです。

だから、最後に一度会いましょう。

私をちゃんと消し去ってもらうために。

私からあなたを解放するために。

全部の責任をあなたに押し付けて、私があなたの心にとどまることなんて、とてもできないから」

22

坂城が三杯目のビールを呷っている。彼が再契約したコワーキングスペースは疫病が蔓延する前に比べるととても空いていて、ビアホール化の歯止めがきかない。

ビールを呷る彼を見ながら、僕は向井のことを想う。最後に向井から連絡があった日を、僕は日付まではっきりと覚えている。その時、僕は二十七歳で、向井も二十七歳だった。暑い日だった。僕は関係が修復不能であることを確認するためだけの食事を当時付き合っていた女性と終えたあと、ソファで酔いつぶれて浅い眠りの中にいた。携帯電話の振動する音が水中で聴く音のようにくぐもって聴こえた。重たい瞼と腕を持ちあげてそれを取る気になれなかった。あの女からだろうと思うとより気が重くなった。

着信を知らせるライトを光らせながらしつこいくらいに振動を続け、やがて諦めるように、ぷっつりと止んだ。そして僕は眠りに落ちた。翌朝確認すると、電話は向井からのもので、連絡があったのは大学を卒業して以来だった。その日に彼が亡くなったことを人づてに聞いた。

大学時代、彼と僕との関係はどこからも独立したものだった。彼には彼の僕以外の人間関係があり、僕には僕の彼以外の人間関係があった。けれど、お互いがお互いを他とは違う場所に置いていたことを僕は感じていた。多分向井もそうだった。だから長い間会わなくても、彼のことなら僕が一番わかる。彼が死んだのであればオーバードーズだろうと聞かされる前にわかった。そして多分、彼は二十七歳を乗り切ったなら、もうオーバードーズはしなくなっただろうということもわかった。彼には死ぬ気なんてまるでなかったこともわかった。ただ、自分の存在の強度を試さずにはいられなかったのだということもわかった。僕はそんな向井が、とても好きだった。

僕が好きな人間はたいてい駄目になる。先輩も、向井も、望末もそうだ。僕のせいではないが、皆報われづらい誠実さを抱えたままゆっくりと駄目になっていく。僕のせいではないが、——いや、違うな、やはり何割かは僕のせいかもしれない。僕は看過してはならないことを看過し、こだわってはいけないところにこだわってしまう。そして、周囲への違和感を膨らませて、それを露悪的に披露する。そのくせ今横たわっている現実への適合だけはうまい。

大学時代に向井がオーバードーズをしていることを僕はもっとちゃんと咎めるべきだった。自分はまともな人間じゃないから、二十七歳で死ぬなんて幸福なことは起こらないと言う彼の中二病めいたロマンチシズムをきちんと否定すべきだった。先輩にしたってそうだ。目的のないピアノレッスンを続ける彼をただ眺めるだけではなくて、僕が外に連れ出すべきだった。あるいは、僕は自分が社会にどうしても適合してしまうタイプなのだと知っていたのだから、閉じた世界である先輩のアパートに、僕を通じて世間の目を導入すべきだった。でも、そんなことはせずに僕は彼らの歪さを愛でた。

僕は望末を好きになるべきではなかった。彼女のためのスペースなど自分の中に拵えようとするべきではなかった。そのことを彼女に伝えるべきではなかった。そもそも手紙のやり取りなんて始めるべきではなかった。切断されるべきタイミングで切断されたのであれば、もう僕たちは繋がるべきではなかった。

＊

初めての再会の時と同じルートをたどって、望未に会いに行く。

同じ便の電車に揺られながら、僕はあの日のことを懐かしく追憶していた。あの時、これまで膠着していたものが動き出す予感に僕は満たされていた。僕と望未との関係性だけではない。鍵が回り、一つ歯車が回り始めると、他の多くの歯車が回りだし、血が全身をめぐるように、僕の人生そのものに息吹が宿るはずだ。勝手な思い込みだけど、僕はそんなことを考えていた。そして望未と再会して彼女の実家で過ごす間、その予感は間違っていなかったのだと実感していた。翌日、彼女が約束の場所に現れず、音信不通になるまでは。

電車に揺られる僕は東京で過ごした日々の、生々しかったはずの望未とのあれこれを遠くに感じていた。夢の中の出来事のようだと思った。本当は、僕は東京で彼女と二回目の再会などしていなくて、やってこなかった彼女をただずっと待っている間に、長い白昼夢を見ていたのではないか？

彼女が手紙で指定した場所は、以前待ち合わせをした場所だった。僕は窓から外を眺めながら、遠い東京での日々を思い起こしていた。東京でのあれこれは彼女にとっても同じように儚い、現実味の伴わないものだったのだろうか？　あの時切断された場所を指定したのはそのためだろうか？　本当の現実を始めるなら、あそこからでなければならないから？

本当の現実？

自分でも何を考えているのかわからない。電車が進むほどに、少しずつ時間が巻き戻っていくような錯覚に陥る。僕は切断されたあの時、あの場所へとじわじわと近づいていく。一駅、また一駅と降車駅に近づくごとに、切断されたあの時の感覚がよみがえってくる。

駅から出た数人の客が迎えの車やバスに乗り込んでしまうと、人通りはまるでなくなった。僕は街頭時計の下のベンチに座った。雪はなく、白い太陽が明け透けに道路を照らしていた。

望未はすぐに姿を現した。僕はベンチから立ち上がった。彼女は僕の姿を認めると、踵を返した。僕は早足で彼女に追いつき、その流れのまま並んで歩き出した。再会はとてもあっけなくて、全然現実感がわかない。

「病院」

しばらく無言のまま歩いていると、望未がかすれた声で呟いた。

「病院？」

「前、さっきのところで待ち合わせをした時、連れて行こうと思っていたところ。私がしばらく過ごした病院。君に望未のことを知ってもらおうと思って」

望未は疲れ切っているように見えた。何かを話すべきだと思ったけれど、何を話していいのかわからなかった。僕たちは並んでただ無言で歩き続けた。病院までの道のりは、僕たち以外誰もいなかった。世界中に僕たち二人だけしかいないように静かだった。けれどそれは決して幸福な想像ではなかった。最初の二人の人間が、こんな風だったなら、創世神話は立ち行かないだろう。最初の人間がそのまま最後の人間になって、ばらばらになって過ごし、それぞれ個別に消えていく。世界と呼ぶべきか、社会と呼ぶべきか、歴史と呼ぶべきか、それらの言葉で指し示そうとして、示しきれない人間の営為がはじまることなく閉じる。

沈黙の中で、僕はそんなことをとりとめもなく考えていた。

——あなたは何もわかっていません。でもそれはあなたが悪いわけではありません。私が悪いんです。私が決めていたことを守れなかったから。

彼女が書いてよこした手紙を何度も読んだ僕は、そこに書かれていた言葉を一字一句覚えている。彼女は、ここで僕に何かを伝えようとしているはずだった。僕がわかっていないことを。彼女が決めて守れなかったことを。今日、どういうタイミングでなのかはわからないけれど、どこかで彼女は話すはずだった。ならば焦って聞き出してはならないような気がした。

病院へと向かう道の両脇には欅《けやき》が植えられていた。道の先に見える病院は、鼠色がかった建物で、古びてはいたが、どっしりした質感が遠目でも伝わって来た。欅の枝葉から零れた夕方へと向かう沈みかかった日の光が、まばらに僕たちを照らした。歩道は広く、二人で肩を並べて歩いても、十分すれ違えるだけの幅があった。人通りがない代わりに、車道を時折車が走り抜けた。病院に近くなると、花屋とカフェと郵便局が並んでいる一画があり、その先には市の分庁舎があった。

歩道から玄関ロータリーへと続くカーブを曲がり始めたところに植えられた最後の欅の下で、望未は病院を見上げた。そして、3階の辺りを指さした。

「あそこが入院していた部屋」

「入院？」

望未はこっちに引っ越してから二年遅れの学校生活を送っていて、病院へは検査に訪れていただけのはずで、入院などしていないはずだった。

「それは、時々入院していたってこと？」

「ううん。こっちに引っ越してから長い間、ずっと。区切りがつくまで」

「区切り？」

何を言っているのかわからない。

「そう。両親が諦めるまで」

「諦めるって何を？」

「望未が普通に復帰することを。二年遅れとか、そういうんじゃなくてね」

彼女は視線を落とし、そのまましばらく押し黙った。上空で風が吹いたのか、欅の葉が揺れて、まばらに射す影と光が躍った。彼女の唇が震えた。その震えは声にはならず、また沈黙が降りた。

僕は彼女の髪の上で躍る光と影を見続けていた。光の不在としての影と、影の不在としての光、それらが乱れて混ざり合い、混沌としている。混沌の中から、彼女が選び出す言葉を僕は待たなければならない。

「行きましょう」結局彼女は短くそう言っただけで、先を促した。彼女はロータリーのカーブを曲がり病棟へと入っていく。そして迷いなく入院棟へと進み、エレベーターの上行きのボタンを押した。エレベーターには誰も乗り込んでこず、僕たちだけで3階までいった。降りてすぐに右に曲がり、302と書かれた部屋で立ち止まった。病床は埋まっているらしく、どの部屋にも入院患者らしい名前が書かれてあった。

「君からの手紙を望未はここで読んでいた。そして返事を書いた。私は望未に何度も何度もあなたからの手紙を運んだ」

「君が運んだ？」

「そう、私が運んだ」

「じゃあ、」僕はそこで言い淀んでしまう。しかし切り出した以上、先に進まなければならない。

「君は、望未ではない？」

目を逸らしていた彼女が顔を上げ、僕をまっすぐに見た。自分の一部が自分から乖離してしまったように、僕はこの情景を遠くから見ていた。

「いいえ、私も望未」

「君も？」

「そう。望未が二人いてはいけないってルールはないでしょ？」

じっと見つめあう格好になった。僕の目に浮かんだ疑問に応じるように、彼女は小さく頷いた。

「安心して。ちゃんと説明するから。ゆっくりと、でも今日中に。そういう風にしか説明できないことってあるんだよ。とりあえず君が今ここでやるべきは、ちゃんと私が言ったことを想像すること。何も知らない君から送られてきた手紙を、私はここに運んで、望未はそれを読んだ。その時の望未を想像して。たくさん想像して。どのみち何もかもを今日で全部終わりにするから」

彼女の言葉に導かれて僕は想像した。ここで手紙を読んでいたという望未。僕が中高生の頃に思い描いていたのとは違うはずなのに、なぜかその想像がしっくりとくる。今の想像と過去の想像とが交錯し、どこでもない場所に僕ははまり込んでいく。目の前の彼女と想像上の望未たちとが淡く合わさっている。

その合わさった像から抜け出すように、彼女が廊下を歩いて行く。廊下の先には、小さな窓がついていて、そこから先には山と学校が見えた。

「あそこが私の通っていた学校。望未はここから、よくその学校を眺めていた」

自分も望未だと言った彼女が、ここに入院していたという望未の話をする。僕は混乱している自分を意識した。想像が追い付かない。

セキュリティの緩い病院のようだけれど、さすがに別の患者が入院しているからか、病室にまでは足を踏み入れなかった。彼女は踵を返すと1階に戻り、ロビーにあったタクシー会社直通の電話でタクシーを呼んだ。10分とかからずタクシーが来た。それに乗り込んですぐに彼女はバス停の名前を告げた。それは彼女の実家の最寄りのバス停だった。タクシーが進む間も僕たちは話をしなかった。質問もしなかった。何もかもを今日で終わりにするのだと、彼女は言ったのだ。僕は待たねばならない。

タクシーに揺られながら、僕はあの病院に入院していたという望未について再び想像していた。隣に座る望未はその望未に手紙を運んでいたと言った。確かにあの時僕は、望未の実家宛に手紙を書いていた。望未に届くのだと信じて。隣で外を眺める彼女の言葉を信じるなら、二人の望未にちゃんと届いていたことになる。けれど、二人の望未とはいったいなんだろう？　ある時、交通事故に遭ってクラスを去った望未は確かに一人のはずで、ゾウリムシではないのだから、人間が突然二つに分かれたりなどしない。とすれば、彼女は嘘を吐いている。病院にいたという望未が本当の望未なのであれば彼女は違う。あるいは、隣でずっと外を眺める彼女が本当は望未で、病院にいたという望未は別の女性なのだろうか？　ならば病院にいたというその望未は一体どこにいったんだろう？

わけがわからないが、彼女が嘘を吐いているようには思えなかった。結局、堂々巡りの問いかけは、最初の実感に戻っていく。とにかく、僕は彼女に付き合うしかなかった。

目的地へと僕たちを送り届けたあと、運転手は首を傾げながらドアを閉め、タクシーは去っていった。ターミナルでもない辺鄙なバス停だから無理もない。しかし、僕たちには意味のある場所だった。前回僕は望未の指示に従って、このバス停までやって来て、そして乗り換えのバスを待った。しかしあの日、僕を迎えたのはバスではなくて、今目の前にいる彼女だった。

タクシーから降りると、僕は一気にあの日に引き戻される。なかなか迎えがやって来ずに、からかわれたのかと思ったあの日。

あの日と同じように、日は沈みかけ、年に何度もないような見事に色づいた夕焼けになった。竹藪の隅にある民家も、歩く人がいないのも全く同じだった。


——そこに迎えが来るなんて、とても信じられないかもしれません。でも、じっと待っていれば必ず迎えが来ます。


あの時、僕はそのメッセージを信じて、じっと待った。

気付けば、彼女が視界から消えていた。僕は記憶と今との区別がつかなくなっている。影と光が乱舞するように、過去と現在が僕の体をまばらに通り過ぎる。

道の向かい側に、彼女の姿があった。いたずらが見つかった子供みたいに、彼女は今日初めて笑って、こっちに近づいてくる。

「覚えてる？」

「もちろん」

「私はすごくどきどきしてた。君はなんでもないという顔をしていたけれど」

なんでもない？　そんなはずはなかった。あの時と今とを重ね合わせるだけでも、今まさに僕は深い穴に永久に落ち続けるような虚脱感を覚えているというのに。

「僕にはむしろ君の方がそう見えたな」

「ならよかった。望未は魅力的でなければならないと決めていたから。たぶん私が緊張していたのはね、それがうまくできるかどうかわからなかったからというのもある」

彼女はさらに近づいてくる。

「望未は、誰よりも魅力的でなければならなかった。君にとってだけは。会わなかった時間に相応しいだけの重みを持たなければならなかった」

僕のすぐ隣まできていた彼女は、空を見上げている。夕焼けが鎮まりつつある空には月が浮かんでいた。以前ここを訪れたときに浮かんでいた月を思い起こしているのだろうか？　僕もまた以前ここで見た月を思い起こし、それからもう一つ、別の月を思い浮かべていた。東京の僕の部屋に彼女が来た時、あの夜の満月と、磨りガラスを透かして照らす彼女の陰影。

僕の手に温かいものが当たった。いつの間にか望未が僕の手を握っていた。

「あの時、上手くできていたかな？」

夕方の赤みが薄らぎ、もうすぐ夜になりそうだった。彼女がこれから僕に何を見せようとしているのかはわからなかったが、行こうとしている場所はわかった。彼女の実家へと連れて行こうとしている。まるであの日をトレースするように。

「君にとって望未は魅力的で、神秘的でなければならない。そういう印象を残し、そしてあの日全部終わらせるはずだった。そのはずだったのに、そうはできなかった」

僕の手を握る彼女の手に力が入った。

僕は記憶の中を進むように街灯もまばらな道路を歩いた。あの日とは違い、雪の覆う地面を貫くように延びていた道が、今はただ土に挟まれて色彩なく横たわっていた。

家に着くと促されるままに玄関をくぐった。部屋の様子は前回とほとんど変わっていないように見えた。家具も調度品もテレビも同じだ。しかし前よりも生活の気配が減っている感じがあった。具体的にどこがどうとは指摘できない、雰囲気としかいいようのないものだけれど。

「君は前に、そこに座ってた」

言われて、僕はソファの方に目をやる。

「私は、その隣」

「お父さんのレコードを聴いたのを覚えてる」

先輩が練習していたショパンが頭の中に流れだした。それは、彼女があの時かけたレコードの曲でもあった。

「先輩の話を聞いたのもよく覚えてる」

「じゃあ、あの時の君は間違いなく君だったんだね」

「もちろん」

「僕はずっとこの家に望未宛の手紙を送っていた」

「ちゃんと届いてた。でもこの家にはちゃんとした望未はいなかった」

頭の中ではまだ音楽が鳴っている。それはどんどん大きくなっていって、それに連れて僕の鼓動が速くなった。

「ちゃんとした望未？」

彼女はまっすぐに僕を見た。

「さっきも言ったでしょ？　望未は一人じゃない。君が思っている望未は私ともう一人の望未の二人でできている。でも分離はできない。私だけでは望未じゃない、もう一人の望未だけでも望未じゃない。私はあくまで望未サイド。ねえ、怒らないって約束してくれる？　私ももう一人の望未も悪気なんてまるでなかったし、君のことだって親身に考えていた。私たちはぎりぎりで生きてきた。バランスを崩せば、いつだって大きくて深い穴の中に落ちてしまう。そういう縁みたいなところに私ももう一人の望未も立っていた。最愛の、その言葉から綴り続けた君への手紙が、そんなバランスを崩しそうになる私たちを支えるものだった。ねえ、久島君、だからこそ、全部の責任をあなたに押し付けてしまうわけにはいかないの。ちゃんと解放してあげないといけないの。君は私を解放するって言ったけれど、解放しなければいけないのは君ではなく私たちの方」

彼女は瞼を震わせて、上を向いた。

「もうひとりの望未は、姉は、この家の2階にいます」

僕は目の前の彼女が、この家から出る間際、玄関から階段の先を見上げたことを思い出した。取り返しのつかない合図となる音が聞こえるのを怖がっていたあの時と、彼女の表情は少し違うものだった。

23

望末が事故から完全に回復して学校に通いだしたというのは嘘だった。本当は彼女は、ずっと病院で過ごしていた。体には麻痺が残り、睡眠障害が続いていた。命に危険があるというわけではなかったけれど、すぐに日常に復帰することはできなかった。体のこともあったが、より問題なのは精神の方だ。体の麻痺はリハビリの後でも少し残ったが、気を付けてみなければそうとわからないほどの違和感が残る程度だった。

障害の中で顕著だったのは、望末がほとんど声を発することができなかったことだ。何かを言いかけて、けれど言葉はいつも焦点を結ばずに彼女は首を振って話すのを諦めた。それも後遺症の一つに過ぎず、いずれ回復していくだろうと両親は考えた。けれど結局声は回復しなかった。声が焦点を結ばなくなった代わりに、望末は文字を書いた。といって、文字を書くこともいつもできるわけではなかった。人が見ている時はできないことの方が多かった。当初は書けたとしても短文だけだった。

妹は望末が事故にあった時、同じ車の隣に乗っていた。二人で祖母の家へと向かっている最中、彼女たちを送ることのできない両親が呼んだタクシーに乗っていた時のことだった。姉とは違い、かすり傷程度だったのは、事故の直前に望未が自分を守るように覆いかぶさったからだと彼女は考えていた。

幼い頃に買い与えられて、すぐに飽きて半分以上真っ白だった日記帳に、望未は言葉を書きつらねた。妹はそれを集めて、それをとっかかりとして望未に語りかけた。相変わらず声は焦点を結ばなかったけれど、それまでよりは少し前進したように妹には思えた。

機織りをしているところを見られるのを拒む鶴のように、望未は文章を綴っているところを見せない。望未が人知れず綴ったのは、例えば光について書いた詩のような文章、怖いとか寒いとかいった原始的な感情や知覚、うまく話すことができないその感覚についての文章。

そんな文章の羅列を見て、妹は姉の内面を想像した。事故をきっかけにして、望未の中身がばらばらにちぎれてしまって、その破片が文字となって出てきているのだと妹は思った。姉の精神がばらばらのパズルみたいになっているのであれば、すべてのピースをかき集め組み直すのが自分の使命だと彼女は考えた。

そんなある日、妹は姉の日記帳を開いて驚くことになる。そこには長い文章があった。妹への感謝と、望未の面倒を見るのを止めて、自分の人生を生きるようにと書かれてあった。妹は姉の重荷にまでなっているのを感じて、その言葉に従うことにした。外見上は。

「外見上？」

僕が訊ねると、彼女は頷いた。その顔には、東京で僕がいつも見ていた陰りがさしていた。

彼女は誰にともなく首を振った。

「これ以上、私が姉から奪うわけにはいかないから、重荷になるなんて考えられない。だから、わかったよお姉ちゃん、私はそう言って、それから姉の部屋にずっといることをやめた。でも週に半日だけは一緒に居させて欲しいってお願いした。だって、お姉ちゃんと接する権利は私にだってあるでしょって。これは、お姉ちゃんのためとかじゃなくて、私のためなんだからいいでしょ？　って」

どれだけ一緒に過ごしても、僕の視線が届かないところが彼女の内側にはあった。彼女の中の奥深くには光の射さない洞窟があって、そこに何かをしまっている。決して人には見せないし、存在自体も気づかれまいとしている。でも、その振る舞いのすべてがその存在を否応なく意識させた。

「木曜日の午後」彼女は反応を確かめるようにじっと僕を見た。「最初に長文に気付いたその曜日が、私とお姉ちゃんとの特別な時間になった。それ以外の日には、私は普通に過ごした。クラスの子たちと過ごし、塾にも通った。その一つ一つを木曜日の午後、お姉ちゃんに報告した。お姉ちゃんはとても楽しそうに私の話を聞いてくれた。でもね、それは本当は私の人生ではなかった」

「自分の人生ではない？」

「そう。私はもう自分の人生を生きないことに決めたの。私は外の世界では気持ちの上ではお姉ちゃんとして過ごすことに決めた。お姉ちゃんがずっとそうだったように、魅力的に振る舞って、でも私はそこにはいない。そこから私は楽しみを見出したりしない。誰も好きにならないし、誰にも何も渡さない。少なくともお姉ちゃんが自分を取り戻すまでは」

落下する黒い鉄球を眺めるように、僕は彼女の話に耳を傾けていた。突拍子のないことを告げられているはずなのに、いつかこんな日が来るだろうことを僕はどこかで予感していたような気がする。

「お姉ちゃんと過ごすうちに、私は彼女の内面がどんな風であるのかを何となく理解できるようになった。ばらばらになってしまっているという直感、それが具体的にどういうことなのか。お姉ちゃんの中でばらばらだったのは時間だった」

「時間？」

彼女は頷く。「医学的にどうなのかわからない。なにか長ったらしい名前を言っていた記憶はある。けど、全然わかってないと私は思った。世界中で一番彼女と長く過ごしてきた私にはわかる。彼女の感じる時間が、ある時にはとてもゆっくり流れ、別のある時にはとても速く流れている。彼女の外の世界とは流れ方が違っている。伸びたり縮んだりしたカセットテープみたいに」

そう言ってから彼女は首を傾げた。

「いや、ちょっと違うな。伸びたり縮んだりしているだけではない。今のことも、未来のことも、過去のことも混ざり合っているように見える時もある。彼女が口を開いて何かを言おうとしても、声を発しようとする間に、ばらばらの時間にもみくちゃにされて結局何も話せない」

「でも文章は書けた」

「そう。文章は音ではないから、一画一画残していけば、ばらばらの時間でも書くことができる。それが私の仮説」

「それについて聞いてみたことは？」

「ある」短くそう応えてから彼女は首を振った。「でもお姉ちゃんはちゃんと応えない。お姉ちゃんは悲しげに首を振って、二つの人生は無理だよ、ってその時書いた。きっとお姉ちゃんは私の考えていることも、やっていることもお見通しだったんだと思う」

望未からの手紙の一節が脳裏によみがえった。繰り返し何度も読んだ一節だから、すぐに思い浮かべることができる。

――二つの人生をきちんと生きられるほど、人間は器用ではないし、人生は長くないのだから。すべてが駄目になる音の予感は、彼女が望未として生きて、自分自身を空っぽにするためのソナーのようなものだった。空っぽのはずの自分が感情を覚えようとした時に彼女はその感覚に陥った。自分の人生を生きてはいけない、自分はあくまでも中身のない望未サイドであって、それ以上の何かではない。あってはならない。

望未が日記帳に書き残す文章は日に日に長くなっていった。けれど必ずしもひとまとまりのものではなかった。ひどく断片的に書かれ、つながりが見えない文章も多くあった。そのうちに、その断片の中に「最愛の」という言葉が脇に付されているものがあることに望未サイドは気づいた。彼女がそれを拾い集めていくと、どうやら一連の文章になることがわかった。彼女は「最愛の」と脇に付された言葉を拾い集め、姉に渡した。すると姉はとても喜んだ。

「最愛の。その言葉は一種のコードサインだった」と望未サイドは言った。「そして出来上がった文章は彼女の中でばらばらになった時間を結いあげる結束点のようなものだった。それが、君への手紙。当時何通か届いた同級生の手紙から、どうして君を選んだのかはわからない。どういう感情を向けているのかも、その手紙以上のことはわからなかった。でも、彼女にはそれが必要だったということはわかる。現実世界に、何とか自分を結びつけるために、君との関係をお姉ちゃんは必要としていた」

「だけど、ばらばらの時間なんてものが存在するんだろうか？」

「するよ。お医者さんもお父さんもお母さんもどう思っているかはわからないけれど。実際に姉の手紙は君に届いていたでしょう？　それが答え」

「手紙には手を入れていないの？」

「行間を埋めたり、少し言い換えたりはしてる。意味が通らないところもなくはなかったから」

手紙を読みながら朧げに想像していた彼女の姿が後退して、最愛の、という文言が付された文章を望未サイドが拾い集めていく様子に変わっていく。最愛の、最愛の、最愛の、最愛の——。その続きはなんだろう？　これまで何度となくしてきた自問が今は別の響き方をする。

「私は選択を間違えたんだと思う。君に手紙を送ることなんかお姉ちゃんに提案するべきじゃなかった」そう言ってから、彼女は口を押さえ激しく首を振った。「違うな、全然違う。君から手紙が届くと、お姉ちゃんは本当に嬉しそうで、あれは全然間違いなんかではなかった。本当に間違ったのは私だ。私は君に東京で再会すべきじゃなかった。偶然会ったのだとしても、それっきりにするべきだった。君の前で魅力的な望未を演じる義務があるなんてことを自分の中で言い訳にするべきじゃなかった。あの音の予感に、ちゃんと注意を払うべきだった」

彼女は俯いていた顔を上げ、僕を見た。その目は濡れていて、けれど涙は流れなかった。そうなるのを拒むように、細かに瞳が揺れていた。

「もうそれは、音の予感なんかではなかった。いつからかね、君と会っている時、ずっと音が鳴っていたの。だから本当は離れなければならなかった。そうでないと、私が空っぽではいられなくなってしまう」

僕は何かを言おうとした。けれど言葉が出ない。何も知らなかった僕に、ただ彼女たちが作り出した幻想に寄りかかり続けた僕に一体何が言える？

「ねえ、久島君。どうして、望未に会いたいなんて言ったの？ どうして会いにきたりなんかしたの？ 可哀そうな同級生としばらくやり取りをして、立ち消えになって、それで終わればよかったのに。君が思いを寄せてきた望未は、ちゃんとは存在しないの。私と姉で作り上げた幻想。それは私たちにとっての幻想でもある。望未はけっして分けてしまうことはできない。分けてしまうと幻想さえなくなってしまう」

彼女は再び激しく首を振ると、ごめんなさい、そんなことが言いたいわけじゃないと呟いて、天井を見上げた。

「望未は、姉は、上の階にいます。もし会ってみたいというのなら、私たちにそれを拒む権利はありません。私たちにとってこの種の誠実さは、命綱みたいなものだから。でも、本音を言うと、姉はあなたに今の姿を見られたくないと思ってる。望末サイドである私にはそれがわかる」

彼女は僕を見つめ、それからゆっくりと目を閉じた。静かな彼女の表情は、遠くで鳴るかもしれない小さな音に耳をじっと澄ましているように見えた。

24

湿ったベッドに昼頃まで寝ころんで、サングラスをかけた男が司会する昼のバラエティ番組を眺め、飲みかけのビールを飲み干す。先輩も望未も目の前から消え、東京にいる僕が気軽に誘える相手は向井しかいなかった。その他の薄いつながりの知り合いたちは、茶や金に染めていた髪を黒に戻し、いそいそと就職活動の準備を始めていた。僕は、冷めた目で彼らを見ていた。みんなシステムに則って活動するのがとても好きなのだなと思った。世間的に許容されるモラトリアムを味わって、世間的に立派だと言われる企業に入るための活動に疑問なく邁進する。それまで授業すら億劫だといっていた同じ口で、杓子定規に自己分析して、企業が気に入るように綿密にシミュレーションした文句を流暢に話す。それが適合するということだ。そして僕もまた、多少の躊躇の後に、しっかりと適合していくだろう。彼らに心の中で悪態をつくのは、同族嫌悪であることが僕にはわかっている。

昼のバラエティ番組は全然笑えなかった。体を起こしてベッドに腰かけて、番組が終了するまで見続けたが、ほとんどなにを言っているのかもわからなかった。飲み干したビール缶をテーブルに置いて、オーディオのスイッチを入れた。ＣＤはずっと同じだった。戦争の匂い。目の前にあるようにくっきりと頭に浮かぶ塹壕。塹壕、塹壕、塹壕、スピーカーの鳴らす音が、ずぶずぶと僕を塹壕の底、世界のひび割れの奥に沈めていく。

僕は望未のことを考えようとする。けれど、思考がまとまらない。今僕にできるのは、結局のところ彼女からの手紙を待つことだけだった。手紙をもらったからといって、どうなるわけでもないけれど。

夕方に、向井からコールバックがあって、大学の近くの初めて彼と飲んだ居酒屋でおちあうことになった。

「死相が出てるな」

先に店で待っていた向井が僕を見るなり言った。

「そう?」と僕は何でもないように呟いて、座敷にあがり、一杯150円のビールを頼んだ。それから、彼の顔を見て、

「お前の方もなかなかだよ」

と返した。実際に向井も酷い顔だった。山籠り生活を終えたばかりの人のように、頬まで髭が生え、肌は黒ずみ、目の下には濃い隈ができていた。

「俺はスタイルから入る方なんだよ」

「スタイル?」

「そう。必死な司法試験受験生のスタイル。試験のこと以外に気を配っている余裕がなくて、だ

んだん野生の熊みたいになっていく」

顎に生えた髭を撫でながら彼は言った。

「スタイルってことは、実際はそうじゃないってこと？」

「いや、外的な要素に結局は内実も寄り添っていくもんだろ？　だから今はもうすっかり必死な受験生そのものだよ」

なるほど、と僕は一応笑った。わずかにでも笑ったのは久しぶりだった。それからしばらく沈黙が降り、向井は何もない空間を眺めながら安酒を飲んだ。片目にチックが出ていた。僕は細かに震える彼の瞼を眺めながら、無言でビールを飲み続けた。

「で」

突然、視線を向けて向井が短く声を発した。

「で？」

「で、俺の死相については話した通りなんだけど、お前のはなんなの？」

一瞬で穴の中へと引き戻される。幻想の望未、そしてそれを造り出す望未たち。とても説明できるとは思えない。

「なんだよ、突然の秘密主義か？　なんでも赤裸々に話すのがお前のいいところなのに」

確かに向井に対してならそうかもしれなかった。

「まあ、でもいいよ。言いたくないことくらいあるよな。人間だもの」

「向井にはなさそうだけどね」

「俺にだってあるよ」

「例えば？」

「例えば？　そうだな、例えば、スタイルから入ったこの司法試験の勉強があるだろ？　これをうまくクリアできないと、たぶん俺は相当落ち込むことになるだろう。こう見えて、割と神経は脆弱にできているから。けど、良くも悪くも俺は失敗しないと思う。というか結局のところ誰よりも効率的にその関門をクリアすることになると思う。なんというか俺はそういう風にできてる。そして、その種の成功はきっと俺の弱さを強めることになる」

「弱さ？　強さではなくて？」

「そう、弱さ。失敗しない人間が強いわけではないんだよ。むしろその逆だ。そしてうまく生き続けることで、弱さは補強され続ける。でも俺はガラス細工みたいなこの弱さと壮麗さが嫌いではないんだ」

　酔った頭では、向井が言わんとしていることを完全には理解できなかった。ただ彼にとって重要なことを言わんとしているのはわかった。そう思ったのは、チックの回数が増えたからだ。向井と話したことを全部忘れてしまったとしても、きっと彼のチックだけは長い間覚えているだろう。そんなことを不意に思った。

　その後もしばらく飲んだ後、向井は別れ話を切り出した。友人関係に別れ話というのも変な話だけれど、スタイルから入るタイプである彼はそんな言い方を好んだ。彼は無事司法試験をクリアするまで誰にも会わずにひたすらに勉強をし続けるそうだった。やむを得ない場合の家族を除いて誰にも会わず、修行僧のような生活を深めていく。他の人が言ったなら、戯言だと信じなかったかもしれないけれど、向井が言うと嘘ではないと思えた。自分の弱さが嫌いではないと彼は言ったが、その言葉とは裏腹に彼はとても強い意志を持っていた。ほとんどの時間をふざけて過ごしてはいるけれど、この種の決め事を彼は自ら違えることはない。

「で、個人的にこの活動をヒト断ちって呼んでるんだけど、どっちにしろ、久島とはさ、大学の間だけの関係だと思うんだよね。で、大学卒業してから疎遠になって、どっかでばったり会う。なんかの話題のついでに、知り合いの知り合いに繋がってたみたいなさ」

僕は笑ってそれに答えた。どう表現すべきかわからないけれど、向井の感覚は分かる気がした。俺もそんな気がするよ、と僕は彼に告げた。

「ただ、本当にどうしても俺に用があったら、電話してくれ。誰も相手にしてくれない夜なんかにね。ヒト断ちしていても、久島の電話だけは出ようと思うから」

向井と別れてから、人通りに並ぶ店の灯りを横目に歩いた。上京したばかりの頃の、振り出しに戻ったような気分だった。

一人でいると、望未についての真相を話した時の望未サイドの顔が頭に浮かび、離れなくなった。細かに震える瞳と、対照的なほどのくっきりとした声。彼女たちが作り上げてきた「望未」に僕は今の感情を吐き出したいと思った。そんな風に僕は「望未」をこれまで利用してきた。

——どうして、望未に会いたいなんて言ったの？

彼女のその質問に僕はあの時応えることができなかった。それは、僕の執着が、望未のためではなかったことを自覚していたからだろうか？

望末の実家を後にして、彼女とともに無言でバス停まで歩くとき、ふわふわと夢の中を歩くようだった。自分の選択が正しかったかどうかという果てのない自問自答を繰り返す僕を、時折彼女が見て、何かを言いかけ、けれどその何かは言葉にならなかった。

バス停に着き、バスを待っていると、遠くで鴉の鳴く声が聞こえた。彼女はびくっとして、僕の服の袖をつかんだ。鴉の声は合計で四度響き、最後の残響が消え去ると、僕は心中で次の声を待った。そうする内にバスが来た。

別れ際、小さな声で彼女は、手紙を書くと言った。


今自分が歩く夜の街と、彼女と最後に歩いた夜道が頭の中で重なっている。彼女の震えと、濃密な沈黙、そして鴉の声。

結局僕は駅を通り過ぎ、自宅のアパートの方へと歩いた。車中の喧騒に巻き込まれる気力がなかった。現実と記憶のあわいを進むように、一時間ほど歩き続け、アパートに着いた。いつものルーティンで郵便受けを確認すると、そこにはチラシに紛れて、一通の封書が入っていた。

＊

「最愛の

この間は会いに来てくれて、そして会わないでいてくれて本当にありがとう。

それから、少し時間をいただいてしまってすみません。この間話した通り、私は少し特殊な書き方をしているから、どうしても時間がかかってしまいます。

とはいっても調子のいい時はそうでもないんです。夜中、皆が寝静まった後に、うまく筆が進んで、そうお待たせすることもなくお手紙の内容を出し切ることができることもありました（よね？）。

でもね、話した通り、私が紡いだ言葉はひとまずとてもばらばらです。きっとそのばらばらさは、そのまま私自身のばらばらさです。そして私は自分と同じくらいばらばらの言葉を拾い集めて、ぜえぜえ言いながら、正しく並べていきます。とても調子がいい時は、そう時間はかかりませんが、よくない時は大変な作業です。最初からもっと分かりやすく、言葉を出せばよかったのにと思いますが、しょうがないんです。その時の私は私で必死だからです。

これをどう説明すればいいだろう？　例えば――そうだな、例えば、渦巻きを思いうかべてください。波と波とがぶつかって渦を巻くあれですね。そんな波の上にちっちゃな舟で激しく揺さぶられながら、私は言葉を紡いでいるのです。視界はしぶきによって塞がれて、まともに目を開けてなんかいられません。

それでも私はなんとか、日記帳の余白に『最愛の』と錨を降ろし、それにしがみついてどうにかこうにかあなたに言葉を発することができるのです。

拾い集める時のことなんて考えていられません。

久島君、どうか、誤解しないでくださいね。2階にいる私を、見ないで欲しいと私は言ったけれど、ここまで会いにきてくれたあなたを迷惑だなんてまったく思っていません。その逆です。私はあなたに感謝しています。とてもとても感謝しています。どれだけ感謝してもしきれないほどです。まず前提として、どうかそのことは疑わないでください。あなたがいなければ、私のこれまではずっと混乱と苦悩に満ちたものだったでしょう。

私が今置かれている状況をどういう風に説明したら良いのか、私はずっと考えてきました。色々な言葉をあてはめてみましたが、なかなか納得できるものはありません。ばらばらになってしまった、という言い方を私はしましたが、最後ですから、私の実感をもう少し詳細に伝えようと思います。

私を含まない世界にとっては、確かにばらばらになってしまったのは私です。けれども、私は私として一続きの存在として自分を認識しています。なので、私にとっては、ばらばらになってしまったのは世界の方です。私以外の世界。それがある日ばらばらになってしまいました。座標がずれてしまったんです。私だけがすっぽりと世界から抜け出してしまったんです。

事故にあったあの日、私は、通常の座標からはじき出されてしまった。X座標、Y座標、Z座標の三つであらわされる通常の世界から弾かれて、世界から見たら私が、私から見たら世界がお互いにばらばらになってしまった。

こんな話、あり得ないと思いますか？　でもこれは実感の話です。正しいとか、間違っているとか、そういうのは一切抜きにした実感の話です。私だっておかしな話だなと思います。なんだって、私が、私だけが通常の世界からはじき出されなければならなかったのか。誰かに怒れるなら怒りたいです。でも怒っていたってしょうがないんです。怒っても、拗《す》ねても、おどけても、笑っても、世界はお構いなしに前へ前へと進んでいきます。

あなたは私にとって、私以外の世界へと繋がる窓でした。あなたとのやり取りで、なんとか私は私以外の世界へと繋がることができました。徹底的な孤独に陥らずに済みました。それはとてもとても、私にとってありがたいことでした。ずっとこんな風に一人でいるのだと考えると、時々とても怖くなります。あなたに頼りたくなる。ずっとあなたに頼っていたいと思う。でも、それはできないことです。してはならないことです。私はあなたを解放しなければなりません。そうでなければ、私はとても自分を保てません。そのことに気づいてしまいました。

覚えていますか？　この間、別れ際、鴉が鳴きました。私はいつか四谷の喫茶店であなたと話した大鴉を思い出していました。あの、エドガー・アラン・ポーの詩に出て来る大鴉です。

ネバーモア、二度とない、またとない。

そんな風に大鴉は鳴きます。あなたと会っている時にずっと鳴っていた音はいつからかその鴉の鳴き声にかわっていました。あなたの部屋を訪れた時もそうでした。私はずっと大鴉の声を聴いていました。

ネバーモア、
二度とない、
またとない。

ネバーモア、
二度とない、
またとない。

あの時。
あなたの部屋を訪れたあの時。
私がこんな風だとあなたがまだ知らなかったあの時。
私は完全な私としてあなたの部屋にいました。

私は、完全な私としてあなたと過ごしました。たぶん、私にはわかっていました。予感と言っていいかもしれません。こんな風に世界が私の前に現れることはもう二度とないことを。あるいは、私があんな風に世界の中に現れることは二度とないことを。

でも間違えないでくださいね。

あの日起こったことは、嘘でも、まやかしでもありません。いつか、かつて、起こるはずだったことがあの時現れたんです。銀河系の惑星がたまたま模様を作りだすように、あの時、ばらばらだった世界と、ばらばらだった私がかっちりと嚙み合ったんです。


あの時の私は、ちゃんと、ほんとうに私でした。

そして私は、そんな風に現れられただけで満足なのです。


けれどさっきも書いたように、私はこのままでは自分を保てません。それは、あなたの人生を空費させることに耐えられないという意味です。ごめんなさい、久島君、私はね、本当にもう耐えられないのです。あなたの人生を空費させてしまうことを考えると、世界にとっての私だけではなく、私にとっての私すらもばらばらになってしまいそうになるんです。久島君のことをこれ以上、縛ることはできません。

私は存在しません。少なくとも、ちゃんとした形では存在しません。惑星たちが模様を作って、私がちゃんと現れることは、もう二度とありません。こんな風に文章が綴られていると、ちゃんと存在しているように感じるかもしれませんが、そうではありません。二人の望未、分離できない私たちによって私はようやくこんな風な影を作ることができるだけです。

あなたの愛した望未は、私は、ちゃんとは、どこにもいません。

でもね、こんなばらばらな私でも、最愛のものを想うことはできるんです。最愛のものの幸せを祈ることによって、幸せを感じることができるんです。

だから、最後に一つお願いをさせてください。

どうか、久島君、私からのお願いを叶えてください。

それさえ叶えられれば、私はどんな孤独にも耐えることができます。


久島君、どうか、私のことを忘れてください。完全に忘れてください。跡形もなく忘れて、そして幸せになってください。前にも言ったけれど、久島君はとても頭がいいから、なんにだってなれます。弁護士にだって医者にだってなれます。

私は大丈夫。私はここで、最愛のものを想うことで、幸せを感じることができます。だから、何も心配しないで。久島君は、もう十分に私にしてくれました。

あなたに会えて本当に良かった。妹がいてくれて本当に良かった。

久島君、これはね、あなたのためだけではなくて、妹のためでもあるの。こんなわけのわからない私に付き合って、人生を棒に振ろうとしている妹も私は、解放しなければなりません。

久島君、私のことを忘れて。これまでにも何度かそんな風に書きましたが、今回こそ、本当の、最後のお願いです。どうか私をあなたから消し去って。

私からこの文通をやめることはしない。そう私は以前書きました。最後に私は、それを撤回します。

これで本当に終わりです。

あなたが私のことを完全に消し去ることで、妹も解放されます。私の最愛のものたちが私から解放されて、自分の人生を生きることを想うことさえできれば、私はどんな孤独にも耐えることができます。

本当です。

それにね、久島君、本当なだけじゃなくて、そんな風にしか、私は、自分の孤独に耐えることはできないの。

だから、さようなら、最愛の

最愛の久島君

あなたに会えてよかった」

25

渚と別れ話を始めたLINEのメッセージを一旦わきに置き、そのウィンドウの隣に開いたメーラーで、至急返事が必要な業務メールに集中して取り組んだ。

難しい性格の顧客だから、文面に細心の注意が必要だった。電話や直接会っている時は柔和な感じなのだけど、文章でのやり取りにはかなり厳密なタイプだから気を遣う。この顧客に対しては、電話で話した方が楽ではあるが、話した内容を後でまとめてメールするように言われることがほとんどで、二度手間になる。だから基本的にはメールで連絡するようにしていて、電話するとしたらメール返信後にご機嫌伺いの必要性を感じた時だけだ。

集中してメールの文章に取り組み、送信ボタンを押す前に最終チェックをしていたら、30分ほどが経っていた。送信ボタンを押した勢いで、無意識の内にコーヒーカップを摑んで、口元で傾けた。しかし何も垂れてこない。いつの間にか飲み干してしまったようだ。キッチンに行って、注ぎ足してこようかと一瞬だけ悩み、結局もう少し我慢することにした。仕事のメールを送信した後、僕はLINEのメッセージウィンドウに再び目をやった。

〈子供、二人目を作ることになった〉

会おうと思ってスケジュールの調整のために送ったメッセージへの渚の返信。

たぶん、別れ話の始まりなんだろう。素っ気ないような返信をするくらいなら、このまま既読スルーした方がましかもしれない。僕は途中でメッセージを送ってしまわないように、テキストエディタを別ウィンドウで開き、そこで文章を作り、出来上がったものをメッセージウィンドウにコピーした。

〈夫さんの声、聞こえるようになったんだね〉

僕の送ったメッセージがすぐ既読になって、返信がきた。

〈かすかにね　笑〉

〈じゃあ聞こえなくなったら、また〉、と僕はテキストエディタ上で書き、次の言葉を逡巡している内に、新しいメッセージが来た。

〈前にさ、久島さん、結婚で関係が終わる女が半分で、あとは子供のことで関係が終わる女がほ

とんどって言ってたじゃない？〉

覚えていないけれど、そんなことを言ったのだとしたらきっと、渚との関係が始まってすぐのことだろう。関係が始まった時、僕たちはまるでカードゲームに興じるように、自分のふしだらさを手札として出しあったから。

〈だからってわけでもないけどね　笑。元気で〉

〈神内《じんない》さんも。元気で〉

そのメッセージに既読がついて、それきり返信はなかった。渚のことを名字で呼んだのは久しぶりだった。別れ話を終えて、僕はまた仕事する機械へと戻った。仕事をしながらも、頭の片隅では渚が働いている姿が浮かんでいた。僕と同じように自宅で働いているのか、あるいはオフィスで働いているのか知りようがないけれど、頭に浮かぶのは知り合った頃にそうであったように、オフィスで働く神内渚の姿だ。千代田区にある中ランクのオフィスビル、パーテイションで区切られたデスクでノートＰＣのキーを叩く彼女は、簡単には触れてはいけないような緊張感をたたえている。

僕の頭の中で労働を続ける神内渚はだんだんと神内渚に見えなくなってくる。顔かたちは確かに彼女なのだけど、これまで僕が関係してきたどの女とも似ているように感じ出す。やがて彼女は判別不能な女となり、ただの女として働き続けるうちに、次にはもはや女ですらなくなっていて、匿名の海に紛れていく。僕はそこに手を伸ばしたくなるけれど彼女に手を伸ばし、引っ張り上げるのは僕の役割ではない。それを確認するために別れ話はある。僕にできるのは、匿名の海で漂い続けることの不快さを、怖さを、愚かしさを、一緒にごまかすことだけだ。僕は彼女に向けた最後のメッセージを読み返して、ウィンドウを閉じた。

仕事に一区切りついてから、デスクの下に置いた紙袋の紐を手に取った。紙袋から手紙の束を取り出し、リビングのローテーブルの上に置いた。望未からの最後の手紙を受けて、僕が出した手紙が、この中にあるはずだった。

僕から望未へと宛てた手紙の束は、望未が僕に送ったものとは違い、全部の封筒が同じように見える。しかし、全く同じ、というのではない。よく見ると、封筒全体に付された加工が違っていたり、サイズも微妙に違っていたりする。共通するのは色合いがオフホワイトだということだ。当時の僕がどういう考えでその色に統一していたのかはわからない。一通一通にあまり意味合いを持たせたくなかったからだろうか?

封筒に触れる指先が仄かな熱を帯びはじめた。風化して色味の濃くなったその封筒を開き、中から便箋を取り出した。

けれど、すぐにそれを読む気にはなれなかった。ディスプレイに浮かぶ坂城との最後のメッセージが目に入った。会社の株を代表が買い上げて、日本独自のブランディングを行うという案が白紙に戻ることになり、前回のミーティングを最後に彼との仕事の関係が終わった。新型コロナ感染症が想定以上に長引き、市場の回復が見込めない中、銀行からの融資可能な上限が引き下げられたことが原因らしかった。大きな方向転換だが、一所属社員としての僕には影響はあまりなさそうだった。一つ変化があるとすれば、坂城とはもう頻繁に会うことがなくなったことだ。

僕は坂城からの最後のメッセージを表示してみた。そしてエディタではなくて、メッセージボックスに直接文字を打ち込んだ。

〈大学時代の友人と君はよく似ている〉

送信ボタンを押すかどうかしばし悩み、結局送らずにメッセージを消した。それから僕はゆっくりと便箋を開いた。

＊

「最愛の

宛名をどうしようか、いつも迷っていました。今回みたいに書きはじめたこともあったけれど、そうやってはじめたページを結局使うことはありませんでした。

どうしてかな？　ただなんとなく違うという気がしたんだ。でも、もしかしたら、君がその言葉に秘めていた重みみたいなものを感じていたからかもしれないな。そしてそれは間違いではなかった。

君がその言葉に込めた想いは、僕にだけ向けられたものではないことが僕にはわかります。いくらかは僕のことを含んでいるかもしれない、けれど、全部ではない。

責めているわけではありません。僕が君を責めるなんて、そんなことあるわけがありません。ただ、おそらくはこれが僕から君への最後の手紙になるから、できるだけ率直に語ろうとしているだけです。

最愛の。

最後の最後で、僕はやっぱり、この言葉から手紙を始めたくなった。そうすべきだと思った。なぜかはわからない。書いている内にわかることかもしれません。

最愛の。

最愛の君。

届かない場所にいる君。

そこからはどういう光景が見えるんだろう？　僕には想像することしかできません。そして、その想像が実態と合致しているのかどうか、それすらも確かめるすべがありません。僕たちは誰とだって、本当には分かり合えるものでもないのかもしれませんね。君が置かれている場所であればなお一層そうかもしれません。

でも最後の手紙に君が書いた言葉を、僕は信じることができます。君がちゃんと君として、完全な形でこの部屋に存在したのだと信じることができます。それは作り物ではなくて、そういう形でしか存在し得なかった何かです。もう二度とそんな風に君はちゃんと現れない、と君は書いたけれど、それは少なくとも間違いを含んでいると思います。

なぜなら、あの日の君だけではなく、どの瞬間もきっと二度とは現れないから。大鴉はいつも鳴いていて、ただ僕たちは日常に集中するあまり、そのことを忘れているだけなんです。

僕との記憶を君がどんな風に自分の中に取り込んでいるのか、正直僕にはわかりません。僕に関して言えば、君のいる場所のことを聞かされて以来、記憶の中の君はいくつかの層に分かれています。

一つは2階にいる君。もう一つは僕の目の前に現れた君。そして、その二つが重なり合った陽炎のような君。

君の言う解放。それを行うことでしか、自分は孤独に耐えられないのだと君は言いました。誰の人生も空費させたくないのだと言いました。けれど、それには反論させてもらいたい。

なぜなら、少なくとも僕の人生は空費ではなかったから。何度同じ時点に戻っても、君のいる場所を知っていたとしても、きっと僕は同じような道を望むと思うから。
けれど、最愛のものを、その時間や人生を空費させたくないという君の想いが僕にはわかります。わかってしまいます。なぜなら、僕もまた君にそれを望んでいるから。

解放。

僕は君が言った解放のことをずっと考えています。解放を行った後のことをずっと考えています。解放を行った後に、最後に残る君のことをずっと考えています。
こんな風に文章でしか連絡ができない君。月の裏側よりもずっと遠い静かなところにいる君。他の人間の存在を感じることはできても、同じ時を過ごすことはできない君。それが単に物理的な距離だけだったなら、僕はこんな手紙を書かなくてもよかったのかもしれない。宇宙船でも飛行機でもなんでも作って、君が一人でたたずむ孤島の上空まで追いかけていって、パラシュートで君へと落下することだってできるのかもしれない。けれど、君がいる場所はたぶんそこよりもずっと遠くだ。

君は、ちゃんとした形では存在しない、君はそう書いたけれど、そうじゃない。2階にいる君と重なりながら、ちゃんと存在する。その孤独をこそ僕は受け止めなければならないんだと思う。自分でも何を言っているのかわからないけれど、単に実感を書いている。

最愛の、一人そこにたたずむ、僕がずっと見つめ続けてきた君よ。誰よりも孤独で、触れることのできない君よ。

でもね、誰にも触れることができないのは君だけじゃないんだ。さっきも言った。人間は本当には誰とも触れ合えないし、誰とも分かり合えないし、誰とも何も分かち合えない。全員がてんでばらばらに、夜空に点々と光る星みたいに、ただばらばらに浮かんでいるだけなんだ。誰も誰とも重ならず、ただそんな風にあるだけなんだ。

でもだとしたら、誰も誰にも触れられない以上、それでも触れ合えると誤解しなければ生きていけない以上、僕たちだって、勘違いする権利がある。

そうだよね？


僕は君を想像する。あの日僕の前に完全な形で現れて、そして今一番遠くにいる君を。

僕だって君と同じで、仮初の体を持ってはいるけれど、同じくらいに遠くにだってちゃんと存在しているんだ。

一番遠くの僕は、あの時みたいに、君の頬に手を伸ばしている。

でもあの時みたいに、おっかなびっくりじゃない。

堂々と、君の目を見つめて、君の頬に手を伸ばし、ゆっくりと撫でる。

「私のことを忘れてください」と君は言う。

「それが君の望みなら」と僕は言う。
「私のことを完全に忘れて、これ以上の空費を避けてください」と君は言う。
「それが君の望みなら」と僕は言う。
「そうでなければ私は自分の孤独に耐えることはできないの」と君は言う。
「それが君の望みなら」と僕は言う。

僕の言葉は嘘じゃない。本当に君のことを完全に忘れてみようと思っている。君の暗示に素直に従って、僕は何にでもなれると思ってみようと思っている。長い間、僕のほとんど一部であった君のことすら完全に忘れられるのだと思ってみる。

それでも、僕は君のことを長く想い続けるだろう。矛盾してるって？　いや、違うんだ。僕は君を想う僕自身をどこまでも遠くに押しやっていくんだよ。遠くに、ずっと遠くに、君がいる場所と同じくらいに遠くに、僕自身を押しやっていく。そしていつかそんな僕自身も忘れてしまうんだ。そんな風な忘れ方あるだろうか？　あるんだと信じてみる。だって君の言う通り、僕は何にだってなれるから。

僕は幸福になるかもしれない、ならないかもしれない。けれど、それは遠くにいる僕たちとは関係のないことだ。

君は遠くにいる。誰からも遠くに。
僕も遠くにいる。誰からも遠くに。

君のことを現実的な僕が完全に忘れたとしても、ふっと何かが胸に兆すことがあるかもしれない。気を抜けば見えなくなる五等星みたいに、それは遠くで弱々しく光っていて、その星のことはとてもよく知っているはずなのに、かつては触れてすらいたのに、僕はそのことを忘れている。けれどそれと同時に、誰よりも遠い僕は君と一緒にいる。

そんな風にして僕は君を忘れる。
僕は何にだってなれるから、そんな風にだってなれる。
だから安心して欲しい。

さようなら、最愛の。

最愛の望未」

26

塔の合間からのぞく空を、飛行機が白い線を引いて飛んでいく。淡色に塗りつぶしたような薄い色の青空を、飛行機はすべるように移動し、やがて視界から消えた。

塔当てゲームの二回目の権利を行使するため、僕は塔の下にいる。目当ての場所に到着したことをラプンツェルにLINEで伝えたのだけど、既読がついたまま長い間返事がなく、僕は漫然と空を見上げていた。さっきから飛行機がもう五機通り過ぎている。タワーマンションの敷地内の公園に視線を落とすと、僕以外には、ベビーカーの脇に、白いキャップをかぶった若い母親がいるだけだった。

ポケットの中でXperiaが振動した。

「ごめんごめん、お待たせしました。もう準備はいーい？」

LINE通話に出ると、ラプンツェルが悪びれもせずに言った。僕は塔を再び見上げた。ガラスに映った太陽がまともに目に入り、眩しさに思わず目を細める。

「待っている間に、飛行機を五機見送ったよ」

ははは、と小さく彼女は笑った。「それって、長いんだか短いんだかよくわかんないね。待たせちゃって悪かったけど、これで最後だからね、ちゃんと準備しようと思って」

「準備？」

「そう。ここから出ていく準備。トランクに荷物を詰めて下に降りて行って、そのままここから出て行くんだ。だから、これが最後だから、久島さん、最後に話しておくべきことあったら言ってね。外れたら本当にこれっきりになるから」

「ネバーモア」

僕が言うと、彼女はさっきと同じ笑い方をした。

塔の上のラプンツェル、顔も覚えていない彼女は荷物をまとめて、ここから出ていくそうだ。それが冗談であるかどうか僕には分からないし、確かめようもない。

店で会って以来、結局一度も対面していなくて、顔も思い出せていないままだった。だから会う可能性がなくなるといわれても、いまいち実感が伴わなかった。着信拒否か、あるいは僕から連絡しても未読スルーを決め込むということだろうか？

「ねえ、なんかあるでしょ、さすがに？」

「そういえば、黒石さんは？」

僕はひねり出してそう質問した。彼女との共通の知人といえば、彼だけだ。

「黒石さん？　あの人は、君と会ってから、一度ここに来た。で、それっきりかな。この間弁護士がやってきて、この部屋を譲るって言ってきたけど」

「譲る？」

「そう。くれるって」

「じゃあ、もうそこから出ていく必要はないんじゃない？」

彼女にとってはおそらく良いことなのだろうと思い、僕は意識的に明るい声で言った。けれど返ってきたのは意外な答えだった。

「あるよ」と彼女は言った。

「どうして？」

「断ったから」

「断った？　どうして？」

「どうして？　うーん。そうだな、わかりやすい説明をするとすれば、条件を付けられたから、かな」

「条件って？」

「簡単な条件。あの人の生死については追及しないこと、それがここを譲ってもらうための条件。で、私はその条件をのまなかったから、ここはもらえないし、どのみち降りなきゃいけない。だからこうやって荷物をまとめてる」

「そんなに生死が気になったの？」

驚いて僕が言うと、「ううん。ぜんぜん」と幼い子供みたいな声で彼女は否定した。「そりゃ、短くない期間かかわってきたんだから、全く気にならないわけではないけどね、どうしても知りたいってわけでもない。どのみち私はここを降りるつもりだった。だから、条件に従ってまでこのマンションをもらう必要はない。君が当ててくれても、外してしまっても、そんなこと関係なくね」

「どうして？」

彼女が笑う。「今日は質問ばっかだね。でもまあ、最後に聞くことないって聞いたのは、私だしね。どうしてかー？　どうしてだろう？　そうだなー、うーん、髪がね、もうずいぶん伸びちゃったんだ」

「髪？」

「そう。塔の下まで届きそうなくらいに」

そんなわけない、と僕は言いかけて、けれど着地点を定めていなかった僕の言葉は、彼女の声でさえぎられた。

「あの人がね、最後に私に会いに来た時に、いつもみたいに私を抱きしめた。いや、いつもより強く抱きしめたかな。まるで自分の中に私を取り込んでしまおうとするように、私と一つにでもなろうとするように。私はあの人の強い力を感じながら、君から聞いた話を思い出していた。望未さんの話をね。そしてね、久島さん、自分でもよくわからないんだけど、唐突に私はとても悲しくなった。あの人のことがとても可哀そうに思えてきた。七十年も、八十年も生きてきたというのに、あの人は何にもわかっていない。全部を手に入れたつもりで、ぜんぜん何もわかってない。自分だけの力で、世界のすべてを味わい尽くしただなんて過信して、自己満足のために他人の人生を浪費させるのを当然だと思ってるあの人からは、申し訳ないけど、私は何ももらえない」

彼女が言い終わり、Xperia のスピーカーからは、耳鳴りを誘うわずかな雑音が僕の鼓膜を小さく揺らした。

短くはない沈黙の後、

「じゃあ、もう聞くことないよね？」と彼女は確かめるようにゆっくりと僕に訊ねた。「なら、私から少しいい？　久島さん、ちょっと想像してみてもらえるかな？　おとぎ話の、その後のことを」

「その後？」

「そう。めでたしめでたし、あるいは、めでたくなしめでたくなし、その後のこと。例えば、君の先輩。彼は君の前からいなくなった後、この塔の上に一人で登ってきた。何しに来たか？　もちろん、その後、の続きをしに来た。彼はピアノを練習したいし、しなければならないと思ってる。だから時間の流れないこの場所に登ってきて、ずっとピアノの練習を続けることにした。もう何年も練習を続けているから、ショパンも Nirvana も、Radiohead だっけ？　それもとてもうまくなってる」

電話から聞こえる音には何も変化がなかった。もちろんピアノの音も聞こえてこない。耳を澄ます僕を邪魔しないためか、彼女は黙っていた。

「めでたしめでたし、あるいは、めでたくなしめでたくなし」再び彼女が言った。「例えば君のお友達の向井君。彼も、二十七歳のときに息絶えた後、この塔に一人で登ってきた。そして壮麗なガラス細工みたいな自分の弱さを補強し続けることにした。今も。たいていは器用にこなす彼だけど、時々心のざわつきが抑えきれず、オーバードーズを繰り返す」

「何の話？」

「おとぎ話。ラプンツェルもそうだけど、シンデレラとか、白雪姫とかね、昔のおとぎ話は、めでたしめでたしで終われた。けど、恋愛が成就してその後幸せに暮らしました、というのではもう誰も納得してくれなくなったんだね。だから新しいおとぎ話が必要なんだよ」

がさごそと移動する気配があって、風の音をマイクが拾う。彼女がバルコニーに出たようだった。

「めでたしめでたし、あるいは、めでたくなしめでたくなし。地上で疲れきっていた私は、この塔の上に一人登ってきました。そして、カタカタとミシンを動かしながらいつまでもあの人の物語の中で暮らしましたとさ」

Xperiaがとても遠くで鳴る。風の音を僕の耳に届けている。

「でもね、私だけ仲間外れだから、時間が止まっているはずのこの塔の上でも、髪がゆっくりと伸びていく」

部屋に入ったのか、風の音がやみ、代わりに彼女のため息が聞こえた。すごく近くで聞こえるその息は少し震えていた。

「ごめんなさいね、こんなにしゃべってしまうのは、きっと怖いからだと思う。おとぎ話から出ていくのがね。だからこんなに饒舌になってる。ねえ、久島さん、最後にお願いしてもいい？」

「なに？」

「もし、君がこの塔当てゲームに成功して、この後私と会うことになったなら、私のことを一度でいいから強く抱きしめて欲しいんだ。あの人とは違うやり方で、強く抱きしめて欲しい」

「あの人とは違うやり方で」

「そう。一人の人間が強く確信する絶望に付き合わされるのも強烈といえば強烈だった。ずっとおとぎ話に揺蕩っていたくなるくらいには。でも私はもう降りることに決めたから、だから、君にリセットしてほしいの」

少しだけ変化した雑音から、なぜか僕は、彼女の微笑を想像した。

「じゃあ、そろそろ降りるね」僕が応える前に最後にそう呟くと、通話が切れた。Xperiaの画面には、二人だけのトークルームに「退出しました」と表示されていた。彼女は僕との唯一のつながりであるLINEアカウントを消してしまったようだ。


あの人とは違うやり方で。

そうは言われても、僕はあの老人とは一度会っただけだった。その時の長い話の中で彼は後悔というものを全然したことがなく、けれど根源的な感情としての後悔の、その甘やかさに浸ろうとしているのだと語った。

僕がやってきたことは、それとどこが違うのだろう？　中学生同士の手紙をきっかけに、僕の中で培われ始めたおとぎ話の世界。望未はその内側にこもり、世界が決して壊れないよう、日々生じる綻びを直しながら過ごした。最愛の彼女がいたその場所は、あまりにも遠くへ流れていって、もう僕の手には届かない。

めでたしめでたし、あるいは、めでたくなしめでたくなし。さっき繰り返し耳にしたフレーズが勝手に頭の中で反響した。

めでたしめでたし、あるいは、めでたくなしめでたくなし。

その後、彼女はとても遠くにいながら、最愛のものを想い続けたのでした。

めでたしめでたし、あるいは、めでたくなしめでたくなし。

そうして過ごすうちにも、彼女の髪は伸び続けたのです。その長い髪は、今もゆっくりと伸び続けています。

塔の上の住人は、光り輝く長い髪を人目にさらすことを惜しんでいるのでしょうか。もしも彼女が窓際に立ち頭を一振りしたならば、長い髪はまるで金色の花冠のように、くるくると弧を描き、太陽の光をあちこちに反射させながら地上をめがけて降りてくるでしょうに。

想像上の花冠のまばゆさに圧されて僕は目を開いた。視線の先にはもちろん弧を描く花冠なんてない。その周りで躍る光の断片もない。あるのは無機質にたたずむ塔と、ガラス張りの壁が跳ね返す陽光だけだった。しかし、そんな無機質な光景を前にしていても、おとぎ話は止まらない。

こちらに向けてまっすぐに降りてくる髪、その先端を僕は想い浮かべている。

えいと彼女が塔の上から髪を中空に解き放つと、黄金の髪は思い通りにくるくると弧を描き、地上を目指してゆっくりと降りて行きます。その髪をきらきらと輝かせるものは、太陽の光ではありません。あちこちに光を散らすそれは、大量の手紙なのでした。幾千幾万幾億の手紙、書いてしまえば大抵は忘れ去られ、消えてなくなってしまう想い。書いた者も、それを受け取った者もやがては消え失せるでしょう。それでもそれらは、無邪気なきらめきを放って、彼女の髪に美しさを添え続けます。

空に飛行機が一機現れ、それがすっかり消えてなくなってもまだ、僕はその場を動けなかった。静寂の中、膨らみきったおとぎ話を支え続けることに微かな痛みを覚えはじめる。耳鳴りを伴うそれは、波紋のような意味のつらなりを成している。重なった円環の中心には最愛の者がいて、僕はそこに手を伸ばし、彼女に触れようとする。でもその場所はあまりに遠すぎて、手を伸ばしても何も触れない。終わらない耳鳴りに紛れ、いつか大鴉の声が響く。その音が鳴ったなら、最後に残るはずのものすらも、きっとすべて消え失せてしまう。

僕は何かを手繰り寄せるような思いで、最愛の者の名前を呼ぼうとした。けれどその声は、ちゃんとした声にはならず、わずかに空気を震わせて、他の誰にも届かずに消えた。

参考文献

『草の花』福永武彦　新潮文庫
「The Raven 大鴉」（所収：『対訳　ポー詩集　アメリカ詩人選（1）』エドガー・アラン・ポー　加島祥造編　岩波文庫）
「ラプンツェル」（所収：『初版グリム童話集（1）』グリム兄弟　吉原高志・吉原素子訳　白水uブックス）
『オセロー』シェイクスピア　福田恆存訳　新潮文庫
『ハムレット』シェイクスピア　福田恆存訳　新潮文庫
『マクベス』シェイクスピア　福田恆存訳　新潮文庫
『リア王』シェイクスピア　福田恆存訳　新潮文庫
『クラリモンド』テオフィル・ゴーティエ原作　ラフカディオ・ハーン英訳　佐竹龍照・内田英一訳注　大学書林

初出
「すばる」二〇二一年十月号〜二〇二三年四月号
単行本化にあたり、加筆・修正を行いました。

装丁　須田杏菜
写真　ⓒa_collection/amanaimages

上田岳弘（うえだ・たかひろ）
一九七九年兵庫県生まれ。二〇一三年「太陽」で第四五回新潮新人賞を受賞しデビュー。一五年「私の恋人」で第二八回三島由紀夫賞、一八年『塔と重力』で第六八回芸術選奨文部科学大臣新人賞、一九年「ニムロッド」で第一六〇回芥川龍之介賞、二二年「旅のない」で第四六回川端康成文学賞を受賞。他の著作に『異郷の友人』『キュー』『引力の欠落』など。

最《さい》愛《あい》の

二〇二三年九月一〇日　第一刷発行
二〇二四年三月　九　日　第二刷発行

著　者　上《うえ》田《だ》岳《たか》弘《ひろ》

発行者　樋口尚也
発行所　株式会社集英社
〒一〇一－八〇五〇
東京都千代田区一ツ橋二－五－一〇
電話〇三－三二三〇－六一〇〇（編集部）
〇三－三二三〇－六〇八〇（読者係）
〇三－三二三〇－六三九三（販売部）書店専用
印刷所　大日本印刷株式会社
製本所　株式会社ブックアート

ISBN978-4-08-771840-9 C0093